花火
魅丽文化
花火工作室

U0840471

天使的信仰 2

Angel faith

小楼／著

江苏凤凰文艺出版社
JIANGSU PHOENIX LITERATURE AND ART PUBLISHING, LTD

图书在版编目（C I P）数据

天使的信仰．2 / 小楼著．——南京：江苏凤凰文艺出版社，2015
ISBN 978-7-5399-7926-7

Ⅰ．①天… Ⅱ．①小… Ⅲ．①长篇小说－中国－当代 Ⅳ．① I247.5

中国版本图书馆 CIP 数据核字（2014）第 279011 号

书　　名	天使的信仰．2
作　　者	小　楼
出版统筹	黄小初　邹立勋
选题策划	花 火 工 作 室
责任编辑	胡小河　姚　丽
文字编辑	向婷婷　苏　惠
责任监制	刘　巍　江伟明
出版发行	凤凰出版传媒集团 凤凰出版传媒股份有限公司 江苏凤凰文艺出版社
集团地址	南京市湖南路 1 号 A 楼，邮编：210009
集团网址	http://www.ppm.cn
出版社地址	南京市中央路 165 号，邮编：210009
出版社网址	http://www.jswenyi.con
经　　销	江苏省新华发行集团有限公司
印　　刷	湖南新华精品印务有限公司
开　　本	880 mm×1230 mm 1/32
字　　数	250 千字
印　　张	9.5
版　　次	2015 年 1 月第 1 版，2015 年 1 月第 1 次印刷
标准书号	ISBN 978-7-5399-7926-7
定　　价	26.80 元

目录

目 录

楔子

高原的天空，宁静幽远。

蓝得令人心碎。

强烈的日光照耀在布达拉宫的金顶上，整座宫殿都像笼罩在一圈光晕之中，神秘而宏大。只有真正从近处仰视，才能感受到它所带来的强大的压迫感，远比照片上磅礴，令人窒息。

连接天与地的护佑之所。

夏荷依望着那一列长得看不见头的转经轮怔怔出神。青烟缭绕，诵经声漫漫，法轮流彩，信民虔诚。仿佛间，她也置身于时间的长河中，溯游从之，宛立水中……

“夏护士，你在这里看什么呢？”

一个人悄悄走过来，站在了她的身后。

夏荷依依然凝望着延伸到远处的转经轮，神色一时空渺，一时动荡。

过了一会儿，她才用一种遥远得几乎听不清的声音说——

“人死了以后，真的有往世吗？”

这个问题，正是人类千古以来苦苦追寻的终极问题。可是，作为护士的她问出这样的问题来，不觉得很奇怪吗？

那人却不觉得意外，他异常认真地回答道：“上师索甲仁波切在《西藏生死书》里谈到，虽然我们将会如何轮回和轮回到哪里去，大都取决于业力，但我们在临终那一刻的心境却可以影响下一世的好坏。因此，在死亡的瞬间，只要努力产生善的心态，就可以造成幸福的轮回。不过，这种事情玄之又玄，真要用科学的方法加以验证，只怕还要在阎王爷那里安个电脑桌才行。”

成熟男性沉厚的笑声从身后响起，荷依回转头，礼数周全地低下了头：“肖院士。”

来人正是本次带队的科学院院士肖欣华，专家组一行远上西藏的目的，正是为了解读活佛转世之谜。

肖欣华看着面前这个女子。她容貌姣好似月，气质高华似玉，做事稳重如磐，性格沉静如海。任何人见了她，都会顿生好感。但不知为什么，随着相处的时间渐长，肖欣华却觉得自己越来越不了解她。

就比如现在，虽然两个人面对面站着，她的相貌和身形却仿佛笼罩在一抹不属于这个时代的淡雾中，古典而悠远。

肖欣华也收起了打趣的心思，微微颔首道："我听说你是主动要求加入这个研究组的，是不是遇到了什么难解的事情？"

过了好一会儿，对方才若有似无地点了一下头。

"有一个故人……总觉得，他又回来了。"

"你的意思是……重生？"

荷依的目光一时缥缈，但最终点了点头。

还真是振聋发聩的消息啊！

只是为何她的声音如此飘忽，眼中的迷惘和神色间的凄楚又混合成一种矛盾而又奇妙的美感？肖欣华满心诧异。看她这副泥足深陷、难舍难分的样子，那个已经故去的人……是恋人吗？

肖欣华不动声色地问："是因为长得很像吗？"

荷依抿住唇。

如果只是长得像也就罢了，偏偏那种扑面而来的熟悉……

肖欣华沉吟了片刻，自顾自解说起来："如果是转世的话，那倒是一个异常珍贵的案例。对了，这个人今年多大？"

他多大了？

这个问题竟像一柄重锤，狠狠地击打在她胸口处。

荷依眼中的凄迷瞬间消失了。

"没有，只是长得像。"

"是我自己想太多了。"

她眼中的光华如海潮一样退去，只留下空白潮湿的印象。她迅速避开肖欣华探寻的目光，竟顾不得行礼，就扭头转身，准备离开。却不想这一转，猛然间那一长排看不见头的转经轮铺天盖地地强压下来，压迫着她的视网膜，压抑着她的喘息声，漫过天，大过地，似乎一手把她摁进了十八层地狱。

她颤抖得几乎站不直。

手指却紧紧抓住手机。

这一刻，漫过天，大过地，比僧侣诵经声更为强大的声音是——

龙天！龙天！

我在这里！

快来救救我！

我快要无法呼吸了！

粗重得几乎大过天地的呼吸声，从地球的另一端传来。

南极，内陆冰盖最高点。

白望全副武装，穿得像个太空人一样，一手杵着手杖，一手牵着绳，随科考队一起艰难地向前行进着。

这是另一种体验。

艳红色的队伍行走在一片刺白耀目的雪原里，如此渺小，却又如此炫目。

如同辽阔夜幕上点缀的星光，黑暗是永恒、宏大的主题，却因为有了深浅明暗的光，才显露出波澜壮阔的美丽。

“到了！”

行进中的第一人终于停了下来，把尖尖的手杖用力插进雪堆里。

“我宣布，南极科考队第 21 次考察活动圆满成功！”

噗噗噗噗的鼓掌声，听起来总是那么可笑，而稀稀拉拉的喝彩声，也很快被强烈的风声淹没了。

但胸中燃起的那一把火却仿佛越烧越旺，像烛炬蹦出的最后一点火星，像流星绚烂地从空中划过。

“老白，老白，到前面来！”

队长大力挥舞着手臂，排在队伍最后的白望抬起了头。

他屁颠屁颠地追上去后，却被硬塞进一把小红旗。

“这次你功劳最大，小红旗让你插。”

“这不好吧，要留下历史罪证的。”白望笑嘻嘻地指着早已准备好照相机的随队记者。

“怕个熊！一起插！”

队长搂住白望的肩膀，一起把艳丽的小红旗用力地插在冰穹 A 的最高点上。

咔嚓咔嚓咔嚓，快门声顿时响成了一片。

“要不是你，我们这一次就折在这儿了。”队长压着嗓子，用只有白望才能听见的声音说，“有什么要求，尽管提，狮子大开口也没有关系。”

“真的吗？”白望依然笑嘻嘻的，没个正样，“这个据点以我的名字命名，怎么样？”

“扯淡！整点别的！”

“反悔也太快了吧！”

“那是因为你的没下限总能突破天际！”

“那还扯什么犊子？赶紧照相合影，各找各妈吧。”

队员们嘻嘻哈哈围上来，勾肩搭背，咔嚓一声，照片上他们身后的旗帜映着最炫目的雪原光芒，红得嚣张。

合影结束后，其他队员开始着手科考工作，白望却一个人蹒跚着走远了。

“老白，一个人到哪儿去？小心冰窟窿把你叼走了！”

“我要留个标记，以证明望爷我曾经到此一游。”白望毫不遮掩地扯了扯裤子，那动作怎么看怎么三俗。

“你都这把岁数了，就不怕结冰顶你一跟头？”队员们打趣道。

“滚远点，老子快要憋不住了！”

队员们顿时笑成一片。忽然天地间响起一阵隆隆雷声，合着风声呼啸而来。

大家一起疑惑地看着天空——阳光耀眼得都快成激光了，哪儿来的晴天响雷？

“不是雷声吧，好像，好像是喊什么。”

队员们又认真听了一会儿。

“什么桐？”

“呜呜呜呜的，风声吧？”

“是老相好吧？”

队员们笑得越发厉害了。

不一会儿，白望又摇摇晃晃地回来了，在硕大的护目镜的遮挡下，他的神色模糊不清。

队长十分同情：“你这么喊，喊破了喉咙也没人听得见。”

“滚！老子高兴！”白望笑骂道。

“咱能活得实际点吗？又不是古代，搞什么哭长城、望夫崖，打个电话不就全搞定了？”

“说得好！卫星电话给我！”

白望豪迈地一伸手，立刻就有队员狗腿地把电话递上来——没办法啊，对着救命恩人没法不狗腿。

白望摁了几个按钮，叉腰一站，声震肖野。

“龙天，你赶紧扶好了东西仔细听着，别震撼了你的小蛮腰！望爷我现在在南极！冰穹A！最高点！以后不许在我面前炫耀你见多识广！老子才是天下第一医！哈哈哈哈！”

队员们面面相觑——

难道这就是传说中的望爷的“老相好”？

他们之间……都是用这种方式相处的？

与雪原里野狼咆哮般的桀骜不驯完全不同，此刻的顾沅正安静地待在一间病房里。

他坐在病床前的米色沙发上，支起的双手遮挡了大半张脸，两只寒潭般的黝黑眼睛一眨不眨地看着病床上的人。

病房内幽暗森严，仅有些许日光漏下片状的光影，静谧得像按了暂停键的空镜头。

不知过了多久，门锁响了一下，一个轻盈的身影闪了进来。

“顾先生，这是你要的清单……”

不知道是不是受到屋内时空静止魔法波及，女孩的步伐微微迟疑了一下。

这时候，顾沅站了起来，对着来人轻轻一笑。

就像魔法棒在画面上轻点了一下，屋内的气氛顿时灵动起来。阳光落在他的眼睛里，金色的，镶着柔和春光般的微芒。

女孩的步伐立刻又轻快起来，她像一片羽毛飘向对方，在很近的距离才终于停住。

“这半年的开销，每一项我都仔细核对过了，绝对没问题。”

顾沅一边翻着清单一边轻笑起来：“我知道你是这里最好的，一定不会辜负我的信任……”

翻动的动作停了下来，顾沅看着清单结款处的数字，微微皱起了眉头。

女孩踮起脚看了一眼，轻声道：“这段时间医疗费涨得很快，我已经尽量帮你省了。”

“你做事，我放心。”

顾沅合上了资料夹，不动声色地躲开了女孩那近乎依偎的暧昧姿势。

“这段时间，他有清醒过来的迹象吗？”

女孩遗憾地摇了摇头，却又雀跃地报告道：“听说医院最近进了一台很高级的仪器，对这种长期无自主意识的病人很有效果，你要是同意，我立刻就给病人安排。”

顾沅看着她，平静的面孔上看不出一丝波澜。

“很高级吗？”

“嗯？”

“那台设备。”

女孩发现自己从不曾真正看透过男人。他的面孔明明是柔和的，但不知为何却给人一种冷峻晦涩的感觉。他笑起来很好看，但总给人留下深深嘲讽的印象。就比如说现在，他说出这句话的时候，你分不清他是高兴，还是不高兴。

女孩迟疑了一下：“机器是全世界最好的。如果……如果是因为

经济上的问题，我不介意降低我的薪水补贴在病人身上。”

“这怎么可以，你才是最重要的。”

他说这句话的时候，温柔的目光如水一般泻在她的身上。女孩顿时连骨头都酥了，声音也变得娇滴滴的：“其实啊，花那么多钱，用那么好的治疗手段，都不及你自身重要。

“我看了很多资料，植物人要想清醒过来，家人的陪伴是必不可少的。你要经常过来陪陪他，和他说说话。半年才出现一次什么的，实在是太少了……”

女孩说这番话是有私心的。

对于这个衣着得体、彬彬有礼，无论气质还是风度都超一流的男子，她是很有想法的。而且，对一个植物人都这么好，多少钱都舍得花，他这个人一定也不错。女孩有心和他发展一段超出常态的关系，可是这位爷是出了名的大忙人，账上从来不缺钱，人却很少出现。女孩当然希望他能经常出现在这里，最好每天都出现。

女孩还想用撒娇般的语气继续劝说，可是真正触及男人的眼睛后，她竟不自觉地往后退了一步。

然后，她又退了两步。

这时候，顾沅忽然伸出一只手来，拉住她的胳膊。

“小心。”

女孩怔了一下，随即困惑地晃了晃头。

刚才在说什么？为什么一点也想不起来了？

为什么想不起来了，却依然忍不住想要后退？

想要避开他那因阴鸷而显得浓黑的双眸？

“我还想和医生聊聊病人的治疗方案，你帮我找找他好吗？”

女孩这才回过神来：“哦，我这就去找他。”

顾沅笑了起来，笑容像一片羽毛轻轻落在她的眼睛里。

“谢谢你，晚上我请你吃饭，我们再详谈。”

女孩顿时雀跃起来，一走出房门，立刻像欢快的燕子飞走了。顾沅紧盯着那扇门看了一会儿，又回头看着病床上尸体一样毫无知觉的病人，忽然走过去，把呼吸机关掉了。

过了一分钟后，他又把它打开。

如此反反复复，恶作剧似的孩子气。

而病床上的人依然没有任何反应，甚至连眼皮都没有颤动一下。

顾沅垂下眼睛，浓密的睫毛掩住了他眼底的黑暗。

屋子里的时空又像被施了魔法一样凝滞，直到一个空洞得近乎残忍的声音响起。

“你到底打算什么时候醒过来？”

“父亲大人。”

“你到底打算什么时候打电话过来？龙天臭流氓！”

杨振羽守着手机，已经是第五次发作了。

可是那个家伙显然没有接收到她近乎诅咒的脑电波，依然不慌不忙地发着短信。

“忙。”

“很忙。”

“电话中。”

“你想我了？”

想你个大头鬼啊！要不是为了营救顾沅，我费得着工夫跟你扑腾吗？

又过了半个小时左右，她的手机终于震动起来。

“怎么这么慢？你不是说十分钟后就给我回电话吗？”

振羽的怒气值随着时间呈几何级数增长。

龙天的声音却依然懒洋洋的：“架不住你们那么思念我啊，这一转眼的工夫，接了三个电话，还包括你最关心的——顾老板。”

“顾沅？顾沅为什么要给你打电话？”

“你想知道？我想他一定不想你知道。”

“为什么？”

“那么骄傲的一个人。”

孤芳自赏，绝不示弱。

振羽凝视着暗夜里浮起的苍白面孔，敏锐地捕捉到他话里的信息：“他知道了你高干子弟的身份，所以向你求助了？”

龙天默认。

“那你怎么回答的？你有立刻告诉他你正在努力吗？”

“没有啊！我趁机跟他谈了一下条件。”

“……”

“面瘫这个人超级难搞的，输得连裤子都快没了，还紧勒着裤腰带不放。我趁机羞辱了他一顿，告诉他要么签卖身契，要么上法院，他终于屈服在我的淫威之下，哈哈哈哈哈！”

“你还要脸吗你还要脸吗你还要脸吗？”振羽一迭声地臭骂着。

“我若是要脸，你们以后跟着我还怎么混啊？”

振羽正磨着的刀无端停了下来。

龙天的声音再次传来：“我得把你们一个一个都带出来，脸上有光，兜里有钱，车进车出，人见人爱。让你们觉得，跟着龙天干，不亏。”

振羽居然耐心地听了下去，没有打断，没有反讽。

“喂喂，信号没了吗？听得见就吱一声。”龙天用指甲敲着电话。

“吱。”振羽没好气地回应了一声。

“乖，小白鼠，你马上也要进实验组了。”

“滚滚滚滚滚！”振羽又开始怒斥他。

“对了，营救顾沅的计划，我需要你的协助。”

龙天终于严肃起来，让振羽不禁正襟危坐。

“说吧，怎么协助你？”

扯了半天四六不沾的话，可算回到正题了。振羽正在找笔纸准备记录，忽然听到那个精神病又犯病了。

“哎呀！电话又打进来了！总之你赶快订一张飞机票飞到B市来，到了以后我详细跟你说，挂了！”没有任何解释，电话迅速挂断了。

振羽顿时石化。

“当初你混急诊科的时候也没这么着急上火的，现在当上科主任了是赶去投胎啊投胎啊还是投胎啊！”

真不明白为什么每次和他接触后自己都会变得如此暴躁，就好像点燃了十米长的炮仗却发现自己根本没处躲，肾上腺素蹭地就升到了极大值。

振羽在宿舍里转了好几圈，又喝了整整500毫升的水，才终于把气给喘匀了。她低头看了一眼桌子上的手机，咬咬唇，又看了一眼，抓乱了头发。

“哎呀不想了，想打就打吧！反正不会少块肉！”

振羽一鼓作气摁了一串号码，抓着手机，视死如归地看着屏幕。

嘀——嘀——嘀——

顾沅的手机上也出现了与之对应的名字。

在铃声响起的第一时间，他就已经把手机抓在了手里。

可是直到铃声响到最后一声结束，他也没有接听。

他就这么一直看着，看着那个名字亮起，又灭掉，亮起，又灭掉。

终于，不再打来了。

可是他还是出现了幻听，就好像那个铃声还在不断响起，那个人还在电话那端等他。

他拿起手机，把它贴在自己丝毫没有温度的面颊上，就好像那个已经黑掉的名字依然能够听得见——

振羽。

对不起。

答应你的事情，我做不到了。

你眼睛里的世界非黑即白。

我所生存的那个世界。

你一定看不到。

第一章

我自横刀向天笑，
看不惯我滚蛋

有一天，当你的同事，你的同行，敢把自己的命，自己亲人的命交到你手里的时候，你会有一种感觉——哦，我就是最好的医生。

1

夏荷依，为何我听到你，想到你，说起你，就像一把利剑劈开薰衣草花海上的薄雾，带来血肉横飞的惨烈？

龙天，是国内四大顶尖医院之一——百伽图医院供职的急救专家，最近却心思活络，打算到地方小作坊开创自己的重症医疗科。

他野心不小，胆子更大，创业初期最关键的人才梯队，他都打算从老东家挖——

白望，龙天的老上级，医疗队队长，痴心不改的老男人，请来做名誉主任，要的就是名气够大，地位够高，飘忽不定，甩手掌柜。

顾沅，消化内科的面瘫，敛财聚富的翘楚，好像还是情敌？不过看人要看对方的优点，顾沅的才华已经横溢到敌人都惺惺相惜，只是目前似乎案件缠身……这也是挖墙脚的最佳时机啊！

夏荷依，护士长，大美人，心又好，往院门口一站就能吸引患者。只是这女子似乎有难解的心事，对自己也有难解的误会……不管了！先把人要过来再说！

至于其他各色人等，自然要慢慢张罗，慢慢物色。最低层、最受压迫的住院医师是必不可少的。哦，对了，杨振羽这个医学博士虽是肄业，却是个可造之才，如果能过来跟着自己……

龙天想到这里，正好看见白色的和谐号像一颗银色的子弹优雅地滑进了站台。

当一个穿着T恤短裤，拖着一个娇小玲珑的箱子，下了车仍旧在东张西望的女孩出现在站台上时，他迈开两条大长腿，快速走过去，用卷起的报纸狠狠敲打她的头。

“龙天？”

虽然女孩那晶莹的眼睛瞪起来很好看，但龙天仍忍不住腹诽道——

我跟你熟得穿一条裤子都嫌肥了，有必要露出演技如此拙劣的夸张表情吗？

龙天不由得想起两人分手时的场景。

遭遇强烈余震的龙天、杨振羽和夏荷依三人，被困于废墟中。当时杨振羽高烧转肺炎，夏荷依被毒蛇咬伤。龙天被逼无奈，只能把急救药物用在了病情更为危急的夏荷依身上。待三人脱困后，振羽的救治由他人接手，而他则全心全意地为不曾脱离危险的夏荷依殚精竭虑。他一系列的选择、关注和行为看起来是那样无情，终于让眼前的这个女子黯然离去。

再见面时，已是路人。

真的，只是路人了吗？

龙天默默地注视着对方，一时间万千感慨齐聚心间。

龙天这边抒情模式全开，振羽却已经围着他转了一圈。

“你真的是龙天吗？

“除了脸，其他地方都不像。B 市的气候这么养人吗？已经歪瓜裂枣了还能掰正了重新长？”

“……”

龙天的确想太多了。

振羽此刻的反应与情感、纠结、伪装、心机全无关系，她只是很单纯地感慨……龙天变了。

昔日那个总是把衣袖挽到肘部，衣扣从来不扣上两颗，能把圣洁的白大衣穿出流氓神韵的龙天，此刻像重生似的，衣冠楚楚得连整个人都变“禽兽”了。

白衬衫干净挺括，长裤裤线笔直，脚上蹬着一双和裤子同色系的米色皮鞋，胳膊上挂着一件银灰色的休闲西服，就连鼻梁上也架起了一副平光镜……

整个人的形象极正面，极光辉，一看就是案头上摆满了各种证书，书柜里摆满了各种奖杯，脑袋里塞满了各种知识，履历表上填满了各种辉煌经历的社会精英人士。

原来，一个人只需稍稍隐藏一下自己的真实面目，就可以去《时尚芭莎》上当封面人物——振羽不得不为龙天居然如此糟蹋自己的好皮囊而深深慨叹。

至于龙天心中的余情未了，以振羽的粗神经尚未发觉。

龙天微微一笑，心下一片清明。他得意地享受着对方“士别三日”的刮目相看，却故意大声叹气道：“没办法啊，一会儿要去拜见母上大人。我必须要打扮得符合她老人家的审美情趣，要请示的话才好意思说出口啊！”

振羽的表情立刻变得正气凛然：“是为顾沅的事情见严部长吗？”

龙天点点头。

振羽的表情更慎重了。

“确实要好好打扮。你要不要再加条领带？”

龙天顿时无语了。

现在可是6月份的尾巴，狮子座照耀的季节，顶着30℃以上的高温让他衬衫西装还打领带，是打算让他中暑住院吗？

“是啊是啊，再这么聊下去，我就可以汗流浃背、浑身馊臭地去见母上大人了。”

振羽二话不说，提起箱子就走。

果然是干外科的材料，果断迅速不解释。龙天一边感慨着，一边忍不住又埋怨起来：“这么重大的事，我看你也没多上心。让你坐飞机，你非坐火车不可，还让我西装笔挺地站在这里等你。”

“我没钱。”振羽回答得干净利落。

“不会吧，工作这么长时间，一张机票的积蓄总有吧？”龙天夸张地感慨着。

“我已经被周院长扫地出门了。”振羽并没有藏私的意思。

龙天脚下一顿，心中已经明白了。

因为怨恨他们抛下自己的本职工作，招呼不打就跑到灾区，做出这样雷厉风行的决定果然是周沁雪的风格。

他低头看着振羽拖着的箱子：“这么说来，你是来投奔我的？”

振羽横了他一眼：“投奔你？你的钱包里出现过五张以上的粉红票吗？”

龙天笑了笑，把西服换到另一只胳膊上，右手拿过她的行李：“好歹也是科主任一枚了，金屋藏娇这种事还是可以偶尔为之的。”

“呸呸呸呸呸。”振羽一连呸了五声，“别想太多了，这次我来，营救顾沅是唯一目的。至于我，早就跟你划清界限了。”

“你都自顾不暇了还尽惦记着别人，很傻很天真啊！”龙天打趣起她。

“顾沅说了，从今以后他要做一个善良的好医生。我不能让他折在这儿。”振羽认真地回答道。

龙天满心赞叹。

这丫头，还是这么仗义，真是一点没变啊！

两人说说话、斗斗嘴，转眼已经出了火车站。龙天带着她来到自己的座驾跟前——崭新的奥迪 Q5，光可鉴人的白色车漆滑溜得撑不住胳膊，彪悍又不失帅气的外形恰似龙天这个人。只是……衣兜里存不住五张以上粉红票的人怎么会有这么昂贵的座驾？

龙天打开车锁时有意地看了一眼女孩，只见她打开后备箱，放行李，开车门，上车，坐好……从头到尾神色如常。倒是旁边经过的两个女孩，看了看豪车，又看了看车旁的他，叽叽喳喳很是兴奋。

龙天冲那两个女孩潇洒地挥了挥手，自己也上了车。振羽投过来的目光果然满是嫌弃。

“江山易改本性难移，你的流氓气质换了马甲也改变不了。”

“不好吗？最强的雄蜂才有资格和蜂后配对，我倒觉得这是我的魅力所在。”

龙天一边贫嘴，一边熟练地发动了汽车。

“我们这是去哪儿？现在就去见严部长吗？”

“对，现在就去。”

振羽立刻趴在驾驶座的靠背上，致力于干扰司机。

“部长好说话吗？”

“相当疾恶如仇。”

“那你就这么冲过去拜托她，她不会立刻把你扫地出门？”

“我们都是聪明人，当然要讲究一下策略了。”

“你能一鼓作气把该拉的屎都拉完吗？”

“……”

“好吧，你到底又有什么卑鄙无耻的馊主意了？”

“……”

龙天尴尬地咳嗽了两声，这才开口道：“我的计划就是让你扮演顾沅的妹妹，用你黑白分明的大眼睛来博取母上的同情。”

振羽皱起了眉头：“你这条对我比较有说服力，对严大人却构不成说服力。你还有别的计划吧？”

对于其中的利害关系，振羽也不是随便被忽悠的主。

龙天看了一眼后视镜，近乎随意地回答道：“我想搭救我未来的大舅哥，这个计划够有说服力吧？”

振羽瞬间睁大了眼睛。

“我拒绝。”振羽干净利落地表明了立场。

龙天夸张地唉声叹气道：“唉，为了营救成功，我都让面瘫爬到我脸上，你却连个助演都不愿意当，可见对这事也不怎么上心。算了算了，我干脆就跟母上交底，就说顾沅跟我是一对，我要营救我的心上人。”

“这也能行？”振羽的眼睛睁得更大了。

“以死相逼的话，有 40% 的成功率。”龙天一本正经地回答道。

就是完全不靠谱啊！

振羽无语地看着他。虽然知道龙天的话只能信一半，但是他的计划是目前最可行的办法。

但这也是振羽最气愤的地方，难怪他各种催促却故意不说要她过来的理由，原来是要扮演他的未婚妻——要知道是这个卑鄙无耻下流的馊主意，她是打死都不会来的！

振羽磨着后槽牙：“你的主意很好，可是为什么偏偏瞄上我？”

“难道你觉得你对顾沅的关心还用演？”

“可是我对你的亲密是万万演不出来！”

龙天干笑着：“那倒没关系，母上大人正好不喜欢年轻人整天黏黏糊糊的。”

“要演你的未婚妻，直接拖夏荷依过来不就行了？何必找我？”

说完这句话后，一股莫名的惆怅席卷而来，连着脊柱上的神经都抽成了虚软无力。

原本以为自己已经想开了，过去了，不在乎了。

就好像薰衣草花海上弥漫着薄雾。

可以用坚强伪装出很完美的笑容。

却不想那个人的名字对自己依然像一把利剑。

夏荷依。夏荷依。

如此温柔的名字，如此美丽的女孩。

为何我听到你，想到你，说起你。

就如同利剑穿心，带来血肉横飞的惨烈？

龙天似乎并没有受到任何干扰，镇定地说：“可是夏荷依和顾沅一点都不熟，怎么演他的妹妹？”

这个理由果然有理有据，连振羽也想不出什么理由来反驳。

“难道你就不怕我扮演了你的未婚妻，而让夏荷依误会吗？”

“不怕。”龙天很快恢复了笑容，“她现在还在西藏呢。”

这似乎不能成为不怕的理由啊！

振羽有种异样的感觉。龙天似乎有意地在制造他和她的亲密，却又不掩饰他和夏荷依之间的亲密，难道这是打算脚踏两只船？

那他就是渣男中的战斗机，渣中之渣了。

如果他真是这样的人，那么她心中最后一丝留恋也可以彻底放下，从此相忘于江湖，见面啪啪甩耳光。

怀着这样的心情，振羽反而洒脱起来。

“好吧，我可以扮演你的未婚妻。不过你不要期待有附赠的小费或服务，我跟你可是相当见外的。”

那可不是你一个人说了算的。

龙天心中虽然回荡着这样的声音，却依然露出一个童叟无欺的纯良微笑，再配上他那副眼镜，果然是奥斯卡影帝般逼真伪善的演技。

2

振羽忽然觉得，如果自己也有这么一个小院，夏日阴凉，冬雪围炉，绕膝三五子孙，执手白头偕老，有没有钱，有多少钱，真的一点都不重要。

白色奥迪Q5在车流中走走停停，道路越来越窄，周围的建筑也变得越来越矮、越来越老。振羽沉默地看着街景变化，心里想着不会吧……奥迪Q5居然毫不解释拐进一条狭窄的胡同里，两边灰色围墙里的建筑竟然不超过两层……

严怀在外素有“铁娘子”之称，行为做事也是雷厉风行，俗称“无知少女”（无党派、知识分子、少数民族、女性）的她在政界混得风生水起，在卫生部的几个头头中名气最大，尊重知识分子的亲和力让她在医务界也很有人气。听说本来有机会晋升的，不知道为什么又没晋升，退休以后更是直接回家养老……

就算廉政从俭，也不可能退休以后住在贫民区吧！

振羽震惊了。

而更震惊的还在后面——龙天的车真的停在一个门上有着三根突

起梁柱的大门口，那斑驳的红漆木门啊，让振羽整个人都肃然起敬了。

“我终于明白严部长的名声怎么会这么好了。受得住清贫，耐得住寂寞。”

龙天本来已经锁好车往里走了，听了这话，差点没在台阶上摔了跟头。他回头看着振羽，严肃地说：“虽然很高兴你能赞美她，可是也请用对地方。如果不能让辛苦努力并取得成就的人获得财富，这是当政者的失败。”

“……可是她却住在这种地方……”振羽目光古怪地望着那低矮灰暗的院墙。

龙天轻笑一声，走过去，附耳轻语道：“闹中取静的四合院，我母亲喜欢，我希望你也喜欢。”

要不是耳郭上传来软软的、酥麻的感觉，振羽肯定会忍不住问：“四合院不是文物吗，难道还能住人？”

而这时，龙天已经打开了院门。振羽绕过影壁，忽然明白龙天为什么会对“清贫”二字如此不满了。

这个四合院真的就是电视里演的那种四合院啊！

四厢平整，窗棂勾花。地上铺着规整的方石，院中种着两棵合抱的古树，每一棵都有上百年的树龄。明明已是夏天，一股清凉古朴之气扑面而来。北方人偏爱四四方方、规规矩矩，而这个院落也收拾得相当干净大气。每个承重房柱的下面都有一只绿色的小兽，昂头张嘴似要接雨，振羽一看就喜欢得眼睛都快掉进去了。

贫民区里真是卧虎藏龙啊！这样别致的四合院，就算拿栋别墅来换，也不愿意换啊！

振羽忽然觉得，如果自己老了也有这么一个院子，夏日阴凉，冬雪围炉，绕膝三五子孙，携手白头到老，有没有钱，有多少钱，一点都不重要。

如果那个人是龙天……

龙天。

龙天。

振羽嘴里一片苦涩。

怎么可能是龙天？

如果振羽的知识面再丰富一点，她将会知道，这样规整的一个院子，又在二环内，已经是金钱都买不到的稀罕物。曾经有个富二代，因喜欢上了四合院的样子，打算砸钱给自己弄一套，还不是在B市，对方直接开价一亿两千万，富二代差点没把自己的舌头吞了。

在B市住四合院，不仅是财富的象征，更是身份的代表。

振羽不由得好奇起来——这个院子的主人是怎样的风华逼人、傲骨犹存？

她正四下张望着，忽然听见身后一个声音响起。

“是贵客到了吗？”

振羽连忙回头，看见一个蹬着布鞋，穿着布衫，慈眉善目的老太太站在门口，手里还提着一篮黄瓜。

是家里的用人吧。振羽这样想着，一边后退一边道歉。

老用人却不急着进门，只是看着她，眼睛里满是温和的笑容。

“你就是杨振羽吧？”

哎哎哎，难怪这老太太有些眼熟，难道以前给她治过病？

振羽正想着是不是要叙叙旧，顺便沟通一下医患感情，忽然听见旁边的龙天用一种甜得发腻的声音叫道：“妈——”

哎哎哎！这就是电视里庄严睿智的严怀部长？！

振羽顿时觉得自己像开窍一般明白了几件事情——

原来严部长也是要吃饭的。

原来严部长也是自己买菜。

原来严部长想穿什么穿什么，穿成农妇也是有气度在的。

只有自己最傻。

看不见对方的玉华在内，却当成了洗衣做饭的老用人。

不过，看严部长这副自然淳朴的模样，两个年轻人却装成了二逼，这么浪费到底是为什么啊？

振羽正要用目光谴责，却见龙天已经亲热地挽起了母亲的胳膊，欢欢喜喜地进屋了。

3

杨振羽这才知道，这个像神一般的男子，他的骄傲、他的辉煌、他的神迹……在他哥哥姐姐的眼中，无足轻重得就好像放屁一样。

屋内所见，自然又是一番景致。

据说装饰的最高境界，就是“宾至如归”。振羽真心感叹，严大人的家中很有人味。

还记得高中课本上的一篇文章《林妹妹进贾府》，借着林黛玉的心思控诉了豪门深院多么封建，多少规矩。振羽却只记住了其中一个细节——贾母看见黛玉后，拉到膝前来哭了一通，又笑了一通，舐犊情深，令人动容。

而今，严大人也像贾母一般，丝毫没有架子，拉着振羽同坐沙发，一会儿笑着说“这丫头真俊，龙天配不上你”，一会儿又问“学什么的”。振羽牢牢记得龙天的话，只乖乖回答“医大八年”，严怀笑着说“很好很好”，便不再往下问了。

竟然就这么过了？

振羽忍不住偷望了龙天一眼。

龙天却只是微微笑着，既不贫嘴，也不邀宠，似乎打定主意把舞台交给她，自己却做了看客。

两代人相谈甚欢，严怀忽然起身，说是要拿旧相册。这时候龙天才突然着了慌，站起来满脸紧张地问：“妈，您是要……要拿那本相册吗？”

“当然。”严怀回答得浩气长存。

龙天的额上却已经见了汗。

“看在……看在你准儿媳的面子上，能不能不看？”

“不能。”严怀睨了他一眼，霸气侧漏，龙天顿时吃瘪。

看着龙天那哀怨凄凉的小眼神，振羽突然对相册里的内容无比期待起来。

不多时，严怀果然从房内拿出几本旧相册，一页一页翻给振羽看。

“这是龙天五岁的时候……这是他六岁的时候……这张是刚上一年级的时候……”

“伯母，这……这真的都是龙天吗？”振羽每吐出一个字，声音都在发颤。

“当然都是他。你看，这幽怨的小眼神和现在多像。”

龙天早就换作“死猪不怕开水烫”的嚣张表情，大咧咧地躺坐在沙发上，踘踘地说：“小时候的形象不能说明问题。”

可是，可是——这么风骚的男人，小时候竟然是这样一副模样？

在严怀展示的每一张相片里，龙天都涂着红脸蛋，小新眉，血盆大口，面白如尸，穿着小礼服、印度服、民族服……只可惜，统统都是女装。穿着女装的小小龙天仰起一张幽怨的、可怜的、委屈的、不甘心的童养媳脸，做着各种造型，扭着各种身形……

振羽的肚子都快笑疼了，拿出一张顶着蚊帐装扮观音的囧照冲龙天挥舞着：“没想到你这么时髦，这么多年前就知道COSPLAY，还是……还是这么奔放的造型……”

龙天举目望天：“如果你有两个比你大十岁的哥哥姐姐，你也只能任人摆布。”

怎么会大十岁？

振羽正觉得奇怪，忽然听见门口一个声音说——

“瞧瞧，好几年不见，还记着仇呢，我这姐姐可真够失败的。”

门口逆着光站着一个高挑的女人，差不多有一米七，短发，戴眼镜。声音很好听，带着少女般柔柔的味道，但不知为何又有种不容置疑、冰冷刺骨的感觉。振羽抬起眼睛，正好看见一双寒星点射的眸子望过来，她的心就忍不住狠狠地颤了一下。

是个厉害角色。振羽心想。

龙天已经站了起来，恭恭敬敬地喊了一声“姐”。

严沐雨走了进来，放下包，抱着臂，抬头看着龙天。整套动作像军人般干净利落。她虽然比龙天矮一头，却仿佛居高临下般，许久才点点头：“出去四年，终于懂事了点。”

振羽的心不安分地再次咆哮起来——

懂事了点！懂事了点！懂事了点！

堂堂副教授，未来的大主任，被人说终于懂事了，振羽很想笑，可是这种气氛中，她笑不出来。

周沁雪和她年岁差不多，职位也差不多，可是和她一比，简直成了上海小汤包，一戳就破。

周沁雪跟人说话，至少还是平视的态度。而这个人，赤裸裸、坦荡荡地藐视！

振羽终于明白为什么龙天会如此重视自己的行头了。这模样不是给严怀看的，而是给她——严沐雨，家长之风如臂使指的严沐雨看的！

仿佛感受到她的心语，严沐雨那双严厉的眼睛终于纡尊降贵般落在了振羽的身上。振羽不由得心中一颤。她面无表情地微微眯起了眼睛，振羽又一颤。

令人窒息的暂停之后，严沐雨终于翻了翻眼皮。

“呵呵，系着丝巾呢。”

为了讨好严家老小，振羽特地从箱子里翻出一条传说中能够快速提升个人品位和气质的丝巾系上，却不想这条丝巾率先得到了严沐雨的瞩目，得到了如下的潜台词——

丝巾很碍眼，你也很碍眼。

“沐雨，老张正在厨房里做饭呢，你跟我过去搭把手吧。沐风也打过电话了，半个小时后就到。”

严怀一说话，一股柔和的气息顿时吹开了寒冬中的山水林草。沐雨出去后，振羽三下五除二扯掉了丝巾，一抬头，就接触到龙天那暗沉的星眸。

就算是龙天这烈日般的男人，在这个家中也只能吃瘪吗？

可是，他为什么不反抗？

振羽心事重重，又不好直接问他，只能大眼瞪小眼地沉默以对。半个小时后，在严沐雨无限的吹毛求疵中，晚饭终于做好了。

严沐风也终于赶在最后一刻踏进了房门，一迭声地道歉。

和严沐雨“随时随地，想摆就摆”的“震慑”神功相比，严沐风简直太和蔼、太可亲、太平易近人了。可是不知道为什么，龙天依然是一副“我跟你不熟”的样子，就连哥哥亲热地搂了他的肩膀，他的脸上也没有露出热络的表情来。

这到底是多大的仇啊，亲兄弟见面就跟路人似的。

严沐风却不在意龙天的冷淡，刚一坐下就开始控场。

“呵呵，到晚了到晚了，我自罚三杯。

“龙天，今天这顿算你的接风宴，你是不是该表示一下，自干三杯如何？”

“我是外科医生。”

“呵呵，懂了，手抖是吧，饶过你了。你这个小朋友呢？不介绍一下吗？”

振羽眼看着龙天又是挤牙膏的嘴型，连忙主动说：“我叫杨振羽，也是外科医生。不过我能喝酒，我敬大哥一杯吧。”

振羽拿起酒杯正要先干为敬，就听见旁边一个凉凉的声音说：“住院医师第二年。”

振羽顿时有点手心发烫。

“每个医生都是从住院医师开始做起的，更何况杨振羽是个优秀的住院医师。”龙天坚定地送来一丝温暖。

“年轻有为，年轻有为。”严沐风笑呵呵地看着她，“你是哪个学校毕业的？”

振羽说了一个在医学界如雷贯耳的名字。

严沐风一边感慨着“好学校啊”，一边笑嘻嘻地望着另一边，似乎在等待什么。严沐雨玩着碗里的饭粒，淡淡地应了一声：“肄业生。”

振羽顿时觉得整个面颊火烧火燎，烫得几乎疼痛起来。

这时候，一左一右两只手都被人握住了，只是一只宽大温厚，一只苍老有力，振羽虽然恨不能把脸贴到背上去，却依然感觉到一丝甜甜的温暖。

严沐风似乎没有看到振羽的窘态，只对严沐雨笑言：“调查得很清楚嘛，不是第一次见面吗？”

严沐雨抬起眼睛，不带丝毫感情地看着对面的龙天：“这可是我弟弟带回来的第一个女人，自然要谨慎些。”

龙天却只是微笑着，话里柔中带刚：“姐姐，我已经成年了。”

“可是你依然会在国外受训三年后，直接跑到乡下去浪费时间，你的成熟和理智是长在脚踝上的吗？”

龙天虽然还在笑着，可是笑容已经很僵了。

“那个地方不是乡下，是个很大的地市级医院。”

“除了四大医院，其他地方都是乡下。”

龙天忍不住说：“可是周沁雪也在那里。”

严沐雨耸耸肩：“那是她的桥。所以，你看，她已经拆桥走人了。”

“可是你看，我也升了，我现在是科主任了。”

这时候，严沐风惊喜的声音插了进来：“已经是科主任了吗？不错不错，名片带了吗？我看看。”

龙天很不在乎这些身外之名，皱皱眉头刚要说没有，振羽却连忙掏出龙天忽悠她的那张名片递过去，同时换来对方意味深长的一眼。

“呵呵，真不错啊！诺华医院的重症医学科科主任。沐雨，你也看看——”

沐风把名片递给沐雨，她却连眼皮子都没抬一下。

“民营医院而已，还是个期货。”

龙天只是很平静地看着对面，一句话也没说。可是他眼睛里的东西，却让振羽已经不忍再看了。

“不管怎么说，小弟终于当上科主任了。饭要一口一口地吃，路要一步一步地走嘛。”

严沐风打了一圈太极，把名片往桌子上一放：“来，吃饭吃饭。”

于是，就真的开始吃饭了。

那张名片就这么一直放在饭桌上，完全没有要收起来的意思。

杯往碟来，觥筹交错。一滴油不小心滴在了名片上，后来，又滴上了很多污迹。

似乎，也并没有人在意。

而那些污迹却仿佛滴在了振羽的视网膜上，一滴，又一滴，像污点一样刺痛了她的双目。

晚上的安排，严怀睡正屋，沐风和沐雨睡东厢，龙天和振羽睡西厢。

经过晚上这番“接风洗礼”，振羽对龙天也是“刮目相看”，倒显得比白天更有情意。龙天嘱咐了一声“今天累，早点睡”，定定地望了她一会儿，就告辞离开了。

振羽张张嘴想说什么，终究也没说出口，就这么怔怔地看着他进了屋，叹了口气，转身也进了屋。

刷牙洗脸，躺床上挺尸，也不过十点。振羽在床上翻来覆去，一会儿把双手放在被子外面，一会儿把双手放在被子里面，怎么放都觉得别扭，最后只好一骨碌爬起来，无声地呐喊道：“医生哪有晚上十点睡觉的，暴殄天时啊！”

这时候，她忽然听到外面有耳语般的声音响起，却又近得好像就在墙根处说话。振羽蹑手蹑脚地爬起来，将窗掀了个缝往外看，果然看见严沐雨和龙天站在院子里，正在小声说话。

严沐雨？

她拉着龙天，又在说什么？

4

如果有一天，我的同事、同行敢把自己的命、至亲的命交到我手里，

只有到了那种境界的人，才有底气说，我不求千古留名，我不求流芳百世，因为我就是最接近神的人。

今天晚上的月亮虽然很大很亮，可是以沐雨和龙天的关系，应该不是出来赏月的。

由于平房的特殊结构，虽然两人的说话声音很小，振羽在屋里一样听得一清二楚。

严沐雨的口吻依然如霜降：“利害关系我已经跟你说得很清楚了。反正你也打算从百伽图辞职，不如回来，跟着我干吧。”

什么？严沐雨打算把龙天调到B市来？

振羽不自觉地捂住了嘴巴。

虽然觉得龙天挺破坏医生形象的，可是一想到他要去严沐雨所掌控的冷冰冰的医院，就觉得还不如留在百伽图为祸一方。

龙天只是沉默着，过了一会儿才慢悠悠地笑着说：“我这样的人，搁在身边不觉得闹心吗？”

“就是太由着你了，才会让你变成现在这个样子。我问你，这几年你有几篇论文被SCI收录？几篇上了核心期刊？别忘了你升副教授的时候还是我帮忙的，你是打算一辈子不晋升教授了吗？

“我知道你技术好，在无国界医生中闯出了名头，心里很是有些自傲。但是我也要告诉你，医生这个职业同样有游戏规则，一个好医生的标准可不只是技术好这一条。

“重症医学科主任？我看不要也罢。民营医院那就是体制外，将来基金拿不上，课题申不上，你拿什么本钱去拼硕导、博导？

“临床能力你已经具备，维持好别手生就行。更重要的是做科研，拿课题，评教授，最好是坐上外科学会头把交椅。你的个人能力这么强，又有我和你哥，什么事做不成的，就看你用不用心。”

龙天却只是笑着：“可是，我只想做最难的手术，救最难救的病人。”

沐雨的声音突然变了：“你疯了？你知道现在是什么环境吗？还

老想着做最难的手术？救活十个病人不一定有人念你好，治死一个病人会变成千夫所指，更坏的结果是被病人投诉、围攻，甚至杀害。你知道现在什么最重要吗？安全，病人安全！再也不会有医生为了病人拼命了！”

再也不会有医生为了病人拼命了！

振羽抬起她那双黑白分明的眼睛，眼睛里却没有光明，只有晦涩和心痛。

哪一个司机希望自己开车撞死行人？

哪一个医生希望自己的病人死在手术台上？

可是这个世界上就是有这么多巧合、意外，不可预料，难以避免。

治疗失败，医生心中的痛苦不会比病人少，因为他必须承认自己是个Loser。

医学的进步是病人用生命换来的，可是医学的进步何尝不是医生的心头血换来的？

病人没有选择，可是医生却有权衡。

50%。

低过这个预期值，手术就不可能开展。

或许你真的很想活，很想再有一次生的机会。

可是，现今的世道，再也不会有医生为你拼命了！

沐雨厉声说出这句话的时候，声音里也忍不住染上了一抹悲凉。而龙天只是静静地听着，静静地回答:“是吗？可是，我还是想搏一搏。看是我命大，还是患者命大。”

“简直……简直不可理喻！你自生自灭吧！”

严沐雨的脚步声远去，再也没有回来。

龙天静静又站了一会儿，这才叹了一口气：“出来吧，老妖婆已经走了。”

杨振羽很想笑，眼睛里却放不下一丝轻松。她揉着眼睛走到他面前，叹着气说：“世道已如此艰难，你又何必自己拆穿？”

龙天的笑容依然如夏日凉风：“虽然我这辈子不太可能当硕导、博导，不过还是想把你扶上正路，可不敢给你留下什么心理阴影。”

振羽瞪着眼睛：“别套近乎，我跟你不熟。话说回来了，刚才，还有今天晚上，你为什么都不反驳他们？你训我的时候嘴皮子挺利索的，不至于连一句还口的话都想不起来吧？”

龙天平静地说：“小孩子才用嘴皮子拌嘴，成年人都用实力说话，我实力的确不如她，所以只好听她训了。”

“你也很强啊，连顾沅那眼界也承认你的实力。”

“严沐雨只比我大十岁，现在已经是四大医院之一——济民医院的副院长了。

“在当副院长之前，她已是内科学系的副主任，消化内科的正主任。她所带领的科室，全国排名第二。

“她还兼职消化学会的副主任委员。人人都说，她是候任主委的有力竞争者，只是太年轻。人们也说，这个位置迟早给她坐。

“她的手里还握着好几千万的科研基金。863，973，国自然……做医生对她来说已是低层次的追求，做学者，拿诺奖，流芳百世，千古留名，这才是她的终极目标。

“至于严沐风，能够成为卫生部最年轻的司长，就足够说明他的实力了。”

杨振羽震惊得整个人都有些麻木了。

这一家子都是什么怪胎啊？

有一个龙天就已经够惊世骇俗了。

而他居然层次低到不好意思跟人打招呼！

这是要毁掉价值观的节奏吗？

“可是，我觉得‘做最好的临床专家’这个目标很伟大啊！”

龙天嗤笑出声：“你是被我洗脑了吗？我的路已经走歪了，你可千万别沿着我的路继续跑偏。”

振羽固执地说："我就是觉得'当最好的医生'这个目标很高大上，才不是跑偏。"

龙天静静地道："怎么才叫最好的医生？做了最多例的手术？做了首例的手术？攻克了某种疾病？开创了某种术式？获得某种手术器械的专利？'最好'这个词是一定要被量化的，只有手术做得好这个定义不能被量化，也最不容易被承认。所以，根本没有'最好的临床专家'这个说法。

"除非有一天，你的同事、你的同行敢把自己的命、自己亲人的命交到你手里，你才会有一种感觉——哦，我就是最好的医生。"

我就是最好的医生——能够这样霸气地说话，似乎，再丑陋的脸也变得迷人了。

哪怕是龙天这种好皮囊难掩坏肚水的医学流氓。

"那……一定是种很棒的感觉。"振羽由衷地吹捧道。

"是啊，会自信心无限膨胀的。"龙天笑着眨眨眼，不禁挺起了胸膛，"也只有到了那种境界，我才有底气对严沐风、严沐雨说，我不求千古留名，我不求流芳百世，因为我已经是最接近神的人。"

人，果然是靠实力说话才最有魅力啊！

"我也想成为这样的人。"振羽握紧了拳头，两眼放光。

"好啊，那就彻底成为我们家的人，和我并肩战斗吧！"龙天抓住一切时机耍嘴皮子。

"滚滚滚滚滚！"

振羽忍不住又暴躁了起来。忽然她眼睛一转，笑嘻嘻地问道："对了，为什么你们全家人都姓严，而你姓龙呢？该不是有什么不可告人的秘密吧……"

龙天却不受干扰，依然懒洋洋地打趣道："想知道吗？成为我的人就告诉你。"

"滚滚滚滚滚滚滚！"振羽更暴躁了。

"哈哈，你有什么难为情的？连我都不觉得难为情。我龙天的名号拿出去也是响当当的，成为我的人一点都不丢人……"

“滚滚滚滚滚滚滚滚滚！我在意的是这个吗？你个臭流氓！都说了我和你不熟……小心我用手术刀扎你哦！我切皮可是有口皆碑的！”

于是，月夜下，庭院中，很是和谐的宁静被很不和谐地破坏了。

那个时候，虽然龙天和杨振羽都有着各自骨感的现实。

但人的理想很丰满。

那个时候，振羽不会想到不久以后的某一天，同事的生命会以那样一种形式交到她的手里。

原来，在神圣和信任之外，还有那样一种锥心刺骨的痛。

伴随着更大的考验和更大的责任……

第二天，一家人聚在正屋吃早饭。

严沐雨的脸依然像冰块，看着真解热。

只是龙天依旧春光满面，像是要给沐雨找难受一样拼命往她碗里夹咸菜。

严沐风一直看表，出去打一个电话的工夫，白粥上就漂了厚厚一层老干妈。

严怀笑对小儿女们的各种表现，雍容大度，悠然自得，似乎什么都在眼里，又什么都不放在眼里。

席间，龙天终于把自己此行的目的说了出来。要营救顾沅，已经退休了的严怀不一定能使上劲，还要沐风、沐雨这样的当权派给力才行。

“消化科的顾沅？你认识这人吗？”严怀谨慎地问在学会任职的严沐雨。

沐雨思索了片刻：“有印象。我审过他不少稿子，有几篇写得还算不错，也曾推荐到年会上做大会发言。印象中是个相当有礼、相当踏实的孩子，比龙天强了不是一星半点。”

说罢，她又用目空一切的目光强烈、执着地炙烤龙天。

振羽顿时风中凌乱了。

顾沅 = 孩子……

顾沅 > 龙天……

这才是属于大众审美的结论吗？

严沐风也发表了自己的意见："这案子吧，说起来也没什么难点，不就是收了病人的红包，又没把人救活，家属从技术问题扯到了医德问题。可大可小的事，赔点钱私了得了。"

"大舅子说了没钱，钱要留给我们包大红包。"龙天口出狂言，眼睛都不眨一下。

严沐风哭笑不得："收红包的时候这么爽快，吐出来就不乐意啦？这大舅子该不会是赖上咱家了吧？"说话间，他有意无意地看了振羽一眼。

振羽顿时面红耳赤。

这时候，严怀忽然插进来，一言定江山："只是收红包的话不算什么大错，人情自古就有，哪个行业也免不了俗。沐风，这事你办一下。"言下之意——私了。

严沐风等的就是这句话，连忙满口应下来："哎！主要是我们最近正查医德医风，节骨眼上，有点难办。不过只要您老人家发话，我拿着去当尚方宝剑，比我自己说话管用多了。"

严怀不由得笑了起来："就你花花肠子多。"

严沐风立刻讨好地说："我说的可是大实话。"

龙天平静地说："谢谢大哥。"

严沐风指着对面笑道："你应该谢她才对。老妈很喜欢小羽，是看在小羽的面子上，我才肯帮忙的。"

振羽却只是低头喝粥，俨然和龙天一个鼻孔出气。

以为人都是傻子吗？

严沐风左一个推托，右一个撇清，摆明了就是等严母发话才肯帮忙。严沐雨尖酸刻薄，但心眼并不多。不像这一位，八面玲珑，笑容可掬，全是虚伪和应酬。比较起来，振羽反而更喜欢严沐雨。

至少，她把厌恶都直接摆在脸上。

等大家都用完了早饭，严怀这才把最重要的问题抛了出来。

“说说你那个诺华医院的事吧。”

龙天心下明白，一定是严沐雨不想他去民营医院，借母上大人的口百般阻拦。她做事向来滴水不漏，只怕连底细也已经查得一清二楚了，龙天不敢有丝毫隐瞒，连忙照实说了，末了还不忘加一句：“医院虽然是民营的，但老板野心很大，想要建成中国的长庚医院。”

严沐雨嗤笑一声：“长庚医院是想想就能有的吗？那可是台湾地区首富创建的，以慈善为目的的民营医院。这个温诺华这么有实力？”

龙天小心地回答道：“温诺华是一个高调唱戏、低调做人的实干家，以前虽从未涉足医疗界，可是从打算办院到现在不过几个月时间，各种批件都已经置办齐全了。我觉得他不仅很有钱，还有很深的政府背景。”

“温诺华，温诺华……”

严怀轻轻念着，忽然转向严沐风：“温奇瑞家中，有叫温诺华的孩子吗？”

严沐风心中早有计较，连忙回应道：“温奇瑞本家没有，但是他大哥那一脉有个外孙叫温诺华，从小智力超群，一直跟在温奇瑞身边上学、读书。因为成绩好，家里不许他从政，后来就出国了。听龙天的描述，应该就是他了。”

龙天露出一副恍然大悟又十分懊悔的模样：“早知道他那么有背景，应该让他去捞大舅子才对……”

严怀点点头：“如果是温家的产业，那倒可以放心了。我一向不干涉你们的决定，龙天，如果你想好了，想去就去吧。哪天如果不想干了，沐雨的小医院也算是个容身之处。”

严沐雨幽怨地看着母亲：“我那可不是小医院，是四大医院之一，别说得跟龙天不要的备胎一样。”

大家都笑了起来。

振羽也在赔笑，眼瞧着严沐雨淡淡扫来，情不自禁地噤了声，却又不肯示弱地补笑了好几声，坠在尾声处异常出众，严沐雨的目光立刻变得锐利无比。

振羽却也不怕，心道你一个消化科的大拿，再了不起也管不到外科来，于是稳稳地把目光送了出去，倒显得不卑不亢、落落大方。两人目光正胶着着，严怀悄无声息地把话题转了过来："小羽啊，龙天都打算去民营医院了，你有什么打算？愿不愿意过去帮他？"

5

我等你来，像心田上种下的莲花，绽放出一池的摇曳多姿。婀娜之中，偏偏又有一枝傲然挺立，孤芳自赏，就像顾沅这个人一样。

振羽立刻怔住了。

虽然之前迫于形势答应了龙天，但她早就打定主意过河就拆桥。可是现在面对长辈的问题，又在严沐风、严沐雨强敌环伺的威压之下，振羽心中明白，无论她现在说什么，都必须一言九鼎地做下去。

"我……我只是一个医科大学的肄业生，龙天那里也帮不上什么忙吧？"

振羽讨好地看着龙天，甚至自曝其短地连"肄业生"都说了，可是龙天的领悟力一定是被狗吃了，他才会异常认真地说："错了，我那里非常需要你，无论是技术上的支持，还是心灵上的抚慰。"

还心灵上的抚慰呢！看到你那张假惺惺的面孔，我已经快吐了好不好！

振羽立刻斩钉截铁地说："我觉得姐姐昨天说得很有道理，我毕业以后就一直在乡下待着，学到的东西十分有限，要想以后能帮上龙天，还要多学习才对。"

严沐雨冷冷地看着她，眉梢上挂着"算你识趣"四个字。

既然“以后才能帮上龙天”，那就不是说现在了。十年，二十年，“以后”的定义丰富着呢，只要出了这个家门就可以翻脸不认账，管他是部长还是司长，以后咱不招惹行不？躲龙天远远的行不？

严怀点点头，露出欣慰的笑容：“你这丫头很不简单啊，都已经博士毕业了还能够拥有一颗平常心，不错不错。

“龙天，现在就给你一个任务。百伽图的进修生是每年 8 月份进院吧？你去疏通疏通，就让医院破格把小羽也收了吧。”

等等，这节奏是……

严怀慈爱地握住振羽的手，来回抚摸着，微笑道：“等半年后，你从百伽图出来，龙天的科室也筹建得差不多了，成家立业，双宿双飞，岂不两全其美？”

振羽顿时被雷得外焦里嫩，燥得五内俱焚，糟得风中凌乱，悲得泪流满面——

龙天从旁看着，觉得十分有趣，很想拿话逗她两句，却又想起了什么，只微微笑着，露出十拿九稳的表情来。

“妈，谢谢啊！”

严怀正在自家花圃里忙碌，一抬头，突然笑了起来。

“这可是你第一次带回家的姑娘，我不帮你看着，谁看着啊？

“你啊，和那姑娘还八字没一撇吧？”

龙天一边搭手干活，一边干笑出声：“发生了点事情，只好重头来过。”

“你呀，连一个小丫头都搞不定，真是愧对家门。你父亲当年哪用追女孩，都是女孩主动追他。”

说到这里，她顿了顿，低下头继续剪花枝：“不过，你比他有心，至少知道对喜欢的人动这些小心思。只这一点，你比他强一百倍。”

龙天悄悄凑过去，笑道：“报告老妈，老爸的研究已经进入最后阶段，成果指日可待，到时候你们就可以鹊桥相会了。”

“你又拿好话哄我。去年春节、前年春节他都不肯回来，也是这么说的。”

“这次是真的，我连杂志简报都带来了。”

“真的？我看看。”

严怀立刻放下农具，伸手拢了一下头发。尽管是上了岁数的女人，但这一拢的风韵，却仿佛江南乌镇的石桥上走来一个穿着蓝染花布的女人，美不胜收。

一个人，如果想要永远保持青春，不仅要靠气质和保养，更需要爱情的滋润。十年，二十年，一辈子……有爱的灵魂，会自觉地留住美丽，为自己，也为所爱的人。

如果是她的话……龙天想象着那时的场景，再回头看着西厢房那边，看着冲天的怨气似乎凝成实质，在屋顶上团聚成黑气，却仿佛感觉到一片小小的花瓣落在自己的手背上。

我可是相当重感情的人。

龙天微微扬起面孔。

无比自信地微笑着。

此刻的杨振羽正在试图连线顾面瘫。

这一次电话倒是很容易就打通了，电话里传来顾沅无比平静的声音：“你好。”

振羽满心吐槽：为什么只是听到声音，就仿佛看到了顾沅那张见外的脸？难道他的面瘫功力又精进了？

“是我，杨振羽。”

“嗯。我听着呢。”

振羽不由得回想起两人分离前的场景。那个男人因瘦削而显得有些刻薄的脸上混杂着禁欲和深情两种极端的表情，突然对她说“快，亲我一下”，这样的冲动已经很不可思议了，没得逞后又怨恨地说出“你会后悔的”这样小心眼的话，幼稚得令人发指……

振羽低下头，果然看见自己的手指在轻轻地颤抖着，仿佛她那凌乱得找不到出路的情绪。

她定了定神，直入正题。

“关于你惹官司的事，严怀老部长已经开口说帮忙，严沐风严司长也说会盯着这事。你就放心等着吧。”

“嗯。”顾沅沉默了一会儿，忽然又问道，“这件事情为什么你这么清楚，还知道严司长也会参与进来？”

嗯？这个重点错了吧？

顾沅突然说：“你现在在龙天家里，对不对？”

振羽的心突突地跳了起来，像做贼被人发现，没来由一阵慌乱。

顾沅还万般配合地继续审问：“你为什么会在龙天家里？还去见了他的父母、他的亲戚？”

振羽连忙自我辩护：“你的意思是我和龙天确定关系了，所以来见他的父母。喂，你不要想歪了！”

顾沅反唇相讥：“我并没有说你去见他父母了。你忙着辩解，其实根本就是心虚，对吧？”

振羽顿时觉得无比心虚。

“我来见严部长，也是为了给你求情啊，你为什么要用质问的语气？”

“给我求情？求什么情？我根本就没有告诉你什么，也没有拜托你什么吧！”

为什么一副随时要发飙的口吻？这是顾面瘫那冷峻外表下的另一重人格吗？

振羽捂着手机，压低声音轻轻道：“你虽然不想我知道，甚至不告而别，不接电话，可是我还是知道了。既然知道了，就不能不管，顾沅，我只是想帮你，就这么简单。”

顾沅突然就挂断了电话。

振羽不可置信地看着手机——

他居然挂我电话？

他居然挂女生的电话？

忽然手机叮咚一声响——

“对不起。”

藏蓝色的屏幕上，“对不起”三个字像飘浮在夜空里的星星，遥远而孤独。

就像顾沅这个人一样。

连“对不起”三个字都不能当面说，却要用文字交流这种老土的方式，隐藏在骄傲的影子中的是一个自卑的灵魂。

振羽轻轻靠着床头，像小学生一笔一画练字一样，一个键一个键地摁动。

“没关系，我不介意。”

叮咚一声，这一次顾沅回得很快。

“本来都已经想好该怎么做了，可是一接到你的电话，还是像十几岁的孩子，一下子就冲动了。”

“会冲动是好事，说明你还年轻。”

“我只有在遇到和你相关的事情上才会方寸大乱。”

振羽的脸微微烧了起来。

明明是一个任何情绪都不会表露在脸上的面瘫，说话和做事都冷静得好像冰山，可是又会突然做出令人费解又尴尬的事，比如……突然说出这样热情如火的话……

实在是一个令人费解的现象。

“瞎掰。离开以后根本不联系，是完全忘记我这个乡下丫头了吧？”

这一次，回复的短信间隔了很长时间。

“你不会明白我的心路历程有多复杂。”

他打这几个字的时候一定很严肃，一想到他那张纠结的面孔，振羽心情大好地摁着按键——

“现在呢？”

“只想着你赶紧离开龙天家。”

又是两个极端的反应。

振羽忍不住笑出声来。

这个人啊，还真是相当有意思。

“我本来就是为了你才来的，现在目的达到了，当然马上就会离开了。”

“围绕在龙天周围的气流都带着一股骚味，赶紧走，不然会被染上无耻。”

振羽哈哈大笑，同时飞快地敲上一段话。

“知道了，马上就走。八月份，百伽图见啰。”

原本以为他会吃惊，会好奇，却不想回过来的短信已经思维奔逸到奇怪的地方去了。

“是来找我吗？”这是被龙天传染上的无耻吗？

“我是去进修的！”十指翻飞，澄清的短信秒送。

“我可以带你啊！”

振羽一时间怔住了。

是啊，顾沅是带过自己的。可是，已经走完的路，还可以再回去走一遍吗？

“我的心已经选择外科了。”

这一次，顾沅终于没有很快回复，过了一会儿，屏幕终于亮了起来。

“我等你来。”

我等你来。像心田上种下的莲花，绽放出一池的摇曳多姿。婀娜之中，偏偏又有一枝傲洁挺立，孤芳自赏，就像顾沅这个人一样。

会见面的吧。

振羽这样想着，随手把手机上的名片改成了莲花。

第二章

辛苦最怜天上月，
昔昔成玦

花会飘零，水会枯竭，我却依然记得白驹过隙的芬芳。树会参天，字会淡去，你是否还记得铭刻千年的誓言？

6

天南心道，杨振羽果然还是无法忘记我，不仅千里追夫追到了百伽图，而且一看见我，就激动得喜极而泣。

在耀眼赤白和地热蒸腾的八月，杨振羽背起行囊去百伽图医院报到了。

百伽图为国内四大医院之一，培养了一批批闪耀星空的医学界领军人物，并以其在中国医学史上一笔笔的浓墨重彩成为全国医学生的向往之地，在振羽还是只“小山猪”的时候，就把百伽图立为首选志向，无数汗水和心血都倾注在前往这家医院的路上……

可是，最后，她失败了。

因为英语没过六级，她只拿到了肄业证。

对于这其中的血泪史，她真是一刻也不想回顾。只是此刻站在医院门前的心情，与当初选择医学作为高考第一志愿时，一点也没有变。

初心仍在。

杨振羽心潮澎湃地打量着这个有着悠久历史的医院建筑群。

百伽图医院很有意思，虽然名字很洋气，也是由外国设计师设计的，可是老院区却是一个以中国古建筑为外观的西医医院建筑群。据说当年设计师被原址上巍峨耸立的中国庭院深深震撼，于是抛弃了异国他乡的审美情趣，设计出琉璃瓦、灰砖墙、角楼清丽、仿佛宫殿的医院建筑群，以建筑费高出预算一倍为代价，成就了百伽图医院西学东渐、洋为中用的氛围。

现如今，这绿瓦灰墙的中式建筑已成为医学生们的朝圣之地，坊间传闻，执业医师考试前如果能在宿舍里借宿一宿，第二天考试必旗开得胜。

杨振羽摸摸那旧时栏杆白玉柱，仿佛也得了满手的福泽，连忙捧在手心一口吞下，眉开眼笑地向着心目中的圣地前进。

第一天依然是各种报到手续，振羽很幸运地被发配到护士楼与美女为伍。新宿舍很宽敞，带厨房和卫生间，四张带书桌的复式床，宽敞得好像宾馆。舍友三人，一个是今年刚考上的女博士，脸圆圆的，笑眯眯的，很好相处，一打听，居然师从妇产学界最大腕的何院士，嫉妒死杨振羽了！

另一人是行政岗的财务人员，也是今年新招的，肤白貌美，一脸精明相。简单收拾完自己的东西，她就坐在书桌前啪地打开一本厚厚的会计师职考辅导书看起来。

真是精英荟萃啊！

振羽一边默默打量着自己的新室友，一边把英语辅导书整齐地码满了写字台。

振羽收拾完行李，立刻穿上崭新的白衣，戴上胸牌，提着礼物拜大神去了。

顾沅正出门诊，简单交代让她在病房的办公室等他就匆匆挂了电话。振羽一路摸到消化内科，护士见她穿着白大衣，也不多问，遥遥一指医生办公室就忙事去了。振羽毕恭毕敬地推开房门一看，顿时就震撼了。

这是怎样一种拘狭啊！不过20平方米的一个狭长的小屋里，摆着五六张办公桌，一排小大夫坐在办公桌前操作电脑，堵得连路都快看不见了，中间穿行的人必须收腹，才能擦着边经过。患者排着队进来找大夫，进两组就是极限，第三组只能坐办公桌上了。振羽进去后，别说找地方坐了，连站的地方都没有，只好拼命贴着墙根，缩着肚子，以减少自己所占用的空间。

在如此熙熙攘攘犹如菜市场般拥挤嘈杂的房间里，每个医生却十分专注，录入医嘱的、查询文献的、约谈病人家属的，乱中有序，井井有条。

在这样的环境中还能如此专注地工作？振羽正饶有兴趣地看着，忽然一个身影侧身闪了进来，贴在了她对面的墙根上。

“谁叫心内科会诊了？”

咦？这个声音好熟悉！

振羽抬起头，对方的目光也正好转过来，都是微微一怔，突然同时喊了起来——

“杨振羽！”

“天南！”

旁边离得最近的小大夫立刻投过来仇恨值爆表的目光，振羽缩了一下脖子，天南也立刻闭上了嘴。

出去说。

天南做了一个口型，率先走了出去。振羽跟在后面，看着他那晃荡在白大褂里的小身板，满心感慨着——

没想到会在这里遇到自己的前男友。

杨振羽虽然在感情方面异常晚熟，但这并不意味着她的恋爱史完全空白。

事实上，她在大学阶段也谈过一场恋爱，虽然开始不是她想要的开始，结束也不是她想要的结束。

天南，比杨振羽高三级的学长，当年也是芝兰玉树美少年，只是不知怎么自戳双目，看上了杨振羽，两人也算共同进步了好几年，却因为他意气风发地来了百伽图，而振羽被发配乡下体验生活后，这段感情无疾而终。

只是，她今天怎么突然出现在这里？

莫非，她觊觎自己的美色，千里追夫追到百伽图来了？这带泥的萝卜终于开窍了？

看着面带喜色的前女友，天南忽然找回了情场浪子的自信。

“你怎么来百伽图了？”

“我来百伽图进修，刚报到，今天是过来找人，没想到居然遇见你，像遇到了亲人一样，好高兴啊！”振羽的大眼睛忽闪忽闪的。

天南满心感慨：她果然看见我就已经喜极而泣了。

天南立刻摆出一副大度的模样：“找谁？我帮你啊！这医院里的人我都门清，打个电话叫他过来吧。”天南摸出了口袋里的手机。

“我找顾沅。”振羽狡黠地微微笑着。

“谁？”

“顾沅，消化科的顾沅顾教授，你应该认识吧？”

天南若无其事地又把手机放回了口袋里：“原来是顾沅啊，我当然认识了，不过这个人神龙见首不见尾，不是一般的难找。这样吧，我去护士台帮你问问，看看他在哪儿，我带你过去。”

振羽意味不明地笑着：“那就不用再找了，他叫我在这里等他。”

天南的表情变得复杂起来：“你怎么会认识……顾教授？”

“我被发配的地方也是他支边的地方，就这么认识了。”

天南露出恍然大悟的表情，同时又十分同情地看着她：“在他手底下干活，很难挨吧？”

振羽感同身受：“看来你也深有体会啊！”

“别提了。当年轮转的时候正好安排在他手底下干活。我看他的身影挺孤独的，还以为找了一个清闲的好地儿呢，没想到差点被他虐死。”天南那张孤芳独自赏的脸上也露出不堪回首的表情。

“对了，你刚才说你来百伽图进修。你毕业刚刚一年，执业医师证还没拿到吧？就可以进修了吗？这里的进修生只招主治以上的。”

振羽避重就轻地回答道：“因为一直特别想来，所以就特别努力了一把。”

这是努力就可以得到的机遇吗？天南睁大了眼睛，忽然他大声道：“我知道了，一定是你怕日久生变，所以不惜一切代价争取到来百伽图的机会，就是为了来找我，对吧？”

天南的声音实在太大了，以至于旁边好几个护士都把目光转了过来。振羽真恨不得捂住他的大嘴巴。

“小声，小声一点啊！”振羽真恨不得一巴掌把他扇飞。

“呵呵，被我说中心事了。”看着对方羞红的双颊，天南越发爱怜丛生。

“你别乱说啊，别人会误会的。”

“误会什么？难道我们之前不是那种关系吗？小羽，虽然我觉得你一直有些性冷淡，不过……你肯下那么大的苦心来找我，说真的，我又有些心动了……”

从过去到现在，天南都是“自以为是”的重症患者。振羽原以为他来了百伽图，知道了天外有天、人外有人，自然会收敛一点。可是如今看来，他怎么有点病入膏肓的意思？

这时候，忽然旁边一个清清冷冷的声音响起。

“发情的样子实在太难看了，看来你需要去六楼的心理医学科接受一下电击治疗。”

振羽回头一看，顾沅正倚着护士台，抱着双臂，满脸阴郁地看着这边。在他身后，看热闹不嫌事多的护士们都装出一副十分忙碌的样子。

天南立刻站好了军姿，毕恭毕敬道：“顾老师好。”

顾沅转动着眼珠，目光终于从振羽身上挪到了天南的身上，一股杀气来回移动。

“你过来做什么？总值班已经闲到可以喝茶聊天嗑瓜子了吗？”

“啊！”天南这才忽然想起来，“我是过来会诊的！”

顾沅不动声色地挑了挑眉。

“你会诊的方式就是喝茶聊天嗑瓜子吗？”

“我……我只是路过，路过，马上就去找人！”

天南一边讪笑着，一边抓紧时间走人。只是过道亦十分狭窄，顾沅又以一副爱理不理的样子堵着路，天南只好收腹，贴着墙根从旁错身。顾沅的眼波本是冷漠地把人往外推，此刻却仿佛黏在他身上般一路相送，天南只觉得一道冷电沿着脊柱窜来窜去，但也只能硬着头皮从他身边挤过去，一转眼的工夫，就像兔子一样消失不见了。

顾沅转回来的面孔都快发绿了：“真不知道这小子哪儿来的自信，敢在我面前炫耀，越发不知道天高地厚！”

振羽都快笑破肚皮了，还特别真诚、特别诚恳地说：“相信我吧，炫耀是他的觉醒技能，不用学，也改不掉。”

顾沅的目光越发考究起来：“你似乎很了解他。”

振羽连忙把礼物往他怀里一推：“我既不是来会诊的，也不是来看病人，是专程给你送礼物来的。”顾沅却没有接，只是盯着她。

“一个人来的？”

“嗯。”

“同样的礼物备了很多份吧？”

“哦，不重样的礼物我倒是带了很多份。”

“这么说来，是别人挑剩下了才给我了？”

“不喜欢？好啊，我拿回去换蜜饯果品再给你。”

振羽作势要往回拿，却被顾沅一把抢过。他低头看了看袋子里的东西，淡淡说着“我不喜欢甜食”，眼睛却像闻见鱼腥的猫一样高兴得眯了起来。

“千里送鹅毛，礼轻情意重。作为回报，今天我来做向导，带着你好好转转吧。”

7

人人都说莲花美，美在不蔓不枝，中通外直。可是，谁又看到了水面之下莲花深陷泥泞的盘根错节？

我想看病案室，还想看图书馆。

对于杨振羽热情高涨的“非分之想”，顾沅都一一应了。百伽图最了不起的地方就在于它的文化、它的传承，振羽每到一处，都会忍不住连连惊呼。

“快看，快看，高级将领的病案照片！”

“要不要这么华丽啊，墙上这一群人像个个都如雷贯耳！”

“天哪，刚才飘过去的那个大夫真的是 ××× 吗？我在教材上看到过他的照片！”

一直以默许态度纵容她的顾沅也终于忍不住青筋乱蹦了：“你能不能不要用‘飘’这个词？那可是个大活人，你的用词匪夷所思到我都怀疑你不是因为英文不及格才肄业的，你根本就是语言天赋为零的笨蛋吧！”

振羽却仿佛没听见似的双眼泛桃花：“他走路好有风度啊，御风而行一样。怎么办？好想过去请他签个名，要是能合张影就更棒了，我崇拜他好多年了……”

顾沅愣了半晌，忽然说：“你可以找我签名。”

振羽莫名其妙地看着他，他也正好歪着头看过来。

那个表情，活脱脱就是在说“迟早我也会功成名就，你快点占个先，别怪我当初没提醒过你”。

振羽背着手飘过他的身边。

“不用留了，你的签名我有好多，每一份我书写的病历上都有你数量惊人的签名，只要一想起来都会觉得自己在做噩梦（上级医生修改住院医生的病历后，要在修改处签名），还是不要提醒记忆里那个像恶魔一样镇压我的你了。”

顾沅垂着眼睛，眼角的笑纹里不知为何埋着一丝悲伤。然后他转过身，默默地走在她的身后。

“我想看的都看过了，还有什么推荐吗？”在医院里面走了一圈后，振羽意犹未尽地说。

顾沅站在对面，静静地看着她。

“还有一个地方，很古老，不著名，但是我很想带你去看看。”

那就赶快去看啊，难道还要等到日落西山、丧尸夜行的时候才行动吗？

于是，五分钟后，两人站在一条看上去非常古老，甚至有些幽暗的长廊里。振羽注意到这里的每一扇门用的都是那种很古老的大铜锁。

“病理科，出过院士、主委、医学大家、人民英雄，以及‘学海奖’获得者。”

振羽听得一脸崇拜，最后却忍不住睁大了眼睛：“等等，‘学海奖’虽然是医学生最高奖项，但是怎么也不能跟院士、主委什么的相比吧？”

顾沅看了她一眼，缓缓推开了虚掩的大门。

“我上中学的时候，几乎每天都在这间屋子里写作业。”

在病理科写作业？

你不是大内科的人吗？怎么又和病理科扯上关系了？

更何况……

怎么可能在这里……

顾沅仿佛打开了一扇新世界的大门，振羽却站在门口，心怀畏惧地不安起来。虽然早有预感这是哈利·波特的魔药教室，但是真的看见了，心中的震撼还是远超预期。

屋子里没有开灯，光线很是昏暗，一股陈腐的气息迎面扑来，混合着发皱尸体和刺鼻药水的味道。

通天彻地的各种标本，器官、肢体、人类、动物……像无声飘浮的幽灵，冷冷地俯视着他们，陈旧的玻璃罐，黄浊的内溶液，就连桌椅板凳都留下了岁月的痕迹。

最初的惊讶和畏惧消失后，振羽缓缓走了进去。右手边的旧书桌上覆盖着古老的绿毡垫，玻璃板压着的众多照片中有个少年眉眼和顾沅很像，只是更清秀些。但不知为何，异常柔和的五官望着镜头却有股冷峻的感觉森森透了过来，哪怕他手中拿着代表医学生最高荣誉的“学海奖”。

这孩子，还真是从小到大都这么装酷啊……

带着这样的想法，振羽指着照片望向顾沅。

“你怎么会选择……在这样的环境中成长？”

顾沅静静地与她对视：“在很长一段时间里，我喜欢尸体超过人类。”

振羽觉得有一条蚯蚓沿着尾椎骨的末端往上爬。

喜欢尸体超过人类？

长着一副清心寡欲的面孔，莫非，私底下却有奇怪的癖好？

顾沅把目光投向大大小小的玻璃罐：“我喜欢尸体，是因为我能够弄懂它们。大到人体的解剖结构，小到显微镜下的一个细胞，是怎样就是怎样，尽管复杂，但只要用心就能够搞懂。

“可是人呢？就算他外表光鲜，穿着得体的衣服，长着和蔼的面孔，你能真正明白他心里想什么吗？或许脸上还带着讨好的、谦卑的笑容，手底下就已经悄无声息地给了你一刀。”

顾沅用无感情的声音说出如此阴冷的讯息，振羽忍不住打了一个寒战。

“虽然你说的那种人的确存在，可是这世上毕竟还是好人多不是吗？你是医生，每天接触那么多人，这个道理你拎得清的。”

“就是做了医生才更困惑。在病人眼中，我们到底算个什么东西？是菩萨，还是索命小鬼？可惜这个世界上没有读心术，不然我愿意用我所有的技术做交换。”

振羽讷讷道：“如果真有读心术，我倒是很想看看你的心到底是怎么长的……”

顾沅慢慢转过头来。

“在你的眼中，我是怎样的人？”他突然这样问道。

咦？

这个节奏是……

要对我敞开心扉吗？

振羽慌忙寻找着脑中的印象：“荷花。我眼中的你是荷花，宛立水中，傲然挺立。”

荷花又被称为花中君子，应该是很高的评价了吧。可是顾沅没有一丝动容，一眼望穿千古恒水。

“人人都说莲花美，美在不蔓不枝，中通外直。可是，谁又看到了水面之下荷花盘根错节、泥泞深陷的另一面？”

振羽忍不住争论起来：“这不正说明了荷花的‘出淤泥而不染’吗？”

顾沅丝毫不为所动：“不。荷花代表的正是人性的明暗两面。”

“这种想法太悲观了吧？为什么你看事物的眼光和我们都不一样？”

“因为我所在的世界和你们不一样。”

望着顾沅那平静的面孔和静婉哀默的目光，振羽忽然有了不好的预感。

“顾沅，不要对人失去信心好吗？你可以看看我，你可以试着相信我啊！”

顾沅的脸上忽然出现了一抹晦涩难懂的表情。

“不。杨振羽，你错了。

“我最看不透的人就是你。

“我甚至不能确定，你是否能真正看到我。

“越是想放下，就变得越在乎。

“想要讨好的心情，想要逃避的心情，这种慌乱真的从未有过。

“有时候我会想，要是你也是一具尸体就好了，这样的话，我反而知道该如何与你相处。

“哪怕你的眼睛不再明亮，嘴唇不再红润，我却能捕捉到你的真实和温暖。”

尸体的话，根本一点也不温暖好吧……

这种想法不是很变态吗？把喜欢的人变成尸体什么的……

趴在尾椎骨上的冰冷黏腻越发明显了，蛇一般沿着脊髓往上爬，一直爬，盘踞在脑干的生命中枢上，吐着鲜红的芯子。

越危险，越诱惑，越致命。

这到底是什么乱七八糟的感受啊？

可是为什么眼睛就是离不开？

顾沅的美丽在这样一个散发着陈旧和腐坏气味的地方，像枝蔓一样爬满了整个房间。

而她站在枝蔓最集中的中心位置。

捆绑，束缚。

动弹不得。

顾沅到底怎么了？

怎么会突然带她去看那样一间屋子，又告诉她那些奇怪的话？

他这种加深彼此了解的期望还真是匪夷所思啊！

难道这才是他长了那样一张脸却依然找不到女朋友的原因？

振羽没注意到自己居然也用了龙天的经典动作——单手托腮，两指抚唇——当她意识到的时候，连忙嫌弃地呸呸呸了好几声。

庸人自扰，女人可以有大姨妈，男人也可以有大姨爹啊！

心里不痛快，就多陪陪他啰。

反正，明天太阳照常升起。

想清楚这一节后，振羽大踏步地向宿舍楼进发。

推开门后，发现室友一个不在，却有一个小豆丁在打游戏。

振羽退两步又看了看门牌，满脸疑惑地走了进来。

怎么会有小孩？

振羽注意到他坐的地方是房间里的第四张组合床，也就是属于目前还没露面的第四个人，是她的娃吗？

可是，这小孩该不是有自闭症吧？这么稀罕的大件都杵在他眼前了，怎么还沉浸在游戏里，丝毫没反应？

振羽瞄了一眼，俄罗斯方块，没什么稀奇嘛。

咦？第九关？这孩子多大啊？手居然这么快？！

振羽是医生，所以知道对于小孩子，精细动作很难练，比语言成熟得更晚。许多一年级的小孩写字依然歪歪扭扭，就是因为手部的训练还远远不够。振羽也玩过这种手持的俄罗斯方块机，知道最后一关速度相当快，手脑配合需要相当的灵敏度才行。看这孩子不过五六岁的样子，居然已经熟练到这种程度了？

这时候，忽然响起一阵悦耳的音乐声，游戏屏幕上出现了礼花四射的画面。她出神的这工夫，他竟然通关了！

“哎，没意思，真没意思……”小孩放下游戏机，百无聊赖地伸了一个懒腰，振羽这才看清棒球帽下的小脸蛋。

天啊！

振羽脑海中立刻闪过古今中外的电影电视、广告摄影、绘画写真……中的各种形象，然后默默地在他们的脸上都画上叉叉……

就算把秀兰·邓波儿、伊丽莎白·泰勒全都招来，这孩子也完全不输她们啊！

像水晶一样透明的小孩！

把干净整洁的寝室逼成落魄背景的小孩！

让人一见之下就忍不住想拐回家的小孩！

小时候就这样，长大后该如何妖孽的小孩！

正当她沉浸在“我的审美又翻开了崭新的一页”这样的震撼中，却没留意那个小孩一直冷冷地看着她，最后撇撇嘴，从牙缝里挤出一句话来：“欧巴桑，你的口水都流出来了。”

欧……欧巴桑……

像她这样大眼睛小嘴巴娃娃脸玻璃心尚未婚嫁情窦初开的美少女，怎么就欧巴桑了？！

振羽像变魔术一样迅速从衣兜里掏出一块巧克力来，笑眯眯地对小孩说：“你看错了，我是姐姐，叫一声姐姐，我就把糖给你。”

小孩翻了翻眼皮，老气横秋地说：“笑出来的褶子都可以夹死苍蝇了……”

振羽笑眯眯的脸顿时僵掉了。

居、然、说、我、老？

你看清楚了吗，我这可是水煮蛋！

这到底是谁家的熊孩子啊！有没有人管啊！

振羽正悲痛欲绝中，忽然一个人影笑吟吟地出现在了门口：“杨振羽？”

而这时，她面前的小孩忽然跳起来，两条腿像踩着风火轮一样，以迅雷不及掩耳之势扑过去，一把抱住来人的大腿，米团子一样糯糯地叫着：“荷依姐姐……”

杨振羽顿时瞪得眼睛都快掉出来了。

为什么夏荷依会在这里？

为什么他叫夏荷依姐姐？

为什么她却成了欧巴桑？！

8

像画家挥毫中点睛的那一笔，像指挥棒划向最高昂的乐章，现代医学技术已经发展到兵不血刃的地步了吗？术者的技巧已经高超到鬼斧神工的程度了吗？

杨振羽表示很有意见。

作为医大八年博士……肄业生，振羽还是拥有着很强的自尊心的。至少在非英文领域，她没给学校、老师们丢过脸。可是自从在地震灾区遇到女神夏荷依后，自己的地位真是每况愈下——她处理不了的现场急救手术夏荷依能处理，她看上的 Mr.Right 却看上了夏荷依，就连一个熊孩子都欺负她，明明自己更年轻、更水嫩，他却叫夏荷依姐姐叫自己阿姨！

不就长得比较美吗！

老天爷你有必要偏心眼偏到无名指吗？！

杨振羽虽然激愤得好想仰天长啸，但是看到夏荷依的那一瞬间，她就已经屁颠屁颠地跑过去嘘寒问暖。

“夏姐姐，你身体全好了吗？”

荷依微笑着点点头，那清爽美丽的笑容让振羽无端自惭形秽：“虽然当时九死一生，好在活过来了，也没留下什么后遗症。之前还去了一趟西藏呢，这不刚回来。”

振羽这才想起龙天的确提过这事：“居然还去西藏，这么好？是去旅游，还是公干？”

荷依微笑着，并没有急着回答。这时候，一直努力抱大腿的熊孩子终于不满地扭着身子尖叫起来。

“快跟安奇说话！快跟安奇说话！”

原来这熊孩子叫安奇。

好独特的名字，莫非用了“Angel”的谐音？

振羽偷偷看向荷依，荷依却只看着安奇——不知为何，振羽觉得荷依身上的圣母光芒越发璀璨，那仿佛宗教信仰般的狂热执着的目光……

振羽忍不住打了一个冷战。荷依给人的感觉一直是清淡宜人，竟然也会这么看人？

而这时，荷依已经蹲下身去，抚摸着安奇吹弹可破的小脸蛋：“你怎么自己跑来了？”

“因为安奇想姐姐了，安奇想得心都快碎了……

熊孩子用极其煽情的语调说着如此直白的话，振羽都快听不下去了——虽然小孩子都有表现欲，可是这熊孩子……而安奇似乎还嫌表达不够似的，捧着夏荷依的脸一口气亲了好几下。

虽然这幅画面很温馨、很美丽，可是为什么……

总有种荷依被吃豆腐的错觉？

好不容易从安奇的“魔爪”中抽身出来（那熊孩子还欲求不满地咬着手指），夏荷依微笑着望向振羽：“龙天特地打电话给我，说你要过来。我就拜托楼长换到这个房间来，熟人熟路，以后也有个照应。”

呵呵，龙天出现在这段对白里，还真让人不习惯啊！

“好啊好啊，我人生地不熟，还请夏姐姐多多关照。”

“今天晚上算我的，让安奇挑一个地方，咱们仨凑一顿如何？”

“这么好？那我就恭敬不如从命了！我没有任何忌口，什么都喜欢吃，如果非要选的话，其实我更喜欢……”

“欧巴桑，姐姐明明说的是我挑地方！”

熊孩子用力地挥舞着拳头，竭尽全力刷着自己的存在感。

“鱼，我所欲也，熊掌，亦我所欲也，二者不可得兼……”

虽然安奇的早慧一再刷新振羽的世界观，但这一次，她没有露出惊讶的表情。

熊孩子，就这点出息！

不就是在麦当劳和肯德基之间产生了选择障碍吗？至于吟诗作赋还背着手展示学问吗？

振羽二话不说，拉起夏荷依就进了麦当劳，果然见熊孩子像托马斯的小火车一样冲了进来。

“欧巴桑！你到底有没有常识？像我这么漂亮的小孩是很容易被拐走的，你怎么敢把我一个人扔在街上？”安奇小火车拼命地喷吐着蒸汽。

“我只是怕你想得胡子都长出来了还没想好，所以好心帮你做道选择题啰。”

“最后还不是你选的！”

“那我请你吃饭算赔偿好不好？”

“那好，我要大份的薯条、冰激凌、麦乐鸡、可乐大杯……”安奇一口气点了十几样东西，肉乎乎的小手指几乎把看板上的所有东西都点了一遍。

“你一个小豆丁胃能有多大？吃这么多不怕撑坏吗？”

而安奇却慢悠悠地翘起了兰花指：“我还忘了点草莓派……”

“晚上小虫虫会来找你的牙齿钻洞。”振羽威胁着说。

“只要能让欧巴桑看起来像吃了虫子一样难受，我什么都可以牺牲哦。”

“……”

“你们俩第一次见面，怎么就好像火星撞地球似的？好了好了，我来埋单吧，说好了我给振羽接风的。”

夏荷依好不容易安抚好两个“小孩”，买了整整一盘子的食物回来，安奇立刻用冰激凌糊了自己一脸。看他吃得不亦乐乎的熊样，振羽埋怨道：“荷依你真是太宠他了，竟然都给他买了。一个小孩能吃多少？再说了，这些都是垃圾食品，吃多了也不好。”

夏荷依却只是轻轻软软地笑着，望着安奇的目光无限宠溺。

“能吃当然多吃点了，总比想吃不让吃，想吃吃不下好。”

“他妈妈不让他吃垃圾食品？我觉得这位母亲很是英明。”

夏荷依抬起眼睛，嘴角勾起一抹淡淡的笑：“对我们护士来说，只要能吃，吃得下，管他是垃圾食品，还是山珍海味，能痛痛快快吃下去就好。”

“你是职业病上身了吧？对绝症病人还说得过去，对一个小孩子就是太骄纵了。”

“是吗？我倒不觉得。

“我倒想多宠他一会儿。

“不放过一个机会，不错过一寸光阴。”

振羽无奈地看着她，这简直是圣母光环效应，任何劝解都听不进去啊！安奇的脸是很有欺骗性，可是也不能由着他的性子来啊！

振羽决定教育先从娃娃抓起。

趁着夏荷依去洗手间的工夫，振羽对大快朵颐的安奇威胁道：“叫我姐姐，或者叫夏荷依阿姨，只能选一个。”

安奇看了她一眼，抱着大杯的可乐含混不清地说：“大妈好。”

振羽啪地一拍桌子：“少废话。你以为我看不出来吗？你人小鬼大，对荷依抱有奇怪的心思吧？”

安奇眨巴眨巴大眼睛，露出“妩媚”的表情。

“被你看出来了，安奇长大以后要嫁给荷依姐姐哦。”

“嫁嫁嫁嫁嫁嫁……嫁给？”

“荷依姐姐笑眯眯地答应安奇了哟。”

“答答答答答答……答应？”

“所以啊，欧巴桑你就死心吧。安奇是绝对不会背叛荷依姐姐的，你再怎么勾引我也没用。”

“你这个熊孩子……”

振羽真想好好教育教育安奇，却不想荷依回来了。安奇立刻把可乐往桌上一放，拿起冰激凌递给她。

“我拿着手凉，姐姐喂我。”

夏荷依一句话没说，拿起小勺一口一口喂起来。而安奇那猫咪般萌宠过度的脸，怎么看怎么像阴谋得逞。振羽瞧了一会儿，忽然说：“荷依，这孩子还好吧？”

荷依不明所以地随口问：“怎么了？”

“有没有觉得他无论说话还是做事，都不太像这个年龄段的孩子？”

夏荷依手一顿，安奇立刻无辜地抬起了眼睛。

荷依看着他，然后低下头去，用塑料勺摩擦着杯壁。

“怎么会？他只是比较早慧罢了。”

虽然安奇表现出强烈的想要留下来过夜的愿望，甚至不惜流下极具欺骗性的小泪珠，但夏荷依还是坚持把他交还给母亲。

安奇就这么哭哭啼啼地被夏荷依牵走了。

望着两人远去的背影，振羽才发现自己腰酸背痛，这一天真是累坏了。

而且，这一天得到的信息量略大，竟有种消化不良的感觉。

唔……果然还是吃太多的缘故吧。

没心没肺的振羽回到宿舍继续自己的整理大业，9点钟的时候荷依终于回来了。这一夜卧谈会的内容异常丰富，连女博士和女会计师都被吸引过来，一直聊到夜里两三点才作罢。就算是陌生人也能够轻易感受到夏荷依的和善，振羽由衷地感慨着——女神就是女神，真正的男女老少一个都不放过。

第二天，振羽到大外科正式报到。教研室内，一名女老师正给四五十名进修生介绍医院情况，一个戴着烧包白色框架眼镜的男医生风风火火地走了进来——

“杨振羽，杨振羽是哪一个？”

教学老师停了下来，进修生们面面相觑，只有杨振羽像做错了事的小孩一样颤颤巍巍地举起了手。

白色框架眼镜后面的小眼睛盯着她看了好一会儿，那人才不容置喙地一挥手：“就是你了，这几个月你就跟着我吧。”

什么状况？！

教学老师也大吃一惊：“刘教授，这不合规矩吧？进修生都是大外科统一安排的。”

还是个教授？教授会戴这么烧包的白框眼镜？

刘教授哈哈一笑，拍拍教学老师的肩膀：“这些进修生派哪儿不是派啊，这段时间我要结课题，需要几个帮手，这点面子你不会不给吧？”

教学老师皱起了眉头，还没来得及作声，男医生又对杨振羽大声呼喝起来：“是不是外科的啊，慢吞吞的，快点收拾东西跟我走！”

杨振羽斩钉截铁地拿起书包就走。

“刘教授，刘教授，别忘了跟学系主任报备啊……”教学老师还在追加要求，而男医生已经跑得连影子都看不见了。杨振羽好歹也是急诊科训练出来的，速度方面从来不弱，可就算这样，也要小跑步才能跟上。

这就是传说中百伽图医生的绝技——“移形换影”？

振羽正感慨着，男医生忽然转过身来，瞪着眼睛看着她。

“你就是龙天的媳妇？”

真是天降惊雷，瞬间就把振羽劈木了——

男医生却仿佛不需要她回答，友好地伸出手来：“刘子墨，基本外科教授，很高兴认识你。”

杨振羽赶紧伸出小短爪——

“前几天龙天打来电话，说媳妇马上来进修，让我特别关照，所以我就跟大外科要了你。”

振羽又赶紧把手收了回去。

“刘老师，很高兴您能带我，真是深感荣幸。可是有一件事情我必须解释清楚，我和龙天不是那种关系，只是因偶然的机会在一个医院共事过……”

刘子墨却仿佛没听见一样大步向前，大声传授：“基本外科正好开全国性的学术研讨会，今天是手术演示，据说还有机器人手术，真是开眼啊，我特地过来接你，去晚了可就没位子了……对了，你刚才想说什么来着？”

说什么了？什么也没说！

“刘老师咱们还是快点走吧，去晚了可就没好位子了！”

于是两人移形换影来到学术报告厅，会议已经开始了。一个主管大夫站在讲台上，正用 PPT 演示病人的基本情况，这是一台在外科手术中属于高难手术的胰尾体切除术，而即将演示的这一台尤为不同——用腹腔镜做。

“微创和移植是未来外科学发展的两大趋势，现在的外科大夫要是不会玩两手双节棍，出门可不敢跟人打招呼。”刘子墨抄着手评价道。

只是在肚子上打三个眼，就能完成以前开膛破腹才能完成的手术，现在的医学技术真是突飞猛进般发展。不过相比开腹手术那无与伦比的术野，腹腔镜则需要术者有更为高超的手术技巧。

杨振羽之前待的地方医院也算赫赫有名，也一直想开展腹腔镜手术，可是就算把百伽图的医生招致麾下，一年过去，会做的依然会做，不会做的还是不会做，可见打怪升级不是一朝一夕的事。

“好的，我们切到手术间里看看进展怎样了……很好，正是比较关键的时刻，手术大夫正在分离脾静脉……”

屏幕上的内容已经从 PPT 直接切换到了腹腔镜视野——脾静脉已经算人体比较大的血管了，但也不过厘米粗细。医生就好像夹着长筷分线头一样，稍有不慎，就会把脾静脉扎破，更严重的，剪断也就是一错眼的事……

这在开腹手术中也算极为高超的技术了，难怪整个会场鸦雀无声，所有人都目不转睛地看着屏幕，似乎连大气也不敢出，只有照相机的快门声时不时响起。

腹腔镜器械的长度和外形同哈利·波特的魔杖极为相似，而手术大夫也正像手握魔杖一样，轻巧地移动，细微地操作，仿佛画家挥毫中点睛的那一笔，又或者指挥棒已划向最高昂的乐章，就像鬼斧神工般的艺术作品正一点点走向完美，何止是魔法……

居然就这么完美无缺地分离脾静脉！

振羽脑中飞过四个大字——兵、不、血、刃！

神乎其技！

这时候，尽管明知道术者根本不可能听到，但是与会者还是不约而同地开始鼓掌。

这是献给手术大师的最高敬意！

更是接受顶级艺术享受后的情不自禁！

杨振羽也忍不住鼓起掌来，如果手术也能返场，她不介意对方一直返场到肘关节脱落。

“龙天医生，你能听见我说话吗？会场正在为你的精彩演示热烈鼓掌！”

什么？

台上的术者竟然是龙天？！

9

只有属于生命的艺术，才会如同光芒般传递给未来。

“这小子的技艺又精进了。”

刘子墨哼了一声，与其说佩服，更不如说不满。

这小子，悄无声息地一个人跑到什么地方去了？

刘子墨看着屏幕，心中也生长出一把手术刀，如臂使指般一点一点随着镜头推进。这个我也能做到啊，这个要很小心，这个嘛……如痴如醉中，偶然发现旁边那人如遭受重大打击般呆若木鸡地一动不动，不由得吓了一跳：“喂，你没事吧？怎么一副活见鬼的表情？”

就是因为活见鬼了啊！

振羽好不容易回过神来，怔怔答道：“没想到这么精彩的一台手术居然是……我认识的人做的，不由得吓了一跳。”

“龙天的手术在百伽图也是数一数二的，你是他媳妇，竟然不知道？”刘子墨惊诧道。

对于“媳妇”这个误解，振羽已经无力解释。

“当然了，这手术我也能做。”刘子墨凝视着屏幕，目光中升起绚烂烟火，“一定能做。”

看到精彩的手术就忍不住技痒，拥有这样想法的人本身也很有实力不是吗？

振羽再望向周围，好几个人的眼睛虽然盯着屏幕，手上却仿佛拿着手术器械般自由穿梭着，他们……也是有自信能做到的吧……

那么，我呢？

她忽然用力地抓紧白衣，感觉到来自掌心的热度像光芒一样从指缝中散落。

成为连同事和亲友都能信任的医生，成为最接近神的人！

她抬起头，注视着屏幕上仍在继续的手术，目光越来越灼热，越来越闪亮。

胰尾体切除术极其漂亮精彩地结束了。

全场再次致以热烈的掌声。

手术间里的画面切换到了术者身上，龙天全副武装地对着镜头微笑，虽然被口罩遮住了大半张脸，但怎么看怎么觉得痞气外泄。

咦？痞气外泄？

果然，龙天对着镜头清清嗓子：“大家好，感谢大家花时间看我这么磨叽地做完手术。有这么多神手大手在看着，我紧张得连拉线都不会了，哈哈哈哈……”

会场里微微有些骚动。这个人明明在讲着“谦虚”的话，可是为什么会让人想要扁他呢？

主持人笑嘻嘻地回应道：“原来龙医生也会紧张啊，这么说来有自信能做得更快了，请问还能缩短多少时间呢？”

“大概一半的时间吧。”龙天随口说道。

还能快一倍！

举座震惊。

刘子墨也不安地在座位上动了动，最后哼了一声：“吹牛的话，上嘴皮子碰下嘴皮子，倒是快得很。”

振羽却没有随口附和。她是看过龙天做手术的，那是真的快，快到你以为在他手中可以诞生神迹。联想到他曾经做过三年无国界医生，常年在战火纷飞中进行手术，也就不难理解了。

不过……

还是好欠扁啊……

虽然在这种群星荟萃、大腕云集的场合，龙天的狂傲已经收敛了很多，但江山易改本性难移，某些人骨子里的傲慢，哪怕把三维变成二维，实体变成影像，也挡不住啊……

振羽一边感慨着，一边注意到会议已进入下一环节——

“这台手术演示，是百伽图医院消化内科顾沅副教授带来的内镜下黏膜剥离术。”

内科？！顾沅？！

“现在的内外科差别越来越小，内科大夫早已不是传统意义上的望触叩听，也有很多类似手术的有创操作，直接称之为手术也不为过。”刘子墨对这“外科搭台，内科唱戏”丝毫不觉意外。

龙天唱罢顾沅登场，今天的皇历上到底写了什么，竟然让这两位隔着屏幕打起了擂台……

振羽正胡思乱想着，台上的医生已三言两语介绍完了情况，切换

到内镜中心的画面。一眼望去，和腹腔镜的室内景、术野都非常类似，高精尖的仪器设备，内窥镜引导下的治疗模式，甚至连医生们专注看着屏幕的身姿都非常相似。

振羽一眼就看到了顾沅，只是一个背影，却依然有着帝王般强烈的存在感。

“世上最幸福的事情有三类：一是医生治好了病人，二是画家看着自己完成的画作，三是母亲给孩子洗澡。三类之中，医生的幸福感又居首。”

振羽脑海中浮现出一个声音，投射在那个背影上，有了深刻而丰富的注解。这时候画面已经切换到了术野模式，主刀大夫已经找到了病灶，正严谨地按照流程进行标记、黏膜下注射、环切、剥离、完整切除……明明只是局部细节，振羽却由此延伸出那个人的完整形象，怎样聚精会神地盯着屏幕，怎样一丝不苟地做着操作，在柔软的、不断蠕动的胃壁上，完美地切除一块可能由此改变一个人甚至一个群体命运的组织。

只有属于生命的艺术，才会如同光芒般传递给未来。

“看得很认真嘛。涉猎这么广泛？都染指内科了？”刘子墨笑嘻嘻地开着玩笑。

“因为……因为我以前也轮转过内科，所以觉得……很神奇。”

“这台操作的技术含量的确高，不然的话，以副教授这种身份，是很难在全国性的学术研讨会上进行演示的。顾沅是个人才，就是……哎……”

“哎”是什么意思？为什么欲言又止……

振羽正要追问，忽然发现自己右手边的空位上不知何时坐了一个人，惊得她差点当场跳起来。

龙天！

真的是他！

可是……真的……是他吗？

刚才在手术间里光芒四射、犹如神祇的狠角色，如今却像一个逃学的学生弯腰驼背地窝在座位上。那姿态怎么看怎么懒散，神情怎么看怎么猥琐，振羽瞥过去的一眼真是内涵丰富：这种人，看到的时候不会给他扔硬币吗……

刘子墨自然也注意到了他，两人伸出拳头轻轻一碰，又各自像个大爷一样靠在椅背上。

龙天说："刚才的手术很精彩吧，有没有拜倒在我的手术服下啊？"

刘子墨说："你也就蒙蒙门外汉，这样的难度根本难不住哥。"

龙天说："不会吧，我才离开四年，百伽图的风气已经浮夸成这样了？"

刘子墨说："呵呵，井底之蛙的人是你。待会儿睁圆了眼睛好好见识一下机器人手术吧，你以为这么多大佬都为看你来的？"

龙天说："机器人手术是要好好看看。不过，我摸不着机器人，难道你就能摸着？"

刘子墨说："至少有盼头，不像你，去了民营医院，还盼个屁啊！"

龙天对振羽说："瞧瞧，百伽图的医生就是这么粗俗，还好我滚蛋了。"

"我看好你一日日今不如昔。"

"你滚蛋，老子可是去做科主任的。"

"我去，科主任就把你收买了，我还以为多大个官。百伽图出去的人，支边都能支出个副院长来。"

"这酸溜溜的口气都快把我熏吐了。这么牛就别成天抱怨你的手术都排不上号，病人都排到地铁站了……"

"那正是大爷牛的表现。"

"在百伽图你也就是个渣。"

"你大爷！"

振羽无语了。

大神论战也这么幼稚，一点技术含量都没有。

龙天的注意力重新回到屏幕上："正在做的这小子是谁？技术不错啊！"

刘子墨歪过头来，很认真地说："消化科的顾沅，比你大两届。无论你多牛，都要叫他师兄，而不是'这小子'。"

龙天圈着手呵呵低笑着："难怪了……不愧是我看上的人……"

那声音十分含糊，也就坐在旁边的振羽才能听见。可是这说话的方式怎么这么猥琐啊，振羽很想站起来吼他：顾沅才不屑被你看上，你这个大变态臭流氓！

振羽总觉得，以龙天和顾沅以往的过节，那应该是一山不容二虎，怎么也不可能走到一块去。可是当她在当晚的自助招待晚宴上，看见龙天扶着顾沅的肩膀，一直耳鬓厮磨，她忽然领悟到医学的真谛——

医学和艺术是相通的。

而艺术是没有墙的……

10

小孩子真是好啊，可以这么随便地把爱啊、喜欢啊、最啊……像尿尿一样撒播得到处都是。

杨振羽正感慨科学没有国界，相杀也能相爱，忽然发现龙天的视线转了过来，猛一机灵，眼瞧着顾沅似乎也望向了她。

龙天还一脸似笑非笑地说着什么，顾沅就只是看着，目光不明。

不会在说她吧？

杨振羽连一秒钟都没犹豫，立马起身走开。

过了一会儿，她才重新在人群中寻找起顾沅的身影，却怎么也找不到。

再询问别人时，才知他似乎已经有事离开了。

龙天也不见了。

虽然这两个人都不在，但是宴会上出现频率最高的依然是他们的名字，紧跟着的一句话就是——后生可畏。

要知道够资格出席这个宴会的都是外科学界的大佬，能够得到他们只言片语的评价就已经很了不起了，居然还如同关键词一般被时时提及……

神说要有光，于是就有了光。

能够创造神迹的他们，看上去是如此耀眼，而我……也想要成为这样的人！

带着一股莫名激动的情绪，振羽正式踏上了修行之路。

早上七点三十分，振羽到基本外科报到，同样拘谨的年轻面孔一共有四张，除了振羽，都是雄性激素过剩。振羽正好奇其他几人的来历，其中一个男医生也好奇地看着她。

“听说刘教授只收男学生，你是……性别不明？”

你才是性别不明！

等等，刘教授只招男学生？

这时候，刘子墨急匆匆地走了进来，豪迈地一招手：“今天都跟着我出门诊，做好准备了吗？”

“准备好了！”振羽回答得尤其响亮，霸气侧漏地以压倒性优势挫败了三位真汉子的自尊心。

可是没过一分钟，振羽的自尊心就受到了严重打击。

“请让一让，对不起，请让一让……”

“有事一会儿再说……”

“先让医生进诊室！”

刘教授携带着四名学生……不，四名保镖出现在外科门诊，等候的病人和家属立刻像闻着大便的苍蝇一样嗡的一声围上来，振羽的头也立刻嗡的一声炸开了花。

“注意掩护！”

刘子墨逆水行舟一般艰难地向着诊室行进，而振羽等四名保镖负责把努力挂在“船舷”上的人往下赶。

好不容易突围进了诊室，杨振羽整个人都不好了。

刘子墨扑哧一声笑出来：“你那是什么表情啊？病人多一点就吓

到你了？”

这何止是多一点啊！

杨振羽立刻趴桌子上做狗腿状：“参拜大神。”

刘子墨乐不可支：“敢情你以前根本不认为我是大神啊！”

杨振羽自觉已经说得很委婉了：“我一直以为您自封人民艺术家。”

其他三个男学生一起努力做鄙视状。

“我以前待过急诊科，以为那已经是乱之巅峰了，没想到您的诊室门口比急诊科还乱。”

刘子墨哈哈一笑：“百伽图的教授，个个都被这样追捧好吧。

“所以，无论我多累，多焦急，多辛苦，只要踏进这个诊室，心境就完全不一样了。

“我啊，果然还是最喜欢看病人。”

说话间，刘子墨已经嘱咐学生把片子插在灯箱上，一边读片一边向患者解释病情。振羽看着墙上的CT片，又看看对面和谐温馨的画面，像追逐到阳光的向阳花般，整个人都振奋了起来。

就这样马不停蹄地看了两个多小时，门外蜂拥等候的人群依然没有丝毫退潮的迹象。振羽一直埋头写病历，写得已经晕头转向，连右手有几根手指头都数不清了……

这时候，一个磁性温和却又油嘴滑舌的声音忽然响起：“刘子墨，阵容很豪华啊，四个学生给你当牛做马。”

龙天穿着便服，袖子依旧挽到手肘处，正抄着胳膊，一脸欠扁样地朝着刘子墨笑。

刘子墨笑得也颇为阴险：“真是无事不登三宝殿啊，老子这儿忙得都快开锅了，有屁快放。”

“特地叙别女儿国国王陛下，御弟哥哥我要去西天取经了。”龙天摆了一个双手合十的动作。

“滚蛋！”刘子墨笑骂着，“离院手续都办好了？”

“是啊！手续好复杂，下次你走的时候记得联系我，我给你离院攻略。”

“滚！谁要走了？”

“你不打算投奔我吗？”

“滚滚滚滚滚……”

三个男学生集体无语——

百伽图医生的对话好深奥哦，从顶级的医院离开，为什么还一副开心到插科打诨的样子？真的不是伤心过度智商负数吗？

“好兄弟，我走了。”

终于正经起来的龙天和刘子墨握手，拥抱，互拍肩膀。

“人放在我这里，你就放心吧。”

龙天微笑着紧了紧手上的力道，一切尽在不言中。

话说回来，自己都表演秀了一大圈了，怎么她还在埋头写病历？

龙天嘿嘿一笑，挥手出了诊室，刘子墨立刻瞪着眼睛对振羽说：“你还愣坐着干吗？刚才不是已经叫你出去收新病人了吗？”

刚才哪有……

振羽微微一怔，顿时明白过来。

“对不起，我这就去。”

她连忙起身，拉开门走了出去——

果然，龙天站在门口还没走，看见她后也是一愣。

终于上道了……龙天面带微笑地正往回走，忽然听见她一声大喝——

“大家请注意了，45 号到 50 号，45 号到 50 号，过来交病历！”

一圈人立刻吞噬状把她围在了里面。

龙天又是一愣，随即笑了起来。虽然觉得懊恼和遗憾，但他依然用近乎宠溺的目光看着她用飚起来的语速对着患者们一通机关枪，也不管人家听没听懂，又抱着病历匆匆忙忙推门进去，消失在众人，包括他，送红军般殷切期盼的目光里……

“你真的去收病历了？”

诊室里，刘子墨目瞪口呆地看着她。

“不然呢？”

振羽坐下来后，一通奋笔疾书，心中却奔过一万头草泥马——

没事捣什么乱啊！

没看到忙得都快出人命了吗？

闲杂人等赶紧滚蛋！

正当杨振羽忙得昏天黑地的时候，看到时针来到下午四点的位置，荷依的心就像上了发条一样轻轻地骚动起来。

这时候，电话响了起来。

“荷依啊，忙不忙啊？我这边有点忙，你能帮我去接一下安奇吗？”是吴子桐打来的电话。

荷依扶着电话筒的左手慢慢垂了下来，在身侧握紧了拳头。

“好的，我去接安奇，然后把他送回家。”

“不用了。那孩子喜欢待在你那儿。我下班了去你宿舍接他就好。别给他买冰激凌，这几天他一直闹着要吃……”

荷依的嘴角不自觉地翘了起来。

手上的节奏顿时快了起来。四点五十分，她出现在幼儿园的门口。五点整，老师带着孩子们出现了。无论多少个小脑袋挤成一团，她总能第一眼就看到安奇——粉雕玉琢的小脸、了无生趣的小脸……安奇在家长中也相当有名。

而这张了无生趣的面孔在看到夏荷依后，像驱散了乌云般顿时光芒万丈——

“荷依姐姐！”

安奇用力挣脱老师的手，一路奔跑着来到夏荷依面前，相当熟练地抱住了她的大腿。

虽然诸位家长对这种强烈的反差早已见怪不怪，却还是笑着揶揄道：“这感情好的，比见了自个亲妈还开心啊！”

夏荷依正习惯性地抚弄着安奇那柔滑如丝的头毛，听到这句话后，她的手停了下来。

她不动声色地掰开那拼命示好的身体，转而握住了他的手。

“好了好了，我现在就送你回家。”

“回家的话，姐姐陪我玩吗？”安奇眨巴着大眼睛，眼巴巴地望着她。

“医院还有点事……”

“那就回医院吧，我好想吃医院食堂做的骨肉相连，耶！”

看着他那欢呼雀跃的样子，夏荷依还想再挣扎一下。

“回家的话，可以看动画片、玩游戏……”

“那是幼稚小孩才喜欢的东西！我的话，有姐姐就足够了。”安奇老气横秋地评论着，抓着荷依的手主动往前走去。

荷依暗叹了一口气，认命似的和他一同朝着医院的方向走去。

“麦当劳！冰激凌冰激凌冰激凌！”老远看到大黄M的标识，安奇就已经兴奋得唱起来了。荷依好歹想起了吴子桐的嘱咐。

“你妈妈特地嘱咐了，不让买冰激凌。”

“你不是我妈妈，你会给我买的对不对？”安奇继续撒娇卖萌迷惑对方。

“可是我觉得有必要听一下领导的话。”

“可是你已经下班了啦！”

安奇欢快地跑向大黄M。十分钟后，他拿着两杯冰激凌兴高采烈地迈出了麦当劳。

“其实你只是把他当成心肝宝贝宠着而已。”杨振羽的话似乎还在耳边，荷依叹着气，无奈地把钱包放回口袋里。

“你妈妈要是知道我最后还是给你买了冰激凌，一定会埋怨我的。”

“安啦。没有人能拒绝安奇的要求。”

“你对别人也都这样吗？”

“怎么可能……别人在我脚边跪舔，我理都不理他！”

“你说的这话很不像小孩。”

“是啊，像我这么聪明又漂亮的小孩，的确很少见啦，姐姐你要拼命守住我哦，要最爱我哦。”安奇又熟练地摆出那张撒娇卖萌脸。

而这样一张脸，又总是和另一张脸重合，让她的心像突然被捏紧一般抽搐疼痛起来。

连欢快吃着冰激凌的安奇也似乎被吓到了，走过来拉拉她的衣袖。

“姐姐，姐姐你怎么了？为什么你明明笑着，却好像……好像很难过的样子？”

小孩子真是好啊，可以这么随便地把爱啊、喜欢啊、最啊……像尿尿一样撒播得到处都是。

完全没有任何顾忌。

比起记忆里重合的那张脸，不知道好多少倍，多少倍，多少倍……

曾经那么想要的真实和坦白，如今全都有了。

可是为什么我的心却像泡在满是眼泪的蓝色大海里那么悲伤？

夏荷依慢慢蹲下身，手指终于落在安奇的头发上，如同一只翩然的蝴蝶。

“姐姐最喜欢安奇了。”

“姐姐最爱安奇了。”

11

她就像痴情的雪候鸟，一直把自己埋在那个寒冷冰冻的冬季，痴痴地等待着枯木勃发出春的气息。

“明天姐姐还会来接我放学吗？”

当夏荷依把安奇送到他妈妈——吴子桐那里的时候，那个精致得仿若上帝杰作的孩子纯真清澈地期待着。

想要应下来，不想对他说一个“不”字，可是荷依默默地看着对面那个仅仅到自己腰间的小孩，却温柔地给出了残酷的答案。

“明天上前夜，五点就要接班，不能去接安奇。”

“不嘛！姐姐如果不能来接安奇，安奇就不要上幼儿园……”

被吴子桐强行抱走的时候，安奇一直撇着小嘴干号，也不知道是真哭还是假哭。

直到他们走出很远了，夏荷依依然僵硬在原地，仿若一尊雕像。

“真是感人肺腑的一幕啊！”

旁边传来一个熟悉的声音，像重锤一样敲打着荷依的心。

“不熟悉的话，怕是会以为你才是那个孩子的母亲。”

“母亲”这个称谓让夏荷依的瞳孔猛地收缩了一下。

“我一直以为，你不是一个闲到喜欢八卦的人。”荷依疏离清淡地望向声音传来的方向。

“你对我就不能稍微热情一点吗？好歹我也是从乡下专程来觐见女神的。”

树下的人影施施然地走了出来，依然是一副双指抚颌、精明外露的模样。

“我以为，自从你在布达拉宫给我打了那通电话以后，已经被西藏纯粹干净的风彻底吹醒，不想再重蹈覆辙了。”

夏荷依的表情又严峻了几分。

龙天懒洋洋地接道：“难道你打算和一个五岁的孩子继续相亲相爱下去？”

“我和他不是你想象中那种龌龊的关系。”荷依生硬地回答道。

“我原本也以为不是。可是，你的眼神出卖了你。”

龙天目光锐利地看过来。

“你别自欺欺人了。那孩子和安格长得实在太像了，你根本就是陷在安格重生的幻影里无法自拔。”

荷依久久地看着他，忽然背过身去，双手紧紧地抓住面前仿若救命稻草般的护栏。

“我知道的！我知道自己不该奢望！可是……可是你也承认那个孩子和他实在太像了！我不那么想才是自欺欺人！”

龙天望着荷依瑟瑟发抖的背影，眼中的锐光消散了一半。

“是你太执着了，因为执着，所以才出现了幻觉。”

“他们两人相似的小动作太多了。”

“在同一个家庭环境中长大，子女都有模仿亲生父母的习惯。”

“他对我特别依赖。”

“动物学中有一种感情叫雏鸟情结。你对他比他妈妈对他还好，他依赖你并没有错，无情才会让人觉得奇怪。”

“大家都在说，这孩子莫名地会说出大人才会说的话。”

“不要小看孩子的模仿能力，他只是在模仿大人的说话方式。”

“可是，他聪明得根本就不像五岁的孩子。”

龙天叹了一口气，无奈地转过头来。

“我以为，我上次在电话里跟你说过的话，你都听进去了。”

夏荷依一下子紧紧地闭上了嘴。

是的，这些理由她都说过，也从龙天那里得到了令人信服的答案。可是潜意识里她依然在期待着什么，等待着什么。她就像痴情的雪候鸟，一直把自己埋在那个寒冷冰冻的冬季，痴痴地等待着枯木勃发出春的气息。

荷依眼中的神色已经让龙天看不下去了，他突然用力地捶了一下护栏，连带着一整排都摇晃起来。

“在灾区的时候，我就看出你有殉情的打算。回到这里了，你又陷入那个人虚幻的重影里怎么也出不来。夏荷依，你的生命里除了安格还有什么？你活着就只有这么一点志气吗？！”

夏荷依把脸深深地埋进护栏里。

“那我又能怎么办？我睁开眼睛，看见的全是他驻留在这里十多年的残像。我闭上眼睛，视网膜上也全是他的音容笑貌。龙天，不怕说一句让你笑话的话，我曾无数次地梦到安格，梦到他还活着，微笑着对我说你回来啦，然后忽然就七窍流血而死。我每一次从梦中尖叫着醒来，就觉得自己像死过一次那么难过。同时，我也会想，要是梦里的是真的就好了，我至少遵守了和他的约定，没有因为自己的冒失莽撞而错失见他最后一面……”

龙天的手指轻轻地颤抖了起来，他的头埋得很低，眉眼浓黑，看不清面容。

“所以，我在想，我们彼此都那么不甘心，老天爷或许会同情我们吧。他答应过要回来，或许，就真的以某种形式回来了，如果，如果那种形式是安奇的话……”

“跟我走吧，离开这里。”

夏荷依吃惊地抬起头来，清减的面颊苍白若纸，龙天的心像是被树根紧紧缠住一般难受，却又从根集处冒出了新苗。

“我带你离开安格魔咒。”龙天深深地看着她。

“不……我不能……”

荷依一边摇头一边踉跄着后退，纤细的手腕却被龙天一把抓住。

“你也想过逃离对不对？你在灾区的时候曾经有过放弃的想法。”

“……”

“只要还留在这里，整天睹物思人，又或者被他的幻象迷惑，你根本不可能拥有未来。跟着我，去新的地方工作，重新审视自己，你会发现人生本来就是一段一段的经历，没有什么不能放下。”

夏荷依不得不承认，龙天的声音和说的话都很有诱惑性，诱惑着她那颗本来就虚弱狼狈的心求救似的要扑向他。可是……可是为什么胸口又如此疼痛？那种快要窒息的感觉只是因为“舍不得”这样浅白的理由吗？

龙天目光炯炯地看着她，那一瞬间，就好像站在了他最得意的手术台上。

“退一万步讲，就算安奇真的是安格的转世，你和一个五岁的孩子也根本不可能有未来！”

夏荷依的身子猛烈地颤抖起来。

夏荷依身心疲惫地回到宿舍，一推开门，就听见杨振羽弃妇般的哀怨控诉——

“夏荷依，你明明答应人家今天晚上去电子图书馆办卡的，人家望夫崖一般等你，你却这么晚才回来！难道是有了新欢就忘了旧爱吗？”

荷依这才想起昨天晚上答应振羽的事，满心愧疚地说：“对不起，我真的忘了，明天带你去好不好？”

“你怎么了？看上去脸色很不好……”振羽挨着荷依坐下来。

荷依精神恍惚，也顾不得对面坐着的是谁，只简短地回答道：“刚才见过龙天了。”

“龙天啊，呵呵，又说了什么突破下限的话了吧？”窗影之下，振羽的笑容亦是不明。

荷依轻轻靠在振羽的肩头上，异常低落地说：“小羽，我觉得好累，真的好累……”

“龙天又说让你跟他走的话了吧……”

振羽的肩头一片冰凉沉默。

“说了。”

“不想走的话，别理他不就得了？”

“可是没法忽略。”荷依疲惫地闭上眼睛，“或许他说的才是对的，与其在这里做困兽挣扎，不如做做减法，让自己简单一点、单纯一点，或许我就能如他所愿地活得长久一点。”

到底是怎样的压力如石板一样压在她的胸口上，带来窒息般痛苦的感受？振羽忍不住环住她，越发感觉到这人冷静强大的外表之下，依然是一颗脆弱敏感的玻璃心。

龙天到底把她逼成什么样了？居然让爱情也变成了负担？

振羽丝毫没觉察出荷依话中的第一个“他”和第二个“他”并不是一个人，只遵从本能反应地劝说道：“觉得累的话，就不要再挣扎了。属于你的终究会属于你，不属于你的再怎么强求也得不到。他不懂，你应该懂的。”

振羽已有所指，荷依却听得别有弦音。

“果然是这样啊，不属于你的，再怎么强求也得不到。这么浅显的道理，我竟然不懂……”

“所以啊，你就不要再庸人自扰了。”振羽笑着握住荷依的双肩，“女人啊，心情一不好就容易雌激素下降，雌激素一下降就容易长皱纹，一长皱纹更年期就快到了……你啊，有烦恼就丢给男人去想吧，反正天塌下来个高的顶着。黑夜过去，明天太阳照常升起。”

人生啊，果然就该简单至此。

荷依羡慕地看着振羽：“真好，有你这样元气满满的小伙伴，连我也觉得轻松好多。我要是能像你一样想得开就好了。”

“我啊，哈哈，医得了别人，医不了自己。不说了不说了，还有一大堆衣服要洗……”

说话间，振羽已经站起来，抱着两大盆衣服走出了寝室。

如果荷依对振羽再了解一点，一定会奇怪她怎么会说出这么感性的话。

如果荷依对振羽再观察仔细一点，一定也能看到她在公用洗漱间大开着水龙头，却完全没有要做什么的意思。

“刚才见过龙天了。”“我觉得好累，真的好累……”“如他所愿地活得长久一点。”

荷依虚弱的声音一直缠绕在耳边。

答案，已经呼之欲出了。

振羽微笑着关上了哗哗流水的水龙头。

我早就应该对他说声谢谢。

谢谢他那么坚决地离开了我的生命。

12

花会飘零，水会枯竭，我却依然记得白驹过隙的芬芳。树会参天，字会淡去，你是否还记得铭刻千年的誓言？

在夏荷依的心中，何尝不是该做了断的时候了？

下一个轮休的日子，荷依特别拜托了吴子桐带安奇出去玩。小孩子自然欢欣鼓舞，吴子桐也欣然同意，明媚的秋光山色里，似乎只有自己一个人像浮萍一样漂泊无依。

“姐姐，这是什么地方啊？”

安奇像托马斯的小火车一样呼啸来呼啸去，一刻也不肯安静，旺盛的生命力和他那死去的哥哥比起来真是天壤之别。在这样一个少人静寂的地方，荷依也放下了禁忌，任性地流连于男孩那仿佛自有生命一般的细软发丝。

“这是一片由学生们捐钱捐树开辟出来的树林，又叫青年林。每年也就植树节的时候最热闹，现在是秋天，又不是周末，林子里面几乎没什么人。我休假的时候常常会来这边。”

安奇不安分地四处张望着：“原来叫青年林啊，难怪看到的都是一对一对的……”

安奇忽然双手捂住嘴偷笑起来，那小表情又娇羞又可爱，一派孩子气的天真烂漫。

可是，为什么要偷笑呢？夏荷依正要问，安奇忽然大胆地表白道：“我喜欢夏姐姐。”

早就是熟悉得不能再熟悉的表白，可是配着这样的表情……夏荷依定定神，笑着说：“你每天都说好多遍，我听都听腻了，能不能来点新鲜的？”

安奇乖巧地靠在她的怀里，用胖乎乎的小短手圈住她的脖子，用带着牛奶香气的柔软双唇在她面颊上落下柔软香甜的一吻。

“我最喜欢夏姐姐了。”

明明知道小孩的喜欢和爱同自己的有着本质的区别，但心脏依然可耻地跳到连胸口都会撕裂的程度。

好不容易缓过劲来，夏荷依站起身，牵着安奇的手：“咱们继续走吧。”

“姐姐，为什么你看起来不是很高兴？安奇说错了什么吗？”

荷依的怀疑不是错觉，这个孩子的确有着不可小觑的敏感。

“没有，我只是想快点带你去一个地方。”

“喔喔喔！是不是很好玩？”

“至少，我觉得是个很有意义的地方。”

小孩子能听得懂吗？荷依似乎已经忘记了，却不想安奇的回应更加突破天际：“是夏荷依的心中，留有记忆的地方吗？”

荷依低头凝视着他。

龙天，龙天，你叫我如何相信他真的只是一个五岁的孩子？

“来到这里，你发现了什么吗？”荷依目不转睛地看着他。

“我不知道欸，总觉得……很熟悉的感觉……”安奇摇摇头，又困惑地环顾着四周，“当我还是小宝宝的时候，说不定来过这里呢。”

夏荷依忽然强烈地动摇起来，她凝视着安奇的面孔，耳朵里全是鼓荡振奋的心跳声。

“你想起了什么吗？”

“我来的时候，应该不是这个季节吧。那时候树叶都还长在树上，地上到处是心形的影子，可好看了……”

安奇一边说，一边自顾自向前走去，厚厚的落叶在他脚下发出沙沙的声音，蚕食着夏荷依的清醒。

而最后一丝理智近乎强制性地分割着两人的距离。

风舞秋林间，仿佛只剩下一前一后两道影子。

安奇仿佛被某种意志牵引着，一路向前走去，其间也有走错路退回来的时候，不过这个地方的确和八年前太不一样了……在多次试探和换路后，安奇还是在没有任何人帮助的情况下，找到了那个地方——

“好大的树！”

安奇万分惊愕地抬起头，棒球帽落在了他的脚边。

满树都是沙沙的响声，心形的树叶在地上狂舞着，仿佛欢迎他们的到来。

“桉树是这个世界上生长最快也最高大的乔木。”

夏荷依慢慢走上前来，努力控制住自己的目光不要往上看，也控制着自己的声音不要露出颤抖的怯意：“对于小孩子来说，它的确太过高大和强悍了。”

“是这样吗？可是为什么我总觉得……”安奇又一次露出困惑的表情，“我见过它还是小树苗的样子……”

这一次的疼痛感如此突然而又尖锐，似乎连皮肤都要撑裂了。

龙天，龙天，你叫我如何相信他只是恰巧见过桉树的树苗？

夏荷依用力地闭了一下眼睛，吃力地解释道：“或许，你在你们家的阳光房里种过桉树苗吧……”

安奇却仿佛没听到，只是用手在腰间比画着：“大概这么高的时候，我把它种在土里。”

“你还……想起了什么吗？”夏荷依用梦呓般的声音低语呢喃，身体里却喧嚣着丢失最后一根稻草的兵荒马乱——

安奇抬高头，目光在粗粝的树皮上来回寻找着。

“嗯……树上是不是刻着字？”

“你还记得树上……刻着什么字吗？”

“嗯……嗯……嗯……

“好像是……好像是……

“安格喜欢荷依。”

神啊！

你为什么要这样对我？！

让我何其不幸地失去了他，却又何其幸运地找回了他！

眼泪在下颌处汇聚成溪流。

眼睛已经看不清5厘米之外。

日月星辰在这一刻尽失光芒。

大地万物在这一刻尽失颜色。

只有面前的这棵树和树上的字，散发着苍茫古朴的气息，掠夺了她的神思与感官。

虽然它们早在数年前就已经粗粝得辨认不清。

可是她知道。

或者他知道。

只有他们才知道的刻在树上的字——

安格喜欢荷依。

夏荷依忽然蹲下身去，用力把安奇小小的身子搂在怀里。

“啊痛痛痛痛痛！”

安奇无辜地大喊着，夏荷依却依然要把他的身体揉进自己身体似的那么用力。

再不会有任何怀疑。

再不会选择逃避。

风暴般的情绪摧枯拉朽地席卷了全身，树枝崩裂的声音在身体里不断响起。

只有当这一刻任性地毫无保留地抱住他，夏荷依才如此鲜明地感觉到他的真实和躯体的生命力。那是梦中无论如何也不能拥有的温暖，以及指尖所能触摸到的实感。

真的是他！

是我可以舍弃一切，一切的一切，保护和深爱着的人！

在摇曳的树影下，在沙沙的风语中，夏荷依紧紧抱着那个孩子，感受不到时光流逝，听不见山谷空音，她就像一个孩子，哭得根本停不下来。

失而复得和得而复失的心情像双螺旋的DNA一样盘踞成天梯。

此时此刻，她心中再明白不过——

是到了说再见的时候了。

“你真的要走？”

看着夏荷依忙碌地收拾行李，杨振羽一脸落寞地站在旁边。

“其实已经犹豫好久了，这次终于下定了决心。”

“可是，百伽图是这么好的一家医院，你真的舍得走？”

“不要误会了，我离开，只是因为私人原因，并不是觉得这里不好。”

“这个私人原因足以让你放弃自己的事业和理想吗？”

振羽不能认同这种选择。

夏荷依却依然温柔而坚定地回答道：“龙天对我说过的那句话很对，有理想的人在哪里都可以成就一番事业。我还没有放弃，别为我担心。”

夏荷依微笑着，清雅出尘的面孔散发出柔和而温暖的光芒。杨振羽明白了什么。

“你是打算去龙天那里吗？”

“嗯。他早就邀请我过去做护士长。我觉得薪水和职务都不错，也对他的能力很放心，所以就这么决定了。”

杨振羽站在那里，微微地笑着。

她想，她已经找不到任何阻止的理由了。

夏荷依的行李并不多，更何况大多数的东西印记太深，她都不想带走。当她提起行李的时候，杨振羽走过去，和她来了一个告别的拥抱。

“祝你找到自己的幸福。”杨振羽真心实意地祝福道。

夏荷依一时间有些恍惚，她拍拍杨振羽的肩膀，也真心实意地祝福着。

“你也一定要幸福哦。”

“一定会的。我可是杨振羽啊！”

似乎是自我宣言般提到了自己的名字。

这是魔法前的施咒吗？

为什么觉得刚才还情绪低落的她忽然又有种元气满满的感觉了？

夏荷依这样想着，却只能用笑容独守面具下的残缺。

振羽很是不舍荷依的离去。

有些人即使相处了一辈子，却淡漠如生人。有些人仅仅见了几面，却好像认识了几世。

抛开那些浮躁的杂音，振羽是真的觉得可以和夏荷依做一辈子的朋友。

如今荷依要走了，振羽顿生曲尽人散的失落怅然。

那时的她还不知道，这只是离别的序曲。

这一年的冬天来得特别早，就像注定要伤秋悲冬一样迅速把一切洗成素白。

而那时，振羽还没有悲伤的预感和觉悟，只是在突然接到电话的时候烦恼起来。

“这个周末有安排了吗？”

来电是手机上莲花的图案，带着一副清心寡欲的高冷，宛在水中央。本就应该远观的景色，却跨越障碍来到了跟前，振羽在这样的问话中有些无措。

“还没有。”思来想去，还是选择了最诚实的回答。

“要不要一起去图书馆？”他的声线像挂着一层霜，偏偏下面又有柔软的绿意。

不得不承认这是一个很好的提议，而且自己也有这个需求，只是……

“好啊，大雪天泡图书馆最惬意了。可以叫上别人吗？”她假装不经意地笑着提议。

微妙的一秒钟停顿。

“可以。”

振羽顿时松了一口气。

“你打算叫谁？”

振羽又莫名紧张了起来。

“嗯……前两天碰到天南，他也说本地的图书馆不错，要带我去看看……”虽然说的也是实情，但到底是哪里不对了，让自己居然有种心虚的感觉？

“天南啊……”那边拉长了声音，意味不明，让振羽的心又提了起来。

“那就一起吧。”他最终说。

一块大石头终于落了地。然而，在此后的几天里，振羽都处于一种微妙的纠结中，在抵触和期待两种完全相反的情绪中终于迎来了雪霁后的周末清晨。

第三章

雪上空留马行处，

he is lost

她只是很天真地想。

这个人的手其实很暖，就像刚才吃到的上等羊肉，烫着舌尖，暖着心房，就连手腕处的搏动也非常有力。

与其说自己在前面带路给了他前进的勇气。

倒不如说他的温暖驱散了雪夜带来的孤寒。

似乎。

就连眼前的这条黑道也变得异常的短。

几步就走出去了。

13

怕黑的话我陪着你，看不见的话我拉着你，只是一条暂时黑掉的小道，很快就会走过去的。

天南还是那副油头粉面的样子，穿着风骚的红色羽绒服，小眼神怎么看怎么热情过度，以至于振羽深深怀疑如此安静宁和的图书馆之行带上这个“大型犬类”的决定是否正确。

而当顾沅全身玄衣踏雪而来的时候，振羽就觉得这个决定真是太明智了。

无疑，顾沅浑身森冷的视觉元素和他禁欲清高的外表十分搭配，但是在这个已经被素白刷成惨淡的大雪天……还是需要天南这艳红色的缓冲带。

不过就算是天南，也被顾沅强大的气场压得死死的，一路上寡言少语，和他平日里聒噪豪放的形象十分不符，这种尴尬的气氛一直延续到图书馆才终于缓和了些。

医学典籍厅在3楼的D厅，人很少，暖气开得很足，柔和的淡金光芒从窗外斜斜落下，点亮书上的尘埃。凝重典雅的氛围让振羽一见倾心。

占好了座位后，三个人各自钻进一排书架子挑选书籍。振羽老早就想好了要找什么，要看什么，今天也是奔着主题来的。她沿着书架子一排一排找着，手上托着的图册也越来越沉。这时候，寻寻觅觅中最期待的一本书赫然出现在书架上，她心中暗喜，正要踮起脚揽宝入怀，却不想旁边另一只手也摁在了书脊上——

顾沅竟然也在找这本书？

在对方颇有深意的目光下，振羽几乎想也没想就做了一个“你请”的动作。

于是……

顾沅就堂而皇之地把那本书抽走了。

振羽的眼睛差点掉到了地上——

老大，我只是客气一下，你就真的拿走了？

这个时候你难道不应该发扬一下“女士优先”的优良传统吗？

可是顾沅丝毫没有身为绅士的风度，倒有身为师长的派头。他拿着书，一路走回座位，悠然自得地翻阅起来。就算振羽从回来、坐下、拿书、翻书……的整个过程都忍不住对他行“注目礼”，他也依旧浑然不觉，似乎还有点得意。

这时候，天南也抱了一大堆书回来，瞟了一眼旁边的顾沅，顿时像踩了尾巴的大型犬类一样叫唤起来。

“我找这本书找了好久！老大，这本书对您来说太粗浅，简直就是小学生水平，您还是高抬贵手，给我吧。”

顾沅连眼角都没抬一下，翻过一页书：“明天。”

“明天？居然要明天？只是本图册，用不着看那么久吧？”

顾沅终于抬起眼睛，舍得“关照”他一下：“我刚才说错了，你只能下次。”

天南顿时哀号起来。

而顾沅丝毫不为所动，眼神有意无意地拂过振羽。

振羽顿时气不打一处来——敢情你还关照我了，让我排在天南的前面？和小辈们抢资源，你好意思吗？你真的好意思吗？

可是顾沅铁了心要当书霸，振羽也只好把盯小人的怨恨目光投向那边。

抛开恶习不管，其实，这个男人还是很耐看的。白净的面孔在这种广奥深邃的空间里，散发出懒月下白沙般柔软细腻的光芒。

如果不是如此恶劣的性格，其实……

振羽低下头去，强迫自己把注意力放在面前的书上，专注地苦读起来。

没有交谈，互不干扰。

只有一页一页翻动纸张的细碎声响，一天就这样宁静地过去了。

“真是太满足了！”

直到被管理员赶出图书馆，振羽终于舍得伸了一个懒腰。

“不过精神满足了，却苦了五脏庙，饿得真是一步都走不动了。我们赶紧去找个餐馆暖暖身子吧。”尽管穿着风骚的红色羽绒服，天南还是冷得在雪地里跺脚，“我知道这儿附近有个很不错的涮羊肉馆子，咱们现在就去吧！”

虽然顾沅望过来的目光插满了“多事”的小箭镞，但还是被天南硬拽了进去，餐馆小小的，却布置得古香古色。

天南熟门熟路地拐进一处半镶窗机的小单间，率先坐下后，又热情地对振羽拍拍自己旁边的座位。振羽顿时觉得自己背后的汗毛像静电一样根根竖立，连忙逃难似的扑倒在天南对面的座位上，说“我坐这里就好”。

跟在身后的那个人略微停顿了一下，在天南旁边的座位坐下后，慢慢抬起眼睛，目光瞬也不瞬地直射过来。

简直就像坐在拷打室一样。

天南热情洋溢地介绍起菜品，振羽也不想这么尴尬地坐着，隔着桌子和他一条一条争论不休，最后点的菜品严重超出了预期。

服务员问：“来点什么酒水饮料？”

顾沅一直固守着他的冷若冰霜，吃到最后都不发一言。哦哦哦！

重点来了！

振羽忽然就情绪高涨起来——听说顾面瘫从来不喝酒，是每次一上桌就把酒杯扣桌上的硬骨头！

“喝点啤酒吧？天这么冷。”振羽雄心勃勃地说。

“不能喝，万一医院找我。”顾沅拒绝得冠冕堂皇。

“振羽你太不了解行情了，老大从来不喝酒的，院长敬酒都不喝。”天南一副“我很了解”的样子在旁边添油加醋。

顾沅静静地坐在那里，忽然说：“我这辈子，只醉过一次。”

“咦？竟然喝了？喝了多少？醉到什么程度？”天南好奇地追问。

“醉到我想把那一天从自己生命里撕掉的程度。”顾沅定定地望着对面。

振羽也很有把眼角膜撕掉的冲动——

干吗用一种生不如死的目光看着我啊？而且，这目光未免也太强烈了一点……

振羽想问，却一句话也问不出。好在小餐馆上菜很快，热气腾腾的蒸汽模糊了那个人存在感极强的目光，振羽终于松了一口气，和天南有说有笑，把气氛炒得十分热烈。而顾沅却仿佛异世界的怪物一样。

茶足饭饱。

虽然名义上是天南请客，最后还是顾沅摸出了钱包。

“早知道老大付钱，我们就应该去一个符合老大身份的地方。”天南望着顾沅正要收起的名牌钱包，羡慕的、憧憬的目光就跟狗舔上去的舌头一样。

顾沅不理会他，似乎和他多坐一秒都觉得丢人似的立刻站起来，走到振羽的座位旁：“我送你回去。”

对面的天南殷勤地摆着手说：“不用不用，我送振羽回医院就好，反正都是住宿舍。”

振羽也立刻响应道：“对啊对啊，反正都是回医院，我和天南一路就好了。”说罢，她立刻穿好衣服，挎好小包，别扭地挤出来，站在了天南的旁边。

只是，顾沅在那一瞬间流露出的表情，让振羽立刻就后悔了。

不仅仅是受伤，仿佛被遗弃般，整个世界都在以光速远离——很难想象这么孤独难过的目光会出现在一个拥有着绝对实力的男人眼中——振羽想也不想就改口了："不然我们仨一起走回去吧，反正也不远，正好可以散散步消消食……还有助于减肥！"

天南的反射弧终于也同步了一回："对啊对啊，正好我认识一条近道，从花园穿回去的话可以省 20 分钟的路程，我带你们去吧。"

天南在前面带路。振羽扭头看了顾沅一眼，跟在了天南后面。顾沅看着两人远去的背影，双手插进大衣兜里，走在了最后。

这一路上，虽然有天南努力插科打诨，振羽全力抬杠配合，顾沅也只是沉默地跟着。进入小花园以后，他忽然停下了脚步。

走在中间的振羽率先发觉："怎么了？"

顾沅望着前面隐蔽在山石后面的弯曲小路，脸色苍白得连夜色也遮不住。

"太黑。"

"你怕黑？"振羽好不容易才控制住自己的表情——这么大个人了，居然还怕黑？

"我讨厌黑的地方。"

"也算不上太黑吧……"

"在黑的地方，我的视力会变得非常差，找不到路。"

这已经脱离医学的范畴，朝着儿童心理学的方向前进了。

天南已经走出老远，正朝着他们挥手喊着："怎么还没有跟上来啊？这条道我闭着眼睛也能走出去，没问题的，赶紧跟上吧。"

怎么能和他解释，他们停下的原因是因为顾老大怕黑？

只好豁出去了。

振羽走过去，一把拖出顾沅深埋在衣兜里的左手，一边往前走，一边安慰道："别让天南等急了。怕黑的话我陪着你，看不见的话我拉着你，只是一条暂时黑掉的小道，很快就会走过去的。"

顾沅的身子不受控制地被迫前进着，过了一会儿，就变成心甘情愿地跟着她走。

那个时候，振羽还没有那么丰富的阅历。

她只是觉得一个大男人怕黑很奇怪，却没有认真去想其中的原因。

她只是感觉到他的指尖传来不同寻常的颤抖，却没有深究这种颤抖到底意味着什么。

她只是很天真地想。

这个人的手其实很暖，就像刚才吃到的上等羊肉，烫着舌尖，暖着心房，就连手腕处的搏动也非常有力。

与其说自己在前面带路给了他前进的勇气。

倒不如说他的温暖驱散了雪夜带来的孤寒。

似乎。

就连眼前的这条黑道也变得异常的短。

几步就走出去了。

“我说这条近路很方便吧，再有五分钟就到了。”天南得意地炫耀着。

顾沅和振羽一起抬起头，望着点亮夜空的炫彩霓虹。

果然是很近的近路。

振羽悄悄想松手，却被顾沅近乎条件反射地一把握住。

这是什么意思？已经没有再牵手的理由了吧？

振羽正想着怎么通过非暴力不合作运动取得右手的控制权，忽然间力道松了，然后就是一根手指一根手指地松开。他把手放回自己的大衣兜里，像刚才一样沉默不语地望着远处的灯光。

“那么，就在这里分手吧，我和天南回医院宿舍了。”振羽转过身，对着他挥手告别。

顾沅低头看着她——他的面孔在路灯下面显得有些阴暗，却仿佛长明灯一样在振羽的记忆深处闪烁着永远不灭的光。

他说："再见。"

那口吻却像在说永别一样。

振羽呆了一下，正想再问，却被跑回来的天南一把拽走了。

她几次回头，都看见顾沅站在那个路灯下动也不动，他的身形像石雕一样传递着凝重哀恸的沉默不语。

后来，振羽曾无数次地回想起路灯下那个孤独的身影，也无数次地想到他或许依然看不见前路，他的眼前依然一片黑暗……

那个时候，她真的不该丢下他自己走掉。

那个时候，她还不知道，她眼中落下的星辰，是他悲怆余生中最后的微光。

14

小羽，总有一天你会知道，我的身体里只有喜欢着你的那个部分，才没有被我厌恶。

每周一总是忙碌而充实的，杨振羽也忘记了昨夜顾沅所带给她的不安，全身心地投入工作之中。快下班的时候，她才从两个护士的闲聊里听到了关于他的消息。

"听说了吗？医院要停顾沅三个月的门诊。"

"是消化科的顾沅吗？上次那个纠纷不是最后没告上法庭吗？"

"虽然最后庭外和解了，但是听说院长为他明知道治不好还收红包这事特别生气，连说'愚蠢至极'。停他门诊也是为了给他个教训吧。"

"他和他们科的好些人都不和，这次被看笑话了吧？"

"科里的意思是加罚，听说要扣一年科内奖金呢。他那么爱财，这次可是真戳到痛处了。"

"哼，人家多收几个红包就是了，才戳不着痛处。"

"门诊都停了，谁给他送红包啊？再说了，这也叫身败名裂了吧。"

“话说今天有人看到他出入人力资源处，会不会要走了？”

“辞职？他没这胆吧？听说从中学开始他就在院里，离开这里，他还能去哪儿？就算被排挤，也只能忍着。再说了，这也是自作孽不可活……”

“照我说，医院就应该直接赶他走。技术再好又怎样？出了那事，连我们的脸都给丢尽了。”

“院方是等着他自己辞职呢，就不知道他识不识趣了……”

振羽再也听不下去了，她飞快地离开病房去找顾沅，但他手机关机，一直找到天黑都没找到人。振羽忽然想起一个地方，心道会不会在那里，连忙跑到了雕花木栏和铜锁后门内，果然看见一道模糊的黑影站在顶天立地的玻璃罐前。

他竟然躲在这样一个地方，而且还不开灯！

杨振羽深吸一口气准备去摸开关，房间里孤独的那个人却仿佛心灵感应似的转过身来。

“别开灯。”与黑暗融为一体的阴影叹息着说，“关上门，像没看到一样离开吧。”

怎么可能装作没事人一样离开？

振羽咬咬牙，壮着胆子走过去，才发现这间屋子里并不是一片漆黑——隔壁办公室的灯光透过大玻璃罐落在顾沅的脸上——光，还有奇怪的影子，让他那苍白瘦削的面孔看起来尤其阴晴不定。

“你一整天都待在这里吗？”

“总比太平间好些。”

“想找一个没有人的地方，选择实在太多了。”

“是吗？可是，能让我平静下来的地方，一直只有这里。”

“你又想说，尸体比人更好打交道吗？”

“是啊！我在这里写了十年作业，它们都忠实地见证了我的成长、我的抉择，而且，从来没有否定过我。它们都是我的朋友。”

顾沅缓缓张开了双臂，像君王面对自己的臣民。

“我以为，我至少也算你的一个朋友。”

顾沅的手臂慢慢垂落下来，他站在那里，目光忧伤而宁静。

“怎么可能？你不是说过，拿红包的医生都是强盗吗？你这么洁身自好，怎么可能会和一个强盗做朋友？”

“那是以前的你。我还记得，你答应过我，以后会做一个好医生。”

“好医生吗……”

顾沅忽然迈了一步，一个不明物体的阴影正好落在他的右颊上，像眼睑下黑色的泪。

“杨振羽，回答我一个问题好吗？

“金钱对你而言意味着什么？”

善恶的十字路口。

灵魂在彷徨迷失。

振羽深吸一口气，她知道自己此刻说出的每一句话都十分重要，重要到……

“金钱对我而言，就是一个可以供我学习的小单间，有一个衣柜和一张单人床就好。

“金钱对我而言，就是一天必须吃上三顿饭，没有肉的话，馒头也可以果腹。

“金钱对我而言，就是衣食住行等最底层的欲望，而我追求的是更高层次的东西。

“人存了一辈子的钱，最后不是留给子女，就是留给医院。这么一想，就想开了。我想要工作，不为挣钱，只为能让自己快乐。一边做着喜欢的事，一边还能挣钱，自然再好不过。所以，我从未后悔过自己选择了从医这条路。”

顾沅从头到尾认真地听着，末了，才轻轻地吐出一口气，属于他的气息拂过耳际。

“真好啊！从不为钱烦恼的人，就是这个世界上最幸福的人。”

“你也可以啊！活得简单一点，活得纯粹一点。”

“可是，医院停我三个月的门诊，就意味着这三个月里，我几乎没有收入。”

“有那么惨吗？你好歹是个副教授，好歹工作这么多年，不可能一点积蓄没有吧？”

“如果我说没有，你信吗？”顾沉定定地望着她。

我信吗？不信。

我应该信吗？

振羽也定定地望着他，终于点点头，说道：“既然这样，少不得我多破费一点，多打一个菜，多买三两饭，咱俩凑合着吃啰。反正也只有三个月的时间，撑一撑就过去了，谁还没有阴沟里翻船的时候呢？”

顾沉脸上的肌肉一时间绷得死紧。

那滴黑色的泪在他脸上摇摇晃晃的，振羽好想将它拂去。

而后，他的身子终于变得柔软，连带着眼中也有了湿润的水光。

“我可以吻你吗？”

啊？话题太跳跃，我有点跟不上……

“你来了，你留下了，不就为了安慰我吗？那么，我也有权选择最好的安慰方式吧？”他很是理性地分辩道。

其实根本就是强词夺理吧！

只是，在这样的氛围中，被这样一双眼睛注视着，振羽无论如何也说不出“不可以”三个字。她就像被魔法定住了的冰雕一样，眼睁睁地看着他低下头来，那滴黑色的泪终于滴入了他的眼睛……

他吻住了她。

那一瞬间，振羽甚至还胡思乱想着——

好吧，令人作呕的解剖物们，你们又见证了这个男人的无理和冒犯……

振羽知道自己将很难忘记这个吻。

周遭险恶恐怖的环境和难闻刺鼻的气味与唇间小鸡啄米般的纯情和人类体温所传达的温暖，形成了如此强烈的对比。

一次又一次。

一次又一次。

把带着尸腐味的温柔，刻在了她的记忆中。

没想到第二天，顾沅就彻底消失了。

没有任何电话或短信，就这么突然从她的生命里消失了。等她想起来去寻找的时候，却被告知“已经递交了辞职申请”。

从一开始的茫然失措，到后来的恍然人悟，振羽抄起电话，却打给了龙天。

“顾沅是不是跟你走了？”

“呵呵，消息蛮灵通的嘛。我们现在正亲密地坐在前往 A 市的火车上。怎么样，有没有兴趣周末到我那儿参观参观，看看究竟是怎样的大气磅礴、人才济济？”

振羽没有接龙天的废话，只说：“顾沅有没有话对我说？”

“真是无情啊，你打电话给我，却只提起别的男人……”

龙天在那边索性唱了起来，振羽一字一句说：“顾沅，我最后问一次，你有话要说吗？”

电话那边传来轻轻的交谈声。

最后却还是龙天的声音传来。

“他说，他想说的话都在玻璃板下面压着呢。”

“嘟……”

“她挂断了，一如既往的干脆。”

“嗯。”

龙天叹了口气，收起手机，整个人都转向那个依然摆着一张面瘫脸，丝毫不露悔意的男人。

“我给你个坦白从宽的机会，不然到了那边一样给你小鞋穿。”

“说什么？”

“说你和振羽的事啊，你对我的女人怎么了？”

“你的女人？”

“是啊！你对她下手了？！”

“……”

“看什么看啊！没看过美男子啊？”

“仔细看，你们俩确实有些夫妻相，都是大眼睛、双眼皮，眼睛明亮得就算在黑夜里也能看见。”

“呵呵，被你发现了啊！我问的可不是这个！”

“你们真的很般配。”

“要不要这么假啊……”

“我真心祝福你们。”

“说这么违心的话，你自己不觉得恶心吗？我都快吐了……”

“怎么会？这已经是我这一生中最清醒的认识了。”

振羽一口气跑到解剖室，只因为他说，他留了话在这里。

神秘的男人，从不说缘由的男人，从来不让任何人走进他心里的男人。

就算只是朋友这样简单的关系，他的告别方式也太过离奇了。

更何况，还有那个意义不明的吻……

既然说了那么多情深义重的话试图打动她，为何又如此绝情地连一句解释都没有留下？

顾沅，你真的爱过我吗？

你有试图让我爱上你吗？

振羽环视着这间拥挤却又显得莫名空旷的房间，缓缓走向房间里唯一的写字台。

那个追求完美的男人，连玻璃板下面的照片都一并带走了。

如此决裂。

如此无情。

空空如也的玻璃板下，只压着写着一句话的残纸。

“钱对我而言，就是活着的全部。”

15

我一个人吃饭、旅行，到处走走停停；也一个人看书、写信，自己对话谈心。

顾沅走了，夏荷依走了。

没想到，天南也要走。

天南两眼放光地凝视着远方："龙天可是我心目中的偶像。他不仅是百伽图历史上唯一一个横跨大内大外的神人，拥有美国的行医执照，当过无国界医生，而且人格魅力也那么大……当我知道他在百伽图招募人才的时候，我的心就已经追随他而去了……"

杨振羽忍不住吐槽道："他这可是抄家底挖墙脚的恶劣行为。"

天南却完全听不进她的话："你进修完不是也打算去龙天那儿吗？为了我们共同的理想，继续探求灵与肉紧密结合的未来，我愿意牺牲自己充当拓荒者，为你开疆辟土，建造家园……谁叫咱是爷们呢！"

谁要跟你灵与肉紧密结合，脑回路太异常了吧！

"呵呵，居然还娇羞了。我又比你先行了一步，也算给你树立了榜样吧，快点成长起来吧，我会等你的！"

该吃药了！

何弃疗！

杨振羽已经彻底放弃吐槽了，而天南的一句话又把她往深渊里推了一把。

"我走后，你就是一个人奋战了，会寂寞吧？"

杨振羽顿时"哽咽"了起来——虽然我觉得寂寞并不是因为你，可是还是要感谢你至少说了一句人话。

振羽握住他的手缓缓地摇。

"放心吧，我可是杨振羽啊！"

"女孩子，娇柔一点更可爱啊！"

天南有些不满意，他觉得这个时候振羽就应该红着眼睛，双手抓住他的衣襟，像小兔子一样颤抖着，诉说着不舍与依恋。可是他期待了半天，振羽也只是握着他的手，带着外交礼节的含蓄微笑，缓慢地从牙缝里挤出一句话——“好走不送。”

真是太要强了。

天南遗憾地摇摇头，还是忍不住自作多情道：“我走了以后，你有什么打算？”

振羽微笑着点头，回答：“学习。”

“什么？学习？”

“嗯。好好学习，天天向上。”

简直是不要命地学习。

虽然在以前的人生中也不曾松懈过，但和这一次比，都是浮云。

早上还没睁开眼，就先把昨天晚上看的SCI文章在脑海里过一遍。

养成看到任何一个空白墙面都不习惯的强迫症，一定要贴满了英语即时贴才肯作罢。

把内网上所有的外教视频都下载下来，随时听，随时背。

若干个晚上，舍友们都听见她用英文说梦话，时不时还蹦出许多脏话。

她以全国总分第一的成绩顺利通过执业医师考试，拿到了梦寐以求的执业证书。

她在刘子墨的指导下做手术，做实验，读文献，写文章，勇猛得连导师也啧啧称奇。

电视剧里的励志女主骑着单车能超越火车。刘子墨觉得，这女主要是杨振羽来演，定能超越嫦娥三号。

“振羽，你这么不要命，你父母知道吗？”看着她抱着新借回来的一尺厚的全英文解剖彩色图谱在那儿苦读，刘子墨顿时惆怅了起来。

振羽回过头来，笑容明亮。

“可是我觉得很充实。”

“受什么刺激了吧？”外科医生的第六感极敏锐。

“没有啊！就是觉得……为什么中国人还拿不了诺贝尔奖？我必须争这口气。”振羽笑着调侃道。

“志向很远大嘛，能提前给我签个名吗？”刘子墨准备着圆珠笔。

“没问题啊，要收集吗？您老人家改的每一份病历上可都有我的签名。”

两个人一起大笑起来。

看到杨振羽的精神状态没有任何问题，刘子墨也就放心下来。就这样，杨振羽用一年的时间，走完了别人要走三年的路。

“如果我有人事任命权，我一定让你留在百伽图医院。”在进修生结业欢送会上，在酒精的麻痹下已经欢乐开怀的刘子墨终于说了一句掏心窝子的话。

“那就把我强行留下来啊，我还有好多想跟您学的……”振羽并不介意在这种时候装装小女生的做派。

刘子墨眨眨眼睛：“让龙天手把手地教你，岂不是更好？”

振羽只是微笑着，既没有肯定，也没有否定。

这半年来，她真的成熟了很多。

“我还有另一句掏心窝子的话，希望你一辈子记住。百伽图起初是教会医院，是带着福利性质的医疗机构。这么多年过去了，时代在变，环境在变，可是百伽图变得很小。你可以认为它冥顽不化，也可以认为它墨守成规，可是，在这个环境中成长起来的人，都默默守护着一条准则——做一个纯粹的医生。”

“做一个纯粹的医生？”听到刘子墨最后的话，振羽不由得重复了一遍。

“是的。像《希波克拉底誓言》中描述的一样，做一个纯粹的医生。不过度检查，不开大处方，不乱开医嘱，不做不必要的手术，一切都以患者的需要为宗旨，一切以病人为中心。”

“可是，这也要对方医院认同这种理念才可以啊……”振羽苦笑着说。

“如果是龙天的科室，我相信他会这么做的。他也是百伽图人，这是他身上的烙印。我希望你把这个烙印也带走，不管走到哪里，都以百伽图的规则约束自己，都以百伽图人的荣誉为豪。”

做一个纯粹的医生。

成为真正的百伽图人。

振羽忽然觉得，胸口真的有一只小鸟振翅欲飞。

在这个全球化的风潮中，想要通过技术或资源垄断实现百年老店的时代已经一去不复返了。大楼可以建，设备可以买，人才可以引进……那么，到底还有什么东西能够让一家医院百年昌兴，屹立不倒？

是一种叫作精神内核的东西。

通俗地说，是一种叫作魂的东西。

振羽觉得自己就像一个懵懂的小孩，从慈爱的长者的手中接过小小的火种，小心呵护，笨拙转身，却一头扎进沧桑变化的世事，一去不复返。

她相信。

只要火种还在。

魂就在。

欢送会就是毕业礼。几个男学员在杨振羽的光芒下憋屈了整整一年，终于镀金成功，回了当地医院不是提拔就是重用，走得那叫一个欢天喜地。而振羽却在寝室里一点一点收拾东西，行李收拾好了，打开，重新收拾一遍，打开，再收拾一遍。

她不知道去哪里。

家乡的医院不要她，龙天的医院不想去，现在的她空有一腔热血，却像无脚鸟一样找不到归处。

“反正英语也够用了，不然，我也去当无国界医生吧。”

振羽认真思考着这个可能性，忽然听见房门一阵雷响。门被打开，龙天就像旋风一样冲了进来——

振羽不由得睁大了眼睛——这个人的鼻子简直比狗还灵，该是有人通风报信了吧！

刘子墨远远地打了一个寒战。

“十万火急！”还没等振羽回过神来，龙天火烧眉毛般先嚷嚷了起来，“毕业了吗？没毕业也跟我走。两天后医学会配合卫生厅到医院检查，我们科的人还没找齐呢，赶紧入伙，先帮我顶顶！”

“十万火急”这类阴谋已经用过一次了，你以为我还会信吗？

“满大街都是毕业就失业的医学生，抓谁不行非要找我？”振羽特淡定地回答。

“知道医学会带队的是谁吗？”

“没兴趣知道。”

“严沐雨。”自说自话是龙天的随身技能。

呵呵，这是大家长抓熊孩子回去打屁股的节奏吗？

“知道卫生厅谁来吗？

“周沁雪。”

振羽镇定地握了握龙天的手。

“节哀顺变。”

龙天哭笑不得：“你对我就没有一丁点同情吗？”

“关我屁事。”

“你的理想难道不是当一名好医生？你的天职难道不是救死扶伤？”

“那又怎样？”

“我和我的团队马上就要死了！这里面可有一大帮子你的熟人！夏荷依是不是？天南是不是？顾沅是不是？”

振羽的表情终于出现了变化。

她可以把龙天说的每一句话都当放屁，可是，她做不到对朋友的危机视而不见。

“可是，这两个人明显是冲着你来的，多我一个只会增加她们的仇恨指数。”

“今非昔比了。”龙天看着她的目光就像看着猎物，“你是今年执业医师考试全国统考第一名吧。只你一人，胜过千军万马。”

振羽可不觉得在严沐雨眼中，这算什么值得吹嘘的资本。

“难道你忘了吗？严沐雨是怎么羞辱你的，你不想报这一箭之仇吗？”

振羽那颗百般推脱的心终于慢慢沉静了下来，从中浮出一个月白的影子。

冰冷的目光，轻蔑的嘴角，遍布寒气与戾气的寡妇脸。

你根本不行。从眼角处闪过的隐约白光激起了振羽心中的斗志。

振羽看着龙天，一字一句地说：“我可以跟你去，但是说好了，我是看在不想让天南和夏荷依失业的情分上才答应去的。检查结束后，我就离开，天王老子求我，我也绝不停留！”

第四章

我本将心向明月，
奈何明月像狗屎

杨医生，我想，你早就知道我是怎样的人。

我并不觉得自己做错了什么。

我从来都没有把你当成过朋友。

以后，也绝不会和你成为朋友。

16

严沐雨女皇般昂首阔步走在最前面，后面开火车似的跟着一大串“君要臣死臣不得不死”的文武大臣。

当振羽拖着行李重回A城的时候，受到了来自天南的热情接待。

“我就知道你会来找我的。”天南热情地接过振羽的小箱子，却忽略了她翻起的白眼。

“不过啊，你看见医院就知道了，真是高端大气上档次。听说出资人准备效仿长庚医院，建一所不以挣钱为目的的慈善医院。我是没见过出资人啦，不过真土豪，真有钱，人家拔一根汗毛都比我的腰粗……

“而且出资人超级大手笔，网罗来的医生几乎都来自四大医院。白望认识吗？国家医疗队队长！当年，嘿嘿，我还有幸接受过他的指导，现在也到医院来当名誉院长了，改天我给你引见引见……

“咱们科就更不用说了，一水的百伽图医生，士兵中的特种兵，飞机中的战斗机。哦，对了，你不算。不过在百伽图进修了整整一年，也算是自家人，呵呵呵呵……”

对于天南的自以为是，振羽早就习惯了。

她只是用自己的眼睛一寸寸描绘着这家医院。

全玻璃带圆形天井采光很好的大型建筑。

头顶上是一片欣欣向荣的只有在国外才会看到的屋顶绿化。

一楼大厅里有咖啡吧，有钢琴演奏区，甚至还有神龛。

随处可见的电子屏和触摸屏。

全封闭式、酒店式管理的住院大楼。

每个病房里都有一块属于患者的小天地，温馨又亲切。

当然了，重症医学科（ICU）除外——住在这里的患者，可没有闲情逸致走走停停看看。

尽管有一定的心理准备，但振羽在踏进 ICU 的那一瞬间，还是被震撼了。

围绕医生护士工作站的一整圈病房，以其凝重而威严的气质压迫着振羽的感官。随便从一处监视窗看进去，里面摆着的高端设备像机械战甲一样令人望而生畏。

“这样的病房有两个。”天南伸出两根手指来晃了晃，露出孩子气的得意表情。

的确高精尖。在这样的环境里工作，会很有成就感吧。振羽不得不承认这里的一切都让她非常满意，甚至抵消了对龙天个人的强烈排斥，开始幻想在这里工作的情形和各种挑战……

只是，振羽的美好愿望在第二天就遭到了沉重打击。

大门外，硕大的液晶屏上显示着“欢迎卫生厅和医学会领导莅临指导”的虚伪辞令。

大门内，一大群身着白衣的精英人士正在翘首以盼。

这其中，只有一个人穿着军绿色的 A 领 T 恤，卡其色的棉质长裤，双手插在裤兜里，一副随性低调，好像随时都打算悄悄离开的模样。在振羽看着他的时候，他也转过头来看着她，然后展颜一笑，那笑容就像风拂过竖琴一样，有种天生的贵族气质。

果然是低调奢华有内涵。看着人群隐隐以掎角之势把他围在了中间，振羽暗自揣度，这个人应该就是天南神往已久的出资人——温诺华。

而更让她肯定这个猜测的是陪在军绿 T 恤旁边的那个人。一年不见，望爷越发黑中透亮，像南极的极昼一样充满了新生的力量。此刻他正背着手，分腿站立，完全就是特种部队队长的站姿，看上去张扬骄纵，自信无比。他时不时和军绿 T 恤小声交谈着，又或者越过他拍拍另一侧人的肩膀——那个人，就是龙天。

今天正是龙天备考的日子——龙天引领的重症医学科是否达标，意味着诺华医院是否能评上三甲。而这支由省卫生厅陪同的专家陪审团，就是专程为检查重症医学科来的。

检查团一行最重要的人物，是时任四大医院之一明辉医院的副院长——严沐雨。

此时此刻，她看上去比当年在严母家中时还要像黑寡妇，戴着一副古板的黑框眼镜，梳成盘发的发髻一丝不乱，脸上的表情就好像谁欠了她一百万元似的。

陪同她的则是一位大美女。周沁雪到了省卫生厅以后，滋润得连笑容都有了居高临下的关怀感。她虽然看上去亲切，但不知为何，振羽却觉得此时的她比当院长的时候更陌生些。

进入 ICU 的阵地后，首先是听取科主任汇报。

龙天今天打扮得特别精神，说话特别有腔调。评审团听完后也没提出什么尖锐问题，就直接兵分两路——一路原地查阅各种文件，一路现场调研实地考察。

龙天也迅速分配了任务，护士长夏荷依带着团队留在会议室备查，而他自己则带了顾沅、天南、杨振羽跟着去现场。

这可是力量分配极不均匀、极不平衡啊！振羽正奇怪着，忽然看见严沐雨和周沁雪都站了起来。振羽也赶紧站了起来。

原来对方也是有备而来，早就制定好了侦察路线。你准备好的账本人家不看，人家看的是你仓库里实实在在的存货。

严沐雨女皇般昂首阔步走在最前面，后面开火车似的跟着一大串“君要臣死臣不得不死”的文武大臣。她每停下一次，大臣们就出一头冷汗。也不知道她从哪里找来这些刁钻无比的问题，让这群以背书为荣的医学精英常常无地自容。

比如，她会戴上一双崭新的白手套，在病房里的每个犄角旮旯进行擦拭，只要手套上有一点黑，她就恨不得把那根手指头像香肠一样戳进龙天的嘴里。

周沁雪还在旁边帮腔："把问题都记下来，赶紧记下来。"

诸如此类的"问题"，很快就记下了十几条。

走到一个放置消防栓的地方，严沐雨忽然停下来问："灭火器是所有人都会用了吗？"

大家连忙点头如捣蒜。

严沐雨指着杨振羽说："你过来，给我演示一下如何使用灭火器。"

杨振羽睁着大眼睛，老子就比你早到一天！

"不会吗？"严沐雨眼中的寒剑嗖地刺向她。

杨振羽只得伏低做小："我是昨天刚入职的新员工，还在熟悉环境。"

严沐雨幽幽道："火灾可是医院里的头等大事。使用灭火器就应该像你们使用筷子一样成为本能，无论在不在诺华医院，都应该烂熟于心。难道说，你根本就不具备这个基本技能？"

振羽满脸通红——有本事在专业知识领域考我啊！考我消防器材的使用方法，你这是用高射炮打蚊子吗？

经过这一年的洗礼，振羽已经不想再被当软柿子捏了："如果真的发生了火灾，我相信病房里的众多男士一定会冲在最前面的，我们这些女医生只要听从指挥就可以了。"

严沐雨慢慢转过身来，眼中精光四射，表情肌像闻见了香油的老鼠群一样兴奋地抖动着。

"你的意思是说，只要有男人在，你就可以高枕无忧地做个闲人了？"

"我是觉得，如果有比我更适合做出判断的人在，我只需要快速地执行命令就可以了。下级医生的职责不就是执行命令吗？"

严沐雨慢慢走向她，她的脸上浮起蒙娜丽莎般神秘的微笑。

"下级医生，报上你的姓名和职称。"她居高临下地看着杨振羽。

装什么孙子，你明明连我是医大肄业生的老底都翻过了。

振羽一边腹诽，一边回答："杨振羽，第三年住院医师。"

严沐雨的目光就像旋转木马一样在她脸上游弋着。

"哦，有进步……通过执业医师考试了……你大概是觉得通过执业医师考试是人生最大的荣誉，于是有底气在我面前大呼小叫了……"

龙天终于刷了一下存在感："杨振羽是我们新聘的医学人才，以总分第一的成绩通过了今年的执业医师考试。"

"哦……原来还是总分第一……不提醒的话，我还以为你是以票数第一的身份，进入两院院士的殿堂了呢……"

杨振羽闭上了嘴巴，她忽然明白，无论何时，与严沐雨吵架都是一种非常不明智的行为。

而严沐雨却没有放过她的意思。

"或许你觉得火灾这种事就好比天方夜谭一样永远不会发生在你身边，但是我们这个职业就是你做对了一千件事没有人说你好，但是做错一件事或者做慢了一件事就会人命关天。面对百万分之一的隐患，作为科室管理者就要拿出至少三套应急方案来，明确告知每一个科室员工应该做什么。你说得一点都没错，你只是科室里最下等的低年资住院医师，指挥、疏散或者抢险跟你没有半点关系，所以，乖乖地拿灭火器去，因为这是最容易学的一项基本技能，简单，但是非常重要，完全值得你把用来跟我斗嘴的聪明才智分一点学会它。或许你觉得你只代表你自己，并不代表科室存在管理缺陷，可是在我看来，这就是科室管理者的失职，因为他没有告诉你应该做什么，怎么做才正确，而且最主要的是，他没有告诉你出现问题后应该虚心地去想自己还有哪些地方做得不够好，系统还不够完善，而不是像现在这样，在别人明确告诉你问题以后却想着指出问题的人有多刻薄。或许有些人觉得你这种冲劲叫可爱，但在我看来，则是完全不懂得'尊重'为何物的鲁莽和无礼。"

严沐雨这一番话说得又轻又软，就好像唠家常似的侃侃而谈。然而，她的语速又快得出奇，这么一大段文字完全不打标点符号一气呵成。所有人都被镇住了，全场鸦雀无声，在这个近乎无情的"真理"

面前大家不知道该鼓掌还是垂头丧气。

而此时，严沐雨已经转过头去，望向龙天的目光悠远深长。

而龙天也一直看着她，露出了若有所思的表情。

17

楼可以建，设备可以买，甚至连人才也可以用钱请到，但科室的灵魂买不到，也借不来。

完、全、不、是、对、手。

这时候，杨振羽才充分理解了龙天的那句话——

不是不想争，而是你没有底牌。

不管这一年你付出多少努力，取得了多大的成绩，在Boss级别的强大对手面前，你依然是一招就被秒杀的菜鸟医生。

这时候,周沁雪又勤快地当起了狗腿子:“把组长的意见都记下来,三个月后还有一次复审，这些问题一定都要解决。”

严沐雨摇摇头说：“表面上的问题很好解决，深层次的问题恐怕就没那么容易解决了。”

她的目光像鹰一般缓缓从菜鸟们的头顶掠过。

“这么大的一个科室，连一个正教授都没有；只有两个副教授担纲，你们不觉得这样的人员组成很令人担忧吗？

“而且，这两个副教授干的也不是老本行。一个外科玩手术刀的，一个内科钻研消化道的，丢掉自己的老本行不可惜吗？”

痛彻心扉的口吻，咄咄逼人的架势，全场又一次用鸦雀无声表达了膜拜。

一路上都没说话的顾沅终于开了金口：“诺华医院的办院方针是大专科，小综合。所有重点专科的发展都会围绕消化系统疾病展开。我虽然从消化科转到了ICU，但是做的事情并没有太大不同，干的还是我的老本行。”

严沐雨又一次露出“你们都是傻瓜吗”的讥讽笑容，语气却越发轻软和蔼：“这才是最令人担忧的地方。不过是副教授这个高不成低不就的尴尬属性，临床经验还不够丰富，基础知识就已经快忘光了，你的学识和经验支撑得了这种人命关天的转变吗？”

顾沅立刻闭上了嘴巴。他已经不需要像杨振羽一样反复经受严沐雨的摧毁。

而人群里的天南却不自禁露出“活见鬼”的惊诧面孔。

一个被顾沅摧残了无数次的青幼苗子，不知不觉中已经对他敬若神明。可是今天，他心中的神被打击得连还口之力都没有，而且还是在他最自豪的专业领域……天南觉得自己虽然没有受到正面打击，就已经被秒成了渣渣。

围观群众都深有同感，一大片乌云笼罩在科室上空。

就这么一路走，一路训，好不容易走完科室，女皇严沐雨雄赳赳、气昂昂地PK温诺华去了，周沁雪特地留下来和龙天交流了一会儿，振羽他们隔得远了，都没有听见，只能看见周沁雪异常沉重的表情和龙天逐渐凝重的面孔。

委实不祥。

龙天拽了顾沅一起去听评审组的反馈意见，两人刚一走，一科室的人顿时像炸了窝的麻雀一样扑腾起来。

“那个组长什么玩意儿，分明就是来找碴儿的吧！露出一张内分泌失调的脸给谁看啊，更年期到了吧？”

“简直比医学考试还偏门！考专业知识也行啊，考什么消防栓的使用方法，干吗不问消防员手术刀怎么用啊！”

“那个周厅长也是，为虎作伥，助纣为虐，就会说‘记下来，记下来’，这是得了阿尔兹海默病吧，除了当走狗还能做什么？”

“温老板赶紧灭了这群伪官僚吧！”

“吓！老板这么大本事？”

“你不知道老板的背景很强大吗？”

“哦哦哦，看老巫婆还敢不敢嘚瑟……”

振羽发现，这群医学精英扒了身上那层“白皮”，也是那么八卦，那么接地气。

她不由得笑了起来。

在大家的翘首以盼中，龙天和顾沅一起回来了。

众人急切地想要从他们的表情中预知答案，龙天的表情很沉重，顾沅的面瘫已经出神入化，众人又只好把目光调回龙天身上。

龙天长叹了一口气，徐徐开口道：“经过专家评审团的一致意见，诺华医院准许开业，挂牌三级甲等。”

这么劲爆热辣的消息用得着沉重哀悼的语气吗？！

你以为你是新闻主播啊！

可是大家已经不管了，纷纷冲上去把龙天抱起来，一抛，然后，快闪。

“我的尾巴骨啊！”龙天惨叫道。

“活该！”众人纷纷唾弃主任那堪比奥斯卡影帝级别的精湛演技。

“你们得意得太早了！人家同意的只是试运行，三个月后三甲复审，才决定是否正式挂牌！”龙天揉着屁股从地上爬起来，“小子们！你们都睁大眼睛看好了，前途并不远大，也并不迷茫，它就在你们眼前三尺之内。如果三个月内我们不能拿出像样的活，医院照样关门大吉，你们照样卷铺盖走人！”

有人慷慨激昂：“这也太严苛了吧！诺华医院要是不行，全国十分之九的医院都该关门。今天来的评审团是不是跟我们有仇啊？简直就是鸡蛋里面挑骨头！”

顾沅面无表情地啪啪鼓掌：“你们说对了。他们的确跟我们有过节，而且这个过节的核心，就是咱们的头。”

众人唰地齐齐看向龙天，整齐得就像射向寇首的箭。

龙天心虚地讪笑了两声，忽然大吼：“全科开会！”

经过龙天的详细解释和顾沅的“善意”补充，大家终于弄明白了，评审团虽然给出了好几十条意见和建议，但对诺华医院的硬件和软件实力还是一致认可的，唯独对他们 ICU 的人员配置存疑，认为队伍过度年轻化，人才梯队不够完善，应对重大事件的能力较差，等等。最后还是白望出来救场，自愿担任 ICU 的名誉主任，还一本正经地管龙天要聘书和工资，评审团这才初步认可了 ICU 的建制。

但同时也留了活话，三个月后复审重点考察 ICU 的实绩，如果仍未达到水准，医院将面临降级的危机。

这一番解释，在会议室内形成了飓风。

“这不是把我们架在火上烤吗？搞得好像我们 ICU 拖后腿似的，我们在医院里还怎么混啊？”

龙天连忙起身安抚大家：“冷静，一定要冷静。从好的方面说，医院也会全力支持 ICU 的工作。不是有句古话嘛，老师关注的永远都是班上最好的学生和最差的学生。”

“说我们是最差的学生，我不服！主任，你要是真得罪了评审团，干脆避避风头得了，到时候复审过了，您老人家再回来，还当您的方丈。”

旁边一人用力拍向发言者的小平头：“你是敌军派进来的奸细吧？别人还没定论呢，怎么窝里先反了？照我说，我们应该给卫生部写信，把评审团告一状，复审的时候赶紧换一批人来吧。”

有人附和道：“就是就是，把周厅长也撤掉。什么玩意儿，就会拍上面的马屁，根本不为我们说话！”

这是依次游街的趋势啊！杨振羽一边感慨着，一边也把龙天推上了批斗台：“就算是自家的领导，看我们被批的时候也是一个屁都不敢放，怂得很啊！”

龙天反驳道：“你刚才倒是反驳了几句，有好果子吃吗？在这种场合，就好比高中时生活老师查宿舍，解释什么都没用。你只能特别诚恳、特别悔恨地说‘我错了，下次一定改’，老师才会给你一个‘知错能改，善莫大焉’的评价。敢情你们的情商都只到高中生水平啊！”

龙天的目光沿着一群人缓缓划过："我们现在正在陷入一种可怕的错觉之中。因为平时听到的赞美太多，所以现在有了问题，就觉得错误都是别人的，自己不可能有错。这种自负其实很可怕。我们现在在一家刚开业的医院里，既没有巨人的肩膀可以踩，也没有民众的口碑可以造。正如评审团所说，我们现在犯的任何一个错误，都可能给医院的声誉带来毁灭性打击。

"身处医院最核心的位置，治疗的都是最重的患者。一个医院的医疗水平，是由它对疑难重症的诊治水平决定的。楼可以建，设备可以买，甚至连人才也可以用钱请到，但是只有一个科室的灵魂买不到，也借不来。我们每个人都必须想清楚，诺华医院的 ICU 到底是什么定位？我们应该达到什么样的水平？"

这时候，场内鸦雀无声，群情愤慨的嚣张气焰如今被灭得只剩一点火星了。

这时候，忽然有人站起来振臂高呼："当然是全国最好的 ICU！"

振羽扭头一看，天南又放弃治疗了……

众人一起对天南行注目礼，而他看起来比大家都激动："难道不应该吗？你们忘了你们曾在什么样的医院就职吗？难道换了一家医院，我们就不是医学精英了吗？！"

这一番话后，全场又是鸦雀无声，人人都露出了若有所思的表情。

龙天微笑着注视着大家，看到一种名曰"同仇敌忾"的精气神正在大家的眼中聚集。他适当地补充道："是的。我们的目标，就是要把科室建设成为全国最好的 ICU。而现在，在我们的伟大航道上，有一艘巨舰横在前面，怎样才能越过去？这是技术问题，而越不越则是态度问题。

"我相信，我们这支精英团队秉持着战无不胜的气质和态度，一定会攻破这道难关，向着更为广阔的新航道前进！"

18

飞蛾最喜欢什么？光。而你拥有光。

知耻而后勇。

挑战和机遇。

把反省会开成了动员大会，龙天的煽动力在这一刻散发出耀眼的光芒。

不是责任心，如果是因为责任心问题造成的不良事件，那还是早点回家洗洗睡吧。

此则消息一出，科室人员奔走相告，人心前所未有的齐。更奇怪的是，在购买医疗意外险后，科里的不良事件反而少了许多，连安慰奖的钱都一同省了下来。

“怎么样，我放的这俩大招还成吧？”龙天很是得意地问。

振羽现在是ICU的总住院医师，掌握着科室的各种数据。她翻翻白大衣口袋里的小本子，埋着头冷冷地说：“嗯，还成。准备集体跳槽到二病房的人又像扑棱蛾子般呼啦啦全回来了。”

龙天揉着鼻梁，不满地嘟囔着：“为什么是扑棱蛾子？不能是蝴蝶吗？好歹美型度高……”

会议快结束的时候，龙天又对团队进行了分派。

两个病房，他和顾沅各带一个，一个以外科为主，一个以内科为主。

“创业期有很多不可预知的困难，可能会非常辛苦，你有没有把握？”龙天望向顾沅。

顾沅并不像天南那样冲动地喊口号，他冷静地盘算了一番，回答道：“不把病房装满的情况下，我可以试试。”

“那好，二病房就交给你了。”龙天对科内所有人的资历都烂熟于心，很快就分派了一支队伍交给顾沅带，夏荷依和天南都来自内科，自然也归二病房。

龙天则领了杨振羽等一干人等在一病房。振羽虽然觉得跟着龙天也不会幸福，可是只要能摆脱顾沅那个面瘫，跟着龙天已经堪称天底下最英明的决定了。

两天来，同在一个屋檐下不可能不碰面，可是每次顾沅都能以看着身前第三块砖的专注度目不斜视地走过去。对于这种比陌生人还要昭著地撇清，杨振羽心中也唯剩冷笑。

不过，他现在是天南的领导了。振羽特地转头看了看天南那张如丧考妣的脸。

“另外，我还要补充一点。”顾沅幽幽开口道，“非常时期，我们也要采取一些非常的手段。所有病员不能无条件接收，要挑选。”

他的意思很明确，就是不要接收“烂病人”。毕竟对于这样一个根基不稳的新科室来说，死亡率就好比悬在众人头顶上的一柄达摩克利斯之剑，随时都可能被评审团一把操起刺向他们。

虽然知道他说的话是对的，但是在这样一个公开的场合以如此公开的方式说出来，还是让人觉得冷酷得受不了。

而顾沅依然熟视无睹，甚至自负得高傲。

龙天干咳了两声：“喀喀。顾主任说的问题大家要特别注意一下，能救就救，不能救的别在自己手里捂着，要及时报告上级，天塌下来，职称高的人顶着。”

一番话说得大家又都笑了起来。

顾沅意味深长地看了龙天一眼，到底没有当场反驳。

龙天说得没错，ICU 是一家医院的核心、平台科室，每个临床科室一有重病人，都恨不能扔过来让你擦屁股。

更何况，龙天自己也是玩手术刀的高手，技痒难耐下，也常常违反原则擅自收“烂病人”。

“不要跟面瘫说哦。”龙天偷偷提醒振羽。

“不用我提醒，两个病房的收治情况他可是天天都在看。”振羽可不是小孩子。

“嘿嘿，估计很快就会找我私聊了。”龙天讪笑着说。

顾沅恨不能天天找龙天私聊。两个人在办公室里一说就是半个小时或一个小时，搞得所有人都在猜想他们俩是不是有奸情。

一病房因为龙天这个很没有原则的“烂领导”而收了很多“烂病人”，所以诊治压力剧增。所有人都恨不能长在病房里不出去，如果发明一种基因改造，让人可以长出根来，不喝水、不吃饭就能活，病房里的大多数人一定前呼后拥地去做手术。

而二病房则在顾沅原则性很强的领导下，欣欣向荣地向前推进。不仅病人收得没有一病房多，医务人员没一病房累，而且，收入还比一病房高。

一病房表示，很羡慕二病房的人文环境。如果可以交流学习，一病房愿意整建制搬到二病房。

眼瞧着一病房的人心都快被面瘫收买了，龙天连放两个大招，又把涣散的人心拉了回来。

第一个大招是用科室基金设立“安慰奖”。

当今社会对医学“敬若神明”，相信医生们完全Hold得住生老病死的自然规律，只要走着进医院，就绝不可能躺着出医院。特别是像ICU这种花钱如流水的地方，患者家属的文明程度随着病情发展直线下跌。为了鼓舞士气，防止大家的工作情绪向着“不求最好，但求无过”方向滑落，龙天特设“安慰奖”。说起来也简单，无非就是医护人员挨骂了被打了，科里掏钱给受委屈的人买个蛋糕，送朵鲜花，赠两张电影票，虽然都是不值钱的小东西，可是大家的心都是暖暖的。

龙天放的第二个大招是集体购买医疗意外保险。

随着医学技术的飞速发展，有创操作越来越多，手术越来越难，一个手术的成功率在50%以上就可以开展，可是如果一架飞机掉下来，航空业立刻破产。再牛的大教授也有马前失蹄的时候，所以龙天又给大家集体上了医疗意外险，将医疗纠纷的处理转移到第三方保险公司，同时敬告大家，转移的只是风险，而嘴角噙着的一丝微笑却被口罩挡了个严实。

别自鸣得意了。

只有扑棱蛾子才最喜欢你身上所拥有的特质。

眼看着 ICU 的两个病房都奔上了康庄大道，天南的愁容却像雾霾一样盘旋不去。

“我听说，你家领导很会做人，上上下下都打理得很好。你怎么还是一脸的欲求不满？”振羽一边说，一边飞快地往嘴里塞饭。过一会儿还要去两个科室会诊，她必须在五分钟内吃完饭。

天南哀怨地看着对面：“谁说我欲求不满了？是不能承受之爱啊！在他的手底下干活，我觉得自己越来越不是个东西了……”

“你能有这么崭新的认识，我觉得他很是教导有方。”振羽调侃道。

“你怎么这么没同情心啊？”天南很是愤慨地说。

“领导干吗老针对你？”振羽立刻表达了同情。

天南又成了苦瓜脸：“这一次是因为我收了一个烂病人……”

“哦，龙王脚下触逆麟，你好大的狗胆。”振羽已经忍不住笑了起来。

“我也不想啊，可是这是我姑姑的嫂子的保姆的儿子……人家都恨不得跪在我面前了，我不好意思不收……”

振羽差点一口汤喷出来。

她同情地拍拍天南的肩膀：“我们对家庭，对亲人，也就这么点贡献了。”

“老大查房的时候才知道，望向我的目光如此情意深远，我要是个娘们肯定就误会了。果然，查房后他立刻把我叫到办公室训了半个多小时。那谈话的水平，啧啧，恍惚中以为老妖婆妖魂附体……”科室里的人都管严沐雨叫老妖婆。

振羽忍笑忍得好辛苦：“然后呢？他劝病人出院了？”

“哪有，他接手了。”

振羽露出诧异的表情。

“而且殚思竭虑，全力诊治，其方法别出心裁，简直突破了人类的想象。”

“你说得太夸张了吧。”振羽笑得很是别扭。

“一点都没有夸张。他总是怀疑病人肺上有东西，老想着给他做个增强CT。可是病人病得太重了，离不开机械通气。后来你猜怎么着？他还是把病人推到了CT室，然后他在里面看着病人，让我在外面通过一条长长的皮管给患者捏皮球送气。我站在CT室外的时候都快疯掉了，手酸腿麻也就算了，关键是害怕啊，哪有不能自主呼吸的人还上CT的……”

振羽的关注点却落在了别处：“你说，照CT的时候，他留在了CT室里？”

“是啊！所以，他也免费做了一个CT。”天南说得轻描淡写，只是说完之后，两个人一起陷入了沉默。

振羽沉默了一会儿，忽然拍了一下桌子，倒吓了天南一大跳。

“我知道了，那个病人一定很有钱！”

天南幽怨地看着她：“你刚才没认真听吗？我都说过了，病人是我姑姑的嫂子的保姆的儿子……”

后来天南又巴拉巴拉说了老半天，振羽一句话也没有听进去。她始终在想，到底是什么样的动力，让顾沅这个只喜欢钱的人还可以为他人着想……

19

我需要那么努力，才不会不顾一切地奔向你，所以，不要破坏空间的魔法好吗？

因为是总住院医师，杨振羽经常在两个病房之间串门，很快就见到了天南口中的“烂病人”。

没有钱，也没有权，唯一的资本就是和天南之间七拐八拐的熟人关系。

为什么顾沅会这么尽心？真是让人百思不得其解。

第二天的全科大查房上，顾沅果然又把这个病例拿出来全科讨论。

“通过 CT 检查结果，确实如我们的判断，这个人的肺上有东西，所以才造成了全身性的恶病质。从我们内科来说，也就是保守治疗了。今天带过来讨论，想看看你们外科还有没有更积极的治疗方式。”

龙天对着片子看了好一会，又仔细地看了看病历，最终摇了摇头。

“这身子骨，哪儿禁得住手术啊，也难为你还能把他拽上 CT 机，总算是把病因搞清楚了。”

龙天眼力非常，很容易就猜到了顾沅为诊断所做的努力，只是他说得轻松愉快，顾沅也听得无动于衷。

“这么说来，没有办法了？”

“没有办法了。”

“那就出院吧。”

“嗯。”

说话间，两个人已经商定了方案。龙天把病历夹放到了“议过”的那一边。

杨振羽直挺挺地坐在旁边，连眉毛都没有抬一下，眼睛里却不自觉地露出了哀伤。

她已经不是当年初出茅庐的小医生了，自然知道有些病人可救，有些病人不可救。这个病人的境遇虽然凄凉，出院却是医生们能为他想到的最好的方案。

住在 ICU 里，耗费的金钱像心电图一样往上蹦。如果能治，倾家荡产也值当。既然不能治，不如早点回家，别让活的人继续受苦。

并不是所有的病都是治好才叫道德。

想到这一点，杨振羽不由得微微偏过头去，越过龙天瞟了一眼那个人。

想必在拖着病人上 CT 室的时候，他就已经知道会是这个结局了，既然如此，又何必冒着自己也遭辐射的风险，千方百计弄清楚病因？

难道说，付出这些努力的目的，只是为了不想错过最后一丝挽救的可能？

工作中的顾沅面色沉静如水，他低头看着手中的病历，专注得连睫毛都不眨一下。这个人长期以来都是这样一副刻板、冷漠、不通人情的模样，但或许，在他那冰雕泥塑一般的面孔之下，依然拥有着一颗追求真理与慈悲的赤子之心。

振羽正思考着，忽然间顾沅抬起头来，正要发言，无意中撞上了振羽的目光，振羽立刻像做错事的孩子一样收回视线，不小心还碰倒了会议桌上的水杯。于是科会暂停，大家纷纷抢救宝贵的医学资料。兵荒马乱中，只有顾沅一动不动地坐在那里，望着振羽因为羞愧而泛红的面颊，眼中的神色像隔着一层迷雾，怎么看也看不清。

不管如何，这一次的事件让振羽对顾沅有了新的认识。

能够主动为病人着想的人，就算爱财、冷酷、刻薄、小气、怕麻烦、自以为是……也还是有可取之处的吧。

似乎，就连那冰块脸也有了特别的光彩。

正想着有关那个人的事情，他忽然就出现在了自己的面前。

虽然只是走廊里的偶遇，但顾沅依然秉持自己目不斜视的端庄范，自振羽身边款款走过。或许，振羽也应该像过去很多次偶遇一样，带着一颗逃避的心从旁悄悄溜走……

是的，就这样走过去吧……

走过去吧……

走……

杨振羽忽然来了一个立定，半转 45 度，仿佛宣言地大声说："顾主任好！"

顾沅明显吃了一惊，不自禁停下脚步，望向她这边。

在他眼中，自己笑得还算自然吗？振羽一边这样想着，一边笑得阳光灿烂。

"你好。"他点点头，依然是一副"神圣不可侵犯"的面瘫脸。

振羽不理会他的故作冷淡，露出八颗牙齿的标准笑容，又微微鞠了一躬，朝气蓬勃地走了。随着脚下步伐越来越快，她脑子里一个大胆的想法也越来越明晰——

处理一道新伤最好的方法不是贴胶布，而是清创。

所以，他眼中有没有我都无所谓，我会每次都大声地打招呼。

人是害怕孤独的动物，没有人可以彻底拒绝别人的友善。

我相信，总有那么一天，你也会对我敞开心扉！

在杨振羽的身后，她所看不到的角度里，顾沅怔怔地站着，又等了一会儿，才重新迈开了脚步。

这道离去的身影比刚才更为沉重、迟缓……

此后的每一次相遇，杨振羽都会主动打招呼。

而顾沅则是从错愕到奇怪，再到一切如常。

一句“你好”，不过是同事间最基本的礼貌。而振羽的目标，是重新成为他的朋友。

只是朋友而已，这个目标不算奢望吧？

这时候，振羽也注意到，在顾沅身边，经常会出现一个长得非常漂亮、穿着十分时髦的高个子女孩。

背着色彩明亮的名牌包包，穿着款式新颖的华丽衣裳，化着自然精致的甜美妆容，年轻的女孩在任何地方都是一道美丽的风景。她踩着高跟鞋，一路追着顾沅的步伐，轻快的脚步在楼道里发出一连串清脆的声音。

看着对方由内而外散发出的魅力，再低头看看自己蓝色的操作服和脚底下的大拖鞋，振羽总有一种一朝回到解放前的错觉。

年轻女孩虽然长得貌美，但并不是拒人千里之外的冰山美人，她的脸上总是挂着甜美的笑容，见谁都是一副亲切熟悉的样子。有时候单独在路上遇到，看见振羽，她还会主动打招呼。

她到底是谁？

振羽悄悄问天南。

天南撇撇嘴说：“还能有谁？医药代表。咱们病房用的大多数高值耗材都是他们公司提供的。”

虽然已经是第三年住院医师，沉稳不同往昔，但振羽还是觉得自己的眼眶明显热了一下。

“那她为什么总是追着顾沅跑？龙天才是正牌主任啊！”

“龙天做的都是高屋建瓴的事，讲的是目标，看的是未来。财务这些琐碎的事，都是顾沅在管啊！你是总住院医师，难道不知道？”

振羽说不出话来了。

这些事情我当然知道。

可是我宁愿不信，因为我的眼睛里只能分辨白色和黑色。

对于这些灰色的东西，我真的不想轻易归类。

医药代表也不见得都是给医生送钱的，和企业保持良好关系更有利于学科发展，比如新药研究、临床实验、转化医学……连美国人也是这么做的。

杨振羽尽量往好处想。只是，她的善良抵不过现实的冲击，这天晚上，她刚下白班准备回宿舍，居然在电梯间里遇到了那个女孩。

而且，她一直在哭。

振羽觉得好尴尬，可是电梯里只有两个人……过了一会儿，她悄悄递过去一包纸巾。

“谢谢你。”女孩儿接过纸巾，背转身偷偷擦眼泪。尽管只是一个背影，振羽也觉得公主就是公主，连一个背影也梨花带雨我见犹怜。

“您是ICU的杨振羽医师吧，我以前见过你。”女孩转过身来，又露出了职业笑容，主动攀谈起来。

“嗯……”振羽礼貌地点点头，一直看着楼层显示，心想着怎么还不到一层。

“能不能耽误您一点时间，我想和您聊聊ICU的内幕。”

振羽慢慢转过头来。

“我们科正式挂科不到两个月，能有什么内幕？”

年轻美女不置可否，只是微微笑着，笑容甜美而亲切。

20

我从来就没有把你当成朋友。

虽然很想一走了之，但振羽的腿却违背了主人的意志，随着医药代表来到医院附近的咖啡吧里落了座。

美女好整以暇地点了咖啡和茶，用贴着精美水晶的长指甲优雅地捧着咖啡杯，说出的话却着实让人震惊。

“贵科的顾沅主任，可真是一个人渣。”

振羽的目光瞬间变得锐利起来，目不转睛地看着对面。

“我们公司是业界数一数二的大公司，做事情一向很规矩。除非是医生这边提出了特殊要求，我们为了维持和科室的良好关系，才会做出一些让步的事情。

“公司是通过公开招标的正规手续才获得为贵科提供耗材的机会的，可是中标以后，却有人打来电话，自称科主任，说因为他的功劳才让我们中标，因此，我们必须给予他相应的报酬。

“我们是带着极大的诚意想和贵科建立长期友好关系的。所以，对于他提出的对每一个高值耗材都要提成的索求，我们也勉强同意了。

“可是，他贪婪无度，索取得越来越多，胃口也越来越大……我作为大客户代表，一直在努力配合他的索求，可是也渐渐觉得力不从心。到后来，他甚至看上了我的美貌，胁迫我……胁迫我和他建立另一种关系……”

说到这里，女孩的下睫毛上凝聚起泪珠，声音像怕冷的雏鸟一样发着颤。

“我很想拒绝，可是，你也知道，他那个人根本不允许不同声音的出现，我害怕失去长久以来建立的关系，就一直拖着他不肯回复。他发现我在拖延后，对我说了很多告白的话，同时也威胁我，如果我不顺从他，就会要求我的公司换人。我很害怕失去这份工作，也迷惑于他执着的态度，稀里糊涂就答应了……

“他是一个很有魅力的人，又拥有这么好的职业，相处一段时间后，我就觉得他真的不错，如果不是交易的话，我很希望这份感情能够开花结果。于是我真心对他好，他加班我就给他送饭，他外出我开车送他，甚至还定了飞机和酒店，希望和他一起出去……却不想，这都是我一个人自作多情。他只想做情人，自始至终，他只把我当成泄欲的工具。”

振羽情不自禁地抖了一下，抬起的眼睛里像挂着一层霜。

“他很快就玩腻了。我早就该预料到这一天。刚才，他把我叫到办公室，突然说要分手。我根本无法接受，我的包里甚至还藏着想与他一同出游的飞机票……可是他看也不看我，也不听我解释，甚至还训斥，如果我再缠着他，他就让我失业……”

美女从名牌皮包里翻出两张机票，推到杨振羽的面前。杨振羽虽然觉得这一幕好滑稽，和一个根本不熟的人谈顾沅的艳遇……可是她还是忍不住看了一眼机票，然后就像被针扎了似的情不自禁地闭上了双眼。

“或许你会奇怪，我为什么会突然拉住你，还讲这么多隐秘的事情。是的。我就是要告诉所有人，顾沅就是一个人渣。我不仅会跟你说，还会写信跟院长说。就算最后落得自己没工作，我也一定要把这个人无耻恶劣的一面告诉所有人。他根本就不配当一个医生！”

美女尖细的声音在振羽的脑海里来回冲撞着，一遍又一遍——

他根本就不配当一个医生！

振羽不知道她后来还说了什么，她的耳朵里全是嗡嗡嗡嗡的回响，眼前也越来越暗，就好像进入了另一个维度，这里的一切都是黑色的，可是又泛着沥青的幽幽微芒。她看不清这里有什么，却始终感觉有个人在看着自己，当她清醒过来的时候，发现自己已经站在了顾沅的办公室门口，正要敲门。

敲过了吗？或许，正要敲？

振羽只犹豫了一秒钟，就用力地落下了指节。

“请进。”

依然是冷静到缺少尘土味的声音，振羽走进去，反手关上了门。顾沅本来正在伏案工作，听到声音后终于回过头来，无可抑制地露出诧异的表情。

四目相对。

振羽不知道自己脸上挂着什么表情，总之他的表情由诧异到沉重，再由沉重到淡然。他踢了一下转椅，正面面对着她，言简意赅地问：“什么事？”

“刚才，我在电梯里遇到了那个总和你在一起的医药代表，她正在哭。”

顾沅微微皱起了眉头，眼中闪过一丝厌恶。振羽看在眼里，心中却下着瓢泼大雨。

“我记得你一直不太喜欢和医药代表有太多交集。”顾沅反守为攻，似乎还暗示着什么。

“的确……可是她非要拦着我，说要谈谈。我一直很好奇她跟你都谈了什么，于是就跟她去了咖啡吧。”

顾沅皱起了眉头，越发不耐烦：“说重点。”

只要说出“分手”这两个字，就可以把对方当成嚼过的口香糖一样不吐不快了吗？

当初这样。

原来现在还这样。

振羽定定地看着他，眼前的场景一直在百伽图的解剖室和现在的办公室之间无缝切换，说话的语速越来越快，说话的口吻也越来越强烈——

“她告诉我好多关于你的事情，比如……你开始收高值耗材的回扣。

“她说，你在招标过程中徇私舞弊，让价格较高的公司中标入选。

“她说，你甚至按照个件索要提成。

“她说……”

越说到后来，振羽越觉得惊心。虽然她只是刻板地把女代表刚才的话复述了一遍，可是当她复述这些话的时候，脑海里同时出现的画面让她觉得如此真实，如此羞耻，甚至包括他们在宾馆里做的那些龌龊事……

“她说，你和她保持着不正当的关系。”

振羽终于说出了这句话，同时，脑海里一个巨大的声音在高喊着：“快反驳啊！”

“没错，你说的都是事实。”

振羽顿时像被重锤敲过一样，整个人都麻木了。

“杨医生，我想，你早就知道我是怎样的人。”

顾沅坐在那里，坦荡如昔，完全没有要为自己做下的事感到羞愧的意思。两个人明明谁也没有动，但振羽就是觉得像忽然拉出了十万光年的距离——

“难道你不打算反驳吗？我一向信奉一个真理，人在做错事的时候都是有理由的。你为什么不解释？”我在给你解释的机会啊！

“我想你误会了，我并不觉得自己做错了什么。”

难道……收受贿赂，乱搞男女关系，始乱终弃……也都是合情合理的事吗？！

“顾沅，我想我并没有误会。这些天来，我不仅接收到了来自女代表的信息，还有来自天南的、来自其他同事的……我心里其实是有一杆秤的……我觉得你并不像看上去那么冷酷，只是活得更加透彻，更加真实，所以显得不近人情。顾沅，我们开诚布公地好好谈一谈行吗？”我愿意听你解释啊！

顾沅忍不住笑了起来。只是，他的眼睛里一点笑意都没有，只有满到快要溢出来的嘲讽。

“我为什么要跟你谈？你是我的领导，还是我的上级？我需要向你交代什么吗？”

振羽猛地一怔，喃喃道："难道，作为朋友，就不可以吗？"

顾沅的瞳孔猛地收缩了一下，像一根针一样扎在他纯黑的巩膜上。

"不，我从来就没有把你当成朋友，以后，也绝不会和你成为朋友。"

第五章

上穷碧落下黄泉，
低头不见抬头见

龙天，你有过真正的信仰吗？

比如神。比如爱。

医生，就应该无所畏惧地打破对生命的敬意吗？

你拔掉了他的呼吸机。

也抹掉了他最后一丝努力。

这世间最遥远的距离从来就不是生离，而是死别！

21

每次她叫我名字的时候，我都有一种时间停止的难过。

振羽觉得自己好羞耻。

她整个人就像被雷劈了一样，一秒钟变焦炭。

是啊，为什么自己会出现在这里？为什么会鲁莽地跑来？为什么要质问？为什么还要他解释？

我和他根本什么关系都没有啊！

振羽的身子摇摇欲坠。

哪怕在他突然不辞而别的时候，至少也给出了理由——钱比感情更重要。

而现在，他已经连理由都懒得说了。

他就坐在那里，堂而皇之地说——

我就是这样的人。

你没有资格质问我。

没、有、资、格。

是啊，明明连同事间最基本的礼貌都不复存在，为什么自己还要觍着脸打招呼，想做朋友，想回到过去……

太自以为是了！

赶快醒醒吧！

振羽深深地吸了一口气，眼角明明已经凝聚起泪光，但她拼命地憋了回去。今天的自己已经够悲催，够可怜，够尴尬，够羞耻了……

这时候，她脑海里一个巨大的声音来回激荡着——

你可是杨振羽啊！

带着这样的信念，振羽又一次深呼吸，虽然鼻腔里的抽泣声大到令人尴尬，但毕竟保住了自己的颜面。

“好吧，正如你所说，我们之间什么都不是。所以，无论今天的冲动带给你多少困扰，我保证以后不会这样了，再也不会这样了……

“不过，我也有不吐不快的话，这就是我的性格，就像你的冷酷一样没法改，就算是临别赠语吧，我想说——

“无论你多不在意人与人之间的关系，但请对你的伴侣好一点，因为只有无视你的缺点，仍愿意与你共度一生的人，不是利用关系。”

顾沅的脸色突然一变，却也模糊在振羽满眼的泪光里。

“再见。”

却好像在说永别一样。

她站在那里，面带微笑，笑中有泪。

但顾沅知道，这一次，她是真的不会回头了。

那一瞬间，顾沅像突然崩溃似的眼睛里满是泪光，他甚至无意识地抬起一只手，想要穿过重重的黑暗触摸到他的星辰——

可是他看不见啊！

他根本就看不见她所在的位置！

直到门锁带上的声音响起，顾沅才反应过来她真的离开了，发泄般把书桌上所有东西都掀到了地上，他伏在案头，肩膀剧烈地抖动着，然后面目狰狞地紧握住手机。

“你到底和杨振羽说了什么？”

顾沅的声音一片森寒，就算明知道那只是电话里传来的声音，真人远在几千米外，但是医药代表的声音依然忍不住颤抖起来。

“我没跟谁说什么啊，从你的办公室出来后我就直接离开医院了……”

顾沅冷笑一声，那声音像是无数的冰刀从话筒里射了出来。

“你以为会使手段的人就只有你吗？想清楚了再说话，不要考验我的耐性。”

代表终于害怕了，想要报复、想要毁灭的心情在那一刻灰飞烟灭，她苦苦地哀求：“顾沅，你要相信我，我是真心爱你的……”

“所以你就到处乱说我和你有不正当的男女关系……”

像是毒蛇吐着芯子，故意拖长的声音肆意撩动着危险和恐惧。代表从来没有听过他用这种语气说话，这在他那处变不惊的表情里本是不存在的东西。她吓得哭了出来：“那一定是她误解了，我只是告诉她我很爱你，我无法接受你的拒绝……”

顾沅痛苦地闭上了眼睛。

尽管对方还在闪烁其词，但他已经大体上摸清了事实。

振羽说，你和她有着不寻常的关系。

他认可了这种说法。

他居然认可了这种说法！

他再一次望向前方，眼睛里出现了嗜血的妖艳的颜色。

“你不知道我这个人有精神洁癖吗？别说是你这样的丑女，就算比你好看十倍的女人，我都不会看一眼，更别说做那种肮脏下贱的事情。至于你那从骨子里透出来的淫荡，我只怕不小心沾惹上，躲还来不及，怎么可能去招惹你？就算是街边的妓女，人家也有职业道德，绝没有强买强卖这种道理。可见，你连街边的妓女都不如。”

代表在电话里放声大哭起来：“你怎么可以这样说！你怎么可以对喜欢你的人说出这么难听的话！”

“还有更难听的话在后面呢。我顾沅向来就不屑做圣人，我只奉行一条：人若欺我，十倍奉还。反正我烂命一条，不在乎下地狱的时候多带几条人命。‘不要招惹我’，我早就给过你警告。如果再让我知道你四处散播谣言，你好好掂量有几条贱命让我玩！”

“你非要把事情做绝吗？”代表泣不成声。

“做绝？呵呵，没错，就是做绝，不留后路，永绝隐患。”

“你自己也不过是个医生，你能做什么？”代表已经快疯掉了。

“人如果觉得自己的命根本不值钱，就什么事都做得出来。你不是想玩死我吗？你掂量过自己的智商了吗？你觉得自己配跟我玩吗？你等着，我一定会让你称心如意、此生难忘、生不如死……”

说完这番话后，顾沅直接把电话扔向了对面的墙壁。在令人胆寒的毁灭声中，顾沅却无力地靠在椅背上，失神地望着天花板，过不多会儿，两行泪蜿蜒流下。

这不正是你想要的结果吗？

你千方百计地躲着她，不就是因为每次她看着你，或者叫你名字的时候，你都有一种时间停止的难过。

爱得越深，就越害怕染黑她的羽翼。

所以，就让一切从现在结束吧……

她说了再见。

大概……

就是永别的意思了……

顾沅把手臂横在脸上，手臂下的泪水却越流越凶。

就这么放纵一次吧。

在这个空无一人的办公室的夜晚，让自己的脆弱和孤独像一匹孤狼，冲进黑暗的远方。

从顾沅的办公室离开后，杨振羽也像一个被扎漏气的气球一样，无论对自己说多少遍“你可是杨振羽啊”，也完全找不到振奋起来的感觉。

工作的疲惫、认知的错位、情感的受挫像一团乌云压在头顶上，空气里的湿度这么大，她抬起头，也看不到白月光。

想着去找天南，可惜他今天晚上上夜班；想着去找夏荷依，明天护士执业操作考试，她正在设计考题；想着去找龙天，还是算了吧……

看来，唯有琴音，解我忧愁。

杨振羽抱着小提琴来到小花园里。她的琴技不差，此刻又很忧伤，直把一曲《梁祝》演绎得“感时花溅泪，恨别鸟惊心”，呜呼哀哉，似乎情绪更低落了……

杨振羽抱着小提琴坐在花坛上发呆，就连远远走来一人都没有发现，直到他的身影挡住了灯光，她才终于抬起头来。

“听到有人拉小提琴就觉得是你，正想着来个琴瑟和鸣，怎么又不拉了？”他扬扬手中的小提琴，即使背光，依然清晰可见八颗牙齿。

振羽一见是他，没好声气地道：“你走开！”

“哎！”

龙天二话不说，扛起小提琴就拉起了一首欢快的《鳟鱼》。

振羽翻起了白眼：“我不是让你走开了吗？”

龙天却笑嘻嘻地回答：“对啊，你说‘你奏开’，于是我就‘奏开’了啊！”

振羽扑哧一声笑了出来。

或许因为龙天不惜形象的耍贱，或许因为音乐真的有疗伤的作用，振羽的心情逐渐平复下来，气球虽然还扁着，却不是刚才那种无处撒气的状态。

更何况，龙天的手真的很灵巧，缝得了血管，也拉得了提琴。

一曲奏罢，振羽幽幽叹气道：“你要是专心搞音乐，一定能成为专业的演奏家。”

龙天严肃道：“短视。你应该说，还好我没跑偏去当专业演奏家，不然人类医学什么时候才能进步啊！”

振羽哈哈大笑起来。

看见振羽的心情终于变好，龙天也露出欣慰的笑容。至于她为什么心情不好，他不知道，也不想知道。在她旁边坐下后，龙天把小提琴放在大腿上，扭过头来问她：“话说回来，最近很少听你演奏《天职》了。”

振羽抱着小提琴，摇摇头，笑着说：“是啊！好歹我也三年级了，对于生死也看淡了许多，不会像以前一样投入那么多感情。”

“不错不错，丫头果然长大了，我很欣慰。”振羽横了他一眼。

龙天却继续说下去："不过我还有另外一招，就是把自己变得更博爱一些。专情，而且博爱。对待每一个病人都要像对待情人一样专情，这样有助于我们不错过任何细节，不留任何遗憾。但是如果病情依然没有好转，就要尽快把自己抽离出来，转移给新的'情人'，投入新的情感。"

振羽斜着眼睛看他："你是在为自己的花心找借口吗？"

龙天一本正经道："胡说。明明那么多漂亮的女病人用鲜花和水果赞美我，我都一律无视的。"

振羽无语了："你眼中的漂亮病人，该不是1床的张大妈、5床的刘奶奶吧？"

龙天哈哈一笑："我偶尔也会特别挑选一些年轻的漂亮的病人，好让家里那些嗷嗷叫唤的单身男青年早点嫁出去。"

振羽细细一想，还真是这么回事，不由得对他的细心又佩服了几分："原来你是故意的啊！"

"所以，无论你什么时候不爽了，都可以来找我，我会一直在你身边。"

振羽心中怦然一动，不由自主转过头去，和龙天那明亮的目光一触碰，又情不自禁地转开了。

"谢谢。"她低声说。

龙天却已经从衣兜里掏出一本小册子，一本正经地翻起来："既然如此，咱们就来复习一下三甲复审的《应知应会》吧。"

振羽吃惊地睁大了眼睛："不是吧？这个时候……你要考我？"

龙天歪过头来，很是正经地说："对啊，我说了会一直在你身边。不是有句古话吗？最好的排忧解乏的方式就是学习……"

振羽扑哧一声笑了出来。

"好吧，你考吧。"

"使用干粉式灭火器的四个步骤——"

"你是真打算把我变成消防员啊？"

"误解。我很认真地想把你培养成无坚不摧的钢铁战士。"

“……好吧。提、拉、压、扫。”

“下一个，病人安全的十大原则是什么？”

两个人像学生一样一板一眼地考问学习着，辽远的天幕上，乌云也正在散去，月亮娇羞地探出一个头来，温柔地让世界变得更美好。

22

这里，是他性命相托的最后一站。

两月过去，ICU的各项工作慢慢走上正轨，全科将士对通过三甲复审充满信心。可是没想到，就在最后冲刺的时候，因一件小事所引发的一系列关于生死、存亡、情感、伦理的冲击，甚至对旧事的起底，巨震中连科室的根基都为之撼动……

事件的起源，还要从一个病人说起。

这天夜里十二点的时候，急诊科忽然打来电话，救护车拉来一个车祸重伤患者，请求外科、麻醉科、ICU紧急会诊。

正值杨振羽值二线夜班，她一边打着电话，一边往急诊科急速前进，刚到抢救室门口，就看见诸位同仁都在飞快跑动。

门口还围着十几个神色焦急的各色男女，振羽只看了一眼，就飞快地跑进了抢救室。

急诊外科值班医生赶紧过来汇报。这名男子是中午一点左右过马路的时候被撞的，除了脑震荡、多处骨折之外，还有腹腔闭合伤、多脏器损伤。患者去了两家医院，给出的答复都是保守治疗，换个说法就是等死。家属态度坚决，肯定要救，只是连救护车都不敢拉了，家属是签了生死状才把病人送到这里来的。

可以说，这里，就是他性命相托的最后一站。

可是，这个病人真的还能救吗？振羽飞快地扫了一眼患者，深度昏迷，失血性休克，他那仿佛十月怀胎般鼓胀的腹部，不用说，里面一定全是鲜血。

这一刻，她的心跳得很厉害，她甚至能感觉到它似乎已经蹦跳到喉咙的位置……

对于一个外科医生来说，最难过的事情莫过于眼睁睁地看着一个创伤病人的生命流逝，而自己什么也做不了。

如果这家医院还有一个人可能做到……

这时候外科会诊医师转过头来，说出了她脑海里刚刚浮现的那个名字。

“龙主任今天在医院吗？”

“三线听班。”

“赶紧叫啊！”

振羽就像吞了一颗定心丸似的，连心也回到了原来的位置。她二话不说拿起手机，就把龙天召唤出来了。

“听说来了大买卖……”

一听到那贱兮兮的声音，所有人就像有了主心骨似的镇定下来。正好B超医生推着床前移动超声诊断仪奔跑进来，龙天一边听急诊医生介绍情况，一边看着腹部超声的影像。

“什么也看不清，一肚子的血，肯定不止一个重要脏器受损，很麻烦，真的很麻烦……”龙天一声接一声地叹息着。

振羽站在他旁边，面无表情地说：“我怎么听见你体内的血液都快沸腾了？”

龙天转头看了她一眼，露出一抹饱含深意的微笑。

“病人血色素多少？”

“刚进抢救室的时候测了一个，是7.6克。”

“继续升压扩容，我去跟家属谈。”

说话间龙天就要离开，振羽连忙一把拉住他。

“家属辗转了两家医院才把他送到这里来，你打算怎么谈？”振羽定定地望着他，话中的潜台词不言而喻。

“怎么谈？当然是谈立即手术了，不然我上这儿干吗来了？”

他脸上依然带着贱贱的笑容，眼睛也弯成了好看的弧形，可就是有股睥睨天下的霸气倾泻而出，不可阻挡地影响了在场的所有人。

大家都看着他。

没有一个人反对。

哪怕大家都知道，这是一场可以预见的硬仗。

“我陪你。”振羽松开手，和龙天交换了一下眼色。一句废话没有，两个人就默契地一同走出抢救室，十几号人立刻像闻见肉味的饥民样轰地围上来，却谁都不说话，只用一双双哀求的眼睛把想说的话全都说了。

振羽已不是第一次面对这种场景，却依然觉得自己无福“消受”这种众星捧月般的期待。

正所谓捧得越高，摔得越狠，金玉良言啊！

还好有龙天。振羽的目光转向旁边，而龙天早已锁定了最前方的女子——和救护车签了生死状才把病人送到这里来的伤者的妻子——看来她就是这群人的主心骨。龙天一改平日里吊儿郎当、嬉皮笑脸的样子，语气和表情均沉重、肃穆、决断、权威，不容置疑。

“我们刚才快速检查了患者的情况，应该说，情况非常严重，对于这种创伤病人，最好的办法就是立即手术，止血和处理受损脏器。”

丈夫的伤势判断，妻子已经从不同的医生口中听到了相同的答案，心中早有预感。不同的是，这是第一个肯为丈夫做手术的人……

只这一句话，就让她的眼泪止不住地落了下来。

“医生，只要不等死，您做什么我们都支持！”

“初步判断腹腔里肝、胆、脾应该都有损伤，极有可能会切除部分脏器。”

“只要您认为有必要，切就切吧，我相信您！”

龙天的手掌按上伤者妻子的肩膀，指尖传递着柔和坚定的力量：“放心吧，我们一定会尽最大的努力救咱家兄弟的。”

一句“咱家兄弟”，一个兄长般安抚的动作，那个女子就像遇见神佛一样，整个人都颤抖起来。

“事不宜迟，赶快准备手术吧！”

龙天把术前谈话和签署手术知情同意书等杂务都扔给了振羽，一溜烟跑掉了，不到一分钟的时间，就看见龙天指挥着众人推着平车飞奔出来。

妻子望着平车离去的方向，睫毛上凝聚着泪珠：“知道吗？当我看到这里的医生和护士都像飞一样在奔跑着，我就觉得，我丈夫是有救的，他遇到了你们，他是有救的……”

振羽看着她的侧影，忽然深深吸了一口气，下笔如有神助般飞快地书写着。

她只想尽快赶去手术间。

背负着这份沉甸甸的信任！

15 分钟后，振羽已经出现在手术室里。龙天在刷手，振羽赶紧走了过去。

“真有你的，一个动作，一句咱兄弟，就把家属的心套得牢牢的，我今天又学会了一招。”

龙天扑哧一声笑了出来：“知道‘咱兄弟’这句话什么时候最有效吗？医患纠纷的时候。为师我也是身经百战才练出这张蜜糖嘴，有没有觉得很性感啊？”

“我听出来了，原来你也惹过不少医疗纠纷。”振羽专注地刷着指甲缝，完全无视龙天邀功请赏般的炫耀。

“嘿嘿！”龙天不置可否地笑了笑，高举双手踢开手术门走了进去——

这里是被白光笼罩的神圣之地。

灯下的世界没有一丝犹疑和阴暗。

在这里，祈祷和神赦都没有用。

只有外科医生才是此地的主宰。

只有冰冷的刀锋才意味着救赎。

龙天拿起手术刀，最后一次问：“病人血色素多少？血压多少？”

“血色素 1.7 克，血压已经测不到了。”

振羽心中咯噔一声。

如果阴间也有到此一游，这个患者大概已经快到阎王殿了。

“注意了，患者的血都在这里。”

龙天小心地一层层切开皮肤进入腹腔，患者包括切口都异常苍白，周围组织都没有血了。当最后一刀划开腹膜的时候，仅仅是一个直径 1 厘米的切口，腹腔内的积血骤然像喷泉一样涌出，他和振羽立刻默契地把腹壁像塑料袋一样往上提。

“吸引器！”

护士一把把器械准确地递到他手上。

“丫头，帮我掐住腹腔干，为师我要大开杀戒了！”

听着龙天明显兴奋起来的声音，振羽一怔，不由得抬起了眼睛。

他却完全没有把自己的后背交出去的意识，还在患者的腹腔里翻翻捡捡着。

振羽一时热血上涌，大声答道“是”！连忙小心地伸出手去，掐住了那小树桩一样却维系着救命希望的主血管。

若心跳般的搏动，和她的心跳连成了一线。

这真是一场相当惨烈的战斗。

要是有行外人不小心误入此地，一定会高呼着“屠宰场”，然后出现呕吐、晕厥、震颤等不适症状。

场上的医生们的手术衣早已被鲜血染红，可是他们的注意力从未有过丝毫转移。

龙天以超乎想象的速度飞快地处理了坏死肝，修补了门静脉，又割掉了严重受损的脾。看看胆管附近一直在渗血，也是留不住的，和家属们交换意见后也决定切掉，振羽为了这些临场的变故一趟一趟往手术室门口跑。

尽管龙天干净漂亮地完成了手术，可是麻烦依然出现了。

DIC[①]。

止不了血。

或许是由于弥漫性损伤，或许是因为输了大量的冷冻血，几个医生轮流用纱布压迫血管，可是好几个小时过去了，血还是没止住。

龙天的表情也逐渐凝重起来。

“看来有必要放大招了。”趁着振羽接替他按压的工夫，他让护士帮忙接通了副院长白望的电话。

“急诊病人……血止不住……”现在这种情况最害怕的就是患者本身血凝就不好，有一些隐匿疾病什么的，咨询血液科出身的白望当然最适合。白望听完以后，带着明显倦意的声音却丝毫不带犹疑：“你们继续，我这就过去看看。”

龙天抬头看看指向凌晨四点的电子钟，颇为欣慰地笑道：“还是望爷给力，不改救火队的本性。接下来我们应该做什么？”

“继续按压。血掉下来了就继续输血，升压扩容。”

“可是血库在签发8000单位的血后终于对我们关上了友善的大门。”

“你是屠夫啊，输这么多血！你知道血制品现在多难搞吗？我都快跪求市血库了！我这就跟血库打电话！让他们给你上黑名单！你最好祈祷最后能顺利关腹，不然不用等到家属闹，血库的封杀令就足以让你金盆洗手！”

简短几句话，白望的态度简直是高空直落720度，振羽不由得为之侧目。而龙天则挂了电话，理所当然地理解为“血库搞定了”。

我怎么听着不是这样子啊！振羽睁大了眼睛。

“望爷就是这样的汉子，不会分不清轻重缓急的。”龙天重回手术台，挽起袖子再干，这时候，手术室的门开了，一个轻柔的女声响起：“听说你们急需凝血酶原药物，急诊药库没有，我从病房取来了，给谁？”

龙天脸色突然一变：“谁这么多嘴把护士长叫来了？！”

“是底下人忙不过来，我才主动协助的……”夏荷依拿着药物，已经来到了手术台前，立刻看到了龙天浴血奋战的样子，看到了满是血的手术巾、纱布、手套……

血，好多好多血。

顿时，一段被尘封的记忆用力挤进她的脑海，划出一道血红的闪电。

那个像白玫瑰一样温柔微笑的少年。

突然间，鲜血像飞溅的泡沫，溅满她的全身……

她忽然大口喘息起来，像快要溺死的鱼一样张大了嘴……

① DIC：弥散性血管内凝血（英语：Disseminated Intravascular Coagulation，简称DIC），又称消耗性凝血病，是一种严重凝血功能障碍的出血性综合征。

23

当那件事情发生后，你就像被扔在了时间的夹缝里，既不能前进，也不能后退。

“振羽，台上的事你别管了，先去看看荷依。”龙天一改任何时候都匪气滔天的本色，语气是前所未有的严肃。

振羽很是诧异。

要知道夏荷依可是在地震现场切掉一条大腿都面不改色的超级女神啊！她的定力都快赶上定海神针了，什么大风大浪没见过？怎么会晕血？

虽然心存疑虑，但振羽还是飞快地执行了龙天的命令，脱掉满是血的手术外套，摘掉手套，跑了过去。“这时候，得那种喷射状的血迹……”说话间，夏荷依的身子忍不住又抖了一下，就好像秋风中的一片枯叶。

她应该是不想回忆吧。振羽暗自揣度着，努力开导着："不过啊，夏姐姐在我心目中还是很勇敢的。不管多难看的伤口，你都面不改色。无论多危急的情况，你都镇定自若。说真的，我觉得你是已经脱离了七情六欲、低级趣味，快要近佛近仙的人了。我要是能有你一半镇定，就不会总挨主任骂了。"

夏荷依的目光空茫得像撒落了一池的星星。

"知道吗？你所羡慕的这种状态，是因为我把自己葬在了过去。"

振羽惊讶地发现荷依操作服的后背已经湿透，她的额角更是出现了黄豆大的汗珠。

可是，手术间恒温 16℃，不可能热啊！

"你还好吧？"振羽连忙扶住她。从不依靠任何人，也从不为任何事所惧的夏荷依此刻却像一个娇柔女子，顺势靠在她的怀里，身子软得一点力气也没有，口罩下是大口大口呼吸的声音……

龙天回头看了一眼，就忍不住呵斥道："傻杵着干吗？还不赶紧扶着她到那边坐下！"

我靠！医生护士们都看过来了，有必要让我的脸面成为你实现霸权主义的垫脚石吗？

振羽满心怒火，却也顾不得争吵，连忙扶着夏荷依到旁边坐下。夏荷依依然喘息得很厉害，只能断断续续地勉强笑道："对……对不起，本来想帮忙的，却……给你们添麻烦了……"

龙天的脸黑得像锅底一样："我早就警告过你，以后别进手术室了。"

"那件事已经过去很久了，我以为我可以。"

"你的隐忍就像你的愚蠢一样令人印象深刻！"

这话委实说得重了，手术室里一片沉默。振羽惊讶于龙天居然会对自己心目中的女神如此厉色，而女神还一副"我有错，我忏悔"的自我诛心样——这世界，追人的人都是这么王霸（八）之气吗？

正尴尬间，手术门又打开了。

"病人已经咽气了吗？怎么一个两个都一副沉重哀悼的模样？"

白望眼尖，一眼就看到麻醉机上信号还属正常，顿时松了一口气。然后，他就看到了面色苍白如纸的夏荷依。

“你怎么把荷依也招来了？狼虎医生啊！”白望痛心疾首地教育龙天。

“没人叫，她自己跑来的。”龙天的脸色还未由阴转晴。

白望立刻转向夏荷依，痛心疾首道：“丫头啊丫头，病房里那么多事，怎么还跑到手术室里玩耍呢？赶紧回病房喝口凉水压压惊，这里有你望爷呢，乖，快去吧。”

白望一副哄小孩子的语气，就差摸头捏脸了。夏荷依像抓住了一根救命稻草一般：“望爷，求求你，一定别让这个人死掉，你一定要救活他！”

振羽惊诧莫名——这一股滴血认亲的势头到底为什么啊？怎么完全看不懂了？

白望安慰她：“知道了知道了，赶紧走吧，这里就交给我了，放心吧。”

简直就是对患者家属的语气和腔调。

夏荷依这才由杨振羽护送着离开。当手术门快要关上的时候，振羽回头看了一眼，龙天像跟谁有仇似的用力压着纱布，眉头上深锁的结竟从未打开。

离开手术室后，夏荷依过度通气的状况很快就得到了缓解。

振羽跟她也不见外，一路笑着说：“夏姐姐，你怎么也会晕血啊？咱们科那么多危重症病人，我看你都料理得特别好。今天这种情况，可真是太少见了。”

夏荷依的面孔在蓝色的口罩下显得很模糊，只能看见眼睑下的睫毛很长：“其他都还好，我只是……你能理解这样一种状态吗？当一件事情发生后，你就像被扔在了时间的夹缝里，既不能前进，也不能后退。他没走过的时间在你心中也失去了意义，他看不到的世界在你眼中也失去了颜色，从此以后，你就只是活着，活在他存在的记忆里。”

夏荷依用无机质的声音说着这段话，就好像念悼词一样，配合着她那清丽脱俗的面孔，振羽只觉得心脏像抹布一样拧了又拧："这种情况大概持续多久了？"

"有六七年了。"

六七年里，你都是这样过的？

"可是，我明明觉得夏姐姐是那么温暖且有爱心的一个人。你总是在笑着，就算全世界都失去希望，笑容都不会从你的脸上消失。"

"是吗？"

夏荷依转过身来，面对着杨振羽。

她的皮肤依然紧致光洁。

她的气质依然超凡脱俗。

她的笑容依然那么美。

"对不起让你误会了。

"这是一种世界上已经没有任何有趣之事的笑容。"

怎么会这样？

在她身上到底发生了怎样的故事？

虽然说着"生无可恋"这样令人伤感的话，但夏荷依只是短暂地休憩后，又带着这个笑容去温暖和鼓舞更多的人了。

在她身上所呈现的这种复杂性，以振羽的脑回路真是怎么想也想不通。

振羽不由得又想起了地震后，她和龙天面谈的那次经历。

在面对二选一的困境时，龙天放弃了对女朋友的救护，把最后一支急救药用在了夏荷依的身上，甚至不惜以一种割袍断义的决裂方式……当振羽问起这件事，龙天只给出了一个模棱两可的答案。

"因为我答应了一个人，一辈子对夏荷依不离不弃。"

这个人，是龙天和夏荷依都认识的人吗？

龙天为什么要对夏荷依满怀愧疚？

又为什么不肯说出这个秘密？

难道只是因为一个承诺？

振羽觉得自己仿佛陷入了一个可怕的三角怪圈中，而且，这个三角形的其中一极始终模糊不清。

不过，就算再复杂，也是别人的情感旧事，和自己一点关系都没有。

振羽一口气跑回手术室，才知道那台手术已经结束了，患者安返ICU。

龙天果然很牛！而望爷更牛！

振羽飞快地回到一病房，果然看见患者浑身插满管子躺在病床上，但不管怎么说，监护仪上的各种数据还算稳定。

八个小时的手术，10000 毫升的血，相当于把全身鲜血换两遍，这样还能救回来，不得不说，患者自身的身体素质也很过硬啊！

“这个人还有好几道关要走，”龙天不知什么时候出现在了旁边，一起看着玻璃窗里的患者，“不能掉以轻心啊！”

振羽轻轻说：“放心交给我吧，就算为了夏姐姐，我也一定会好好照顾他的。”

龙天什么也没问，什么话也没说，只是莫名其妙的，周围的气压忽然就低了很多。

一丝若有似无的叹息在满室的仪器的嘀嘀声中归于沉寂。

龙天没再说什么，一夜的奋战抽空了他的体力，夏荷依的意外更令他胆战心寒。

他转身离开，拍拍她的肩膀，只嘱咐了一句：“醒过来的时候叫我。”

只是，20 天过去了，患者还是没能醒过来。

24

龙天，我真的没什么可与你说的。我要和你绝交。

别说杨振羽了，全科上下都对这个患者投入了相当强烈的关注。

在连续三周的全科大查房里，杨振羽每次都把这个病例拿出来作为疑难重症病例讨论。

白望虽然是ICU名义上的大主任，却是神龙见首不见尾，很少出席科内会议。而这三周，他周周都在科会上一边听一边打盹。

看着夏荷依一副欲言又止的模样，振羽也知道白望是为了应付她才出现在这里的。

白望俨然祥瑞神兽，镇宅效果显著，虽然总是一副“龙主任的意见我全点赞”的高姿态，但只要他点头的调整方案，就像得了尚方宝剑似的横劈竖砍都行。但是，振羽注意到在查房结束后，白望偷偷扯了一下龙天的衣袖，两人对了一下眼色，就双双离开了。

夏荷依立刻站了起来，关注到这个小细节的人不只是杨振羽。

看着她似乎是打算尾随过去听听，振羽想起望爷的嘱托，总觉得不放心，也跟了过去，果然看见荷依靠在办公室的门外，正专注听着里面说些什么。她发现振羽也跟了过来，连忙做了一个嘘的动作，指指微微敞开的门缝，脸上的表情越发凝重。

振羽十分上道地悄悄走过去，没有发出一丝声音。她朝着门缝看了一眼，果然看见白望和龙天正在说话，龙天背着身，只能看见白望十分严肃的表情。

“说真的，第一周的时候就该放弃那个病人了。”

振羽的心立刻提到了嗓子眼——这是在谈她的病人吗？

“很明显是醒不过来了。没有自主呼吸，身体状况也很差，无法脱离支持系统，这么一天天在ICU耗着，耗资巨大不说，最后结局还不好，你有想过怎么跟家属交代吗？”

龙天背对着她们，看不见脸色，只能听见他的声音迟疑沉重：“还没想那么多。只是觉得，还不到放弃的时候。”

“这种情况你已经不是第一次遇到了吧？他的情况可是比当年的安格还要差……”

振羽能感觉到身前那人的呼吸忽然沉了下去，竟一丝一毫也听不见了。她微微转了一下头，看见夏荷依脸色又一次变得苍白无比，眼睛却一下子亮了，奇异、明亮和美丽。

振羽情不自禁地抓住了她的手腕，夏荷依却仿佛没有知觉似的没有反应。振羽又想起了她说过的那句话——被扔在了时间的夹缝里。

这是怎么回事？

只是一个名字，就让这个人的情绪为之改变？

这时候，白望劝说龙天的声音又传来：“毕竟耽搁了近十二个小时，而且血色素低到了 1.7 克，脑损伤太重了，我想，跟家属这么交代他们能接受。”

过了好一会儿，龙天才缓缓开口道：“可是，我好怕自己再错一次。”

错？连龙天这种自信心爆棚的人也会用这种字眼？难道这个字还没从他的词典中剔除？白望的反应和振羽如出一辙，只是，他更敏锐地刺中了龙天的心脏——。

“错？你觉得当年对安格脑死亡的判断是错误的？”

龙天沉默不语，似乎有淡淡的血雾从地面缓缓升起。

白望叹了一口气，口吻也变得越发沉重：“龙天，我知道你对安格的死一直耿耿于怀。其实，谁又不是呢？吴子桐、你、我……当时在场的每一个人，都无法忘记那种无力回天的虚弱感。”

他微微停顿了一下，继续说道：“但是越是这种时候，就越需要冷静。不能因为有感情因素在，就否定自己的科学判断。安格的脑死亡和全身多器官衰竭是多位专家共同会诊得出的统一答案。那个时候，他不可能醒来，更不可能好转，已经不能称之为一个活人了。任何犹疑都只会延长他的痛苦，没有任何意义。我知道，安格是你全权负责，又全心投入的第一个患者，让你去停掉他的呼吸机的确太残忍，可是你要这么想，你终结的不是他的生命，而是他的痛苦。”

扑通一声，振羽才发现夏荷依不知何时已经歪倒在了地上。

屋里的人也听到了外面的动静，两个人连忙打开门，在看到夏荷依的那一瞬间，龙天的脸唰地变得煞白。

振羽从后面抱住荷依，才发现她的衣服全都湿透了，一颗心脏鼓荡着，震得连振羽的胸膛都隐隐作痛。这时候，龙天伸出手来想要帮忙，却被荷依一把死死地拽住。

明明连自己的体重都支撑不住，她却用了几乎攥碎骨骼的力量，紧紧地握住了龙天的手腕。

“当年，是你杀死安格的？！”

荷依浑身都在不由自主地颤抖着，这么简单的一句话，她都说得如此吃力，如此痛苦，虚弱的身体和强烈的意志让她仿佛祭祀女子一般在火上熊熊燃烧着。

龙天的瞳孔一瞬间痛苦地收缩成了一根针。

居然……居然对他，对一个医生用了“杀死”这个词？

“你说啊！是不是你亲手杀死了安格？”

强烈的痛感刺激着龙天的大脑，此时此刻他已完全明白，她不会听他的解释，他不会得到她的原谅，所有的解释都会变成罪证，耻辱地烙印在他的身体上。

“是的。”

龙天终于垂下了他那高贵的头颅。

曾经发誓要一辈子对她保守的秘密，此刻却溃败如逃兵。一辈子的光明磊落、问心无愧，却在说出这两个字的时候，绷得后槽牙都快碎掉了。

而在他的对面，荷依的眼中忽然凝聚起璀璨夺目的光芒，那是碎掉的泪光在她眼中产生的核聚变。

她颤抖的双手一把抓住他的衣领，声嘶力竭地喊道：“你怎么可以做出这么残忍的事情！那个人是安格！是安格啊！”

龙天被揪得整个人都晃动起来，却依然沉默不语，眼中的痛苦丝毫不亚于对方……

“你是医生啊！你怎么能亲手把他送到那个世界去！”

依然没有声音，没有回应。

白望看着龙天一副认罪伏诛的样子，不由得也急了，连忙救场：“荷依，当时我也在场，安格的妈妈也在场。我们都是医生，我们知道在那个时候安格已经不可能再醒过来了……”

荷依猛地转过头来，眼中晶灿的残影连白望也不禁住了嘴。

“你们觉得自己是老师，是母亲，就有资格决定一个人的生死吗？”

荷依那双燃烧着生命般的眼睛死死地盯住白望：“望爷，你总说，你照顾安格十几年，把他当作自己的亲生儿子。难道你照顾他这么多年，却不知道他是怎样看待自己的生命吗？在我遇到他的时候，他才十二岁，就说出‘我把每一天都当成最后一天在过’这样的话。十二岁的安格，就已经在一天一天地追求生命的意义，他被人类的自私背叛了两次，却依然不失对生命的渴求！你却让他的最后一天变得如此凄凉，如此悲惨，竟然是被自己最亲爱、最信任的妈妈、老师、朋友……联手抛弃了！”

荷依饱含着热泪，颤抖着双唇，重新看着龙天的面孔：“龙天，当年你刚进病房的时候意气风发，满腔热血，说着‘不抛弃，不放弃’这样的话，连我也被感染了，想着安格能够被你这样的医生治疗真好。我一直以为，安格与你的私交早已不再是单纯的医患关系，而是比亲人还要亲密的关系。你会放弃对自己兄弟姐妹的救治吗？你会在那一刻狠下心去拔亲人的插管吗？如果是这样，你为什么不放任中了蛇毒且举目无援的我在地洞里也像安格一样死掉？”

“就是因为安格离开了，我绝不能再放弃你！”

龙天终于抬起了眼睛，却看见荷依那张如死灰般晦暗的脸上，只有眼泪是鲜活的、滚烫的。

“你既然不肯给他一点希望，又为什么给我一个奇迹？”

荷依手上的力道在不断加大。

“龙天，你知不知道你一个冒失的决定到底毁掉了什么？在我决定捐献骨髓之前，我和安格有过约定，他一定会等到我回来，我也一定会救活那个和他一样得病的小孩。四天，只有四天，我原本以为上天已经给了他这么多不幸，不会在四天里再夺走他最宝贵的生命……可是还是出现了急剧恶化……他很努力地挺了下来，哪怕不能醒过来，却用一股残存的意志信守着和我的约定，等着我回来……”

龙天，你有过真正的信仰吗？

比如神，比如爱。

医生就能无所畏惧地破坏对生命的敬意吗？

你拔掉了他的呼吸机，也抹掉了他最后一丝努力。

这世间最遥远的距离从来就不是生离，而是死别。

我爱你。

那一句从来不曾亲口说出的话，只能永久地留给了空着的左手。

荷依的手指一松，振羽连忙去扶，却被她推开了。她自己摇摇晃晃地站起来。

“医学的每一个进步，每一个奇迹，从来都不是按照常理实现的。我们在做出放弃这个决定的那一瞬间，就是在拒绝奇迹的出现。或许我们医护人员真的太忙了，忙得没有时间体恤病人，感悟生命，更别提了解每一双向我们求救的双眼背后有着怎样锥心刺骨的故事、波澜壮阔的人生。就算我们已经麻木到把每一条生命都当成流水线上的一个产品，可是医生不救死，不扶伤，还要我们做什么？”

荷依的目光凄迷晃动着，缓缓转向白望。

“望爷，以前我真的很佩服你，可是现在，我鄙视你。

“你只相信自己的经验，却不相信生命并不是精密仪器。你觉得自己做出的每一个判断都是正确的、科学的，却没发现这份自信本来就是错误的。

“你真的老了。”

她的目光缓缓移动着，移动到龙天的脸上。

“至于你，龙天，我再没什么可说的。

“我要和你绝交。”

第六章

天时怼兮威灵怒，
生即苦难

让他滞留在这世间的，是活着的人的残念。

25

人只有在始终害怕自己做错事的时候，才不会真的做错事。

我要和你绝交。

龙天的面孔在那一瞬间变得煞白。

振羽沉默地看着这一切，在不知缘由、不明立场的时候，她只是这场大戏的观众——只是一想到面前这个意气风发的男子曾三次求婚，她的心也忍不住狠狠地颤了一下。

不知道是为了他，还是为了自己。

夏荷依的眼睛死气沉沉地扫了一圈，转身头也不回地离去。

振羽连忙追了出去，可是还没到楼梯口就被堵了回来。

“让我一个人待着吧。我不想……再让任何人看到我的伤口了……”

说完这句话后，夏荷依很快消失在楼梯口。杨振羽怕她有事，却又不想再刺激她，正左右为难，肩膀上却传来一份柔软而坚定的力量。

“我去看着她。”

白望不容拒绝地把振羽往后一推，自己快速追了过去。

望爷总是能带来令人安心的力量。

振羽一颗心终于放回了原处，想了想自己的确做不了什么，只好低着头慢慢走回来，不知不觉竟走回了原点——

龙天还没走，正坐在办公桌后面一脸沉思，在听见门口的动静后才慢慢抬起了眼睛。振羽这才发现，原来这个始终荣辱不惊、举重若轻的人，也会露出这么疲惫的表情。

看见振羽走进来后，他也只是看着，好像不怎么在意，又好像千言万语都说尽了。

最后，还是振羽先开了口。

“这个，就是你当初说的不能说的秘密吧？”

龙天的脸上终于有了一点变化，他点点头。

“以前，学解剖学得死去活来的时候，老师就严肃地对我们说，病人心理学是比生理解剖复杂不知道多少倍的东西。你现在愿意说说了吗？”

他看着她，深深地吸了一口气，几不可察地点了点头。

振羽在他面前的办公桌上找了一个便于长时间聆听的舒服位置，偏过头来问：“安格是谁？”

居高临下的角度，对方眼中的沉痛一览无余。

这是拥有魔力的名字吗？竟可以让安静的荷依颤抖，让乐天的龙天变得沉重，让诸事不惊的白望急切起来？

龙天自怀里掏出手机来，随意拨弄了几下，递给对面的她。

“你手机里一直存着他的照片？”振羽接过手机，立刻就明白为什么会这样了。

照片上是一个白衣胜雪的少年，他的床单是白的，被子是白的，靠着的墙壁是白的，他就像身处于洁白无瑕的神圣天堂一样，对着镜头露出白玫瑰般柔软的微笑。

少年的美太具有侵略性了，以至于振羽怔了半天，才发现他的脸色如此苍白，几乎要融入这片致命的白里。

“你有什么感觉？”龙天观察着她的反应。

“他得了血液病，而且病得很重。”振羽思索后回答道。

“能给点医学以外的评价吗？”龙天啼笑皆非。

振羽叹了一口气，把手机还给他。

“他长得太犯规了。美得得罪了神。”

龙天一时没有说话，过了好一会儿，才貌似平静地说：“他就是安格，已经死了好几年了，这是他存世的最后的影像。”

虽然从他们的争论中已经知道结局，但是振羽还是忍不住狠狠地心痛了一把。

照片上的少年太美好了，美好得……让整个世界的星光在这一刻变得暗淡。

然而，一种熟悉的感觉又慢慢升了起来，让振羽忍不住咦了一声。

“你想起了什么？”

“我总觉得这个人十分眼熟，那种出尘的感觉，和……和……”

龙天顺着她的话接了下去：“没错，他和安奇是兄弟。他的母亲是百伽图妇产科副主任吴子桐教授，主治医生是望爷，责任医生是我，责任护士是夏荷依。”

振羽倒吸一口凉气。

“又想到了什么？”

“阵容太豪华了，所以有点吃惊。”

龙天苦笑着说：“病人就是医生最好的老师。可以说，我们这群人都从安格身上学到了许多，后来才有各自不同的发展。但唯独安格的命运却没有因此而改变，他得的病，我们治不好，他生命垂危，我却断送了他最后一丝希望。”

振羽都没有说话。她只是在倾听，作为一个合格的医生，都要耐心倾听病患的叙述，更何况面前的这个“患者”把它视作一生中最大的污点。一直讲到他对安格的那个承诺——

有着绝世容颜的少年。

含泪带笑的苍白的脸。

摁在玻璃窗上的手。

冰凉的指尖。

紧紧相贴的掌心。

龙天，你能发誓吗？

一辈子照顾她，爱护她，把她视为自己的生命。

无论遭遇什么，都绝不会遗弃她。

作为我的遗愿，你能做到吗？

连灵魂都会震动不止的画面一直缠绕着，挥之不去，就算龙天已经决定要坦白一切，却也深呼吸了好几次，才终于断断续续把这一段连夏荷依都不知道的往事说了出来。

“这就是你说过的，无论如何也要救夏荷依的理由？”不知不觉中，振羽也改成了抱膝的动作。

龙天沉默地点点头：“后面的事情，从刚才的争论里你也听出大概了吧。夏荷依在病房里还没出来，安格就出现了病危。我们几个当事人都判断他大脑损伤不可逆，不可能再醒过来了，经过吴子桐手签同意书，我们最终停掉了呼吸机，拔掉了插管。”

尽管是完全不认识的人，振羽依然觉得一股悲凉从他平淡客观的叙述里慢慢升起，慢慢地侵袭了她的眼睛。

龙天双手交叉，压得鼻尖红通通的，却依然用压抑的声音慢慢叙述着：“其实刚才夏荷依说的那些话，我不是不懂，这些年来也一直压在我的心底。虽然我们作为医生都认同‘有时治愈，常常帮助，总是安慰’这句话，可是我们的判断是不是永远正确？安格当时的情况真的不可逆吗？他真的再也醒不过来了吗？会不会像夏荷依说的那样，会有奇迹出现？尤其是在看到夏荷依大闹太平间，而安格竟然流下两道血泪的时候，我更加怀疑自己触及了科学未知的领域。医学的发展比起生命的历史犹如短短的一瞬，太多的未知还有待探索，还有待发现。这些年来，我换了很多手机，可是始终存着安格的照片，就是为了时时提醒自己，始终怀疑自己的医学判断是错误的，人只有在始终害怕自己做错事的时候，才不会真的做错事。”

“听起来好深奥。”振羽轻轻回应道。

龙天望着她，淡淡一笑：“那另一句话你一定很熟悉——如临深渊，如履薄冰。”

“张孝骞的名句。”

“是啊，最牛的医生说出的最坦诚的话。”

振羽心中一动，总觉得他一语双关。她转过头去，果然看见龙天双目炯炯有神地看着自己。

“你是在暗示你是最牛的医生吗？”

“我是希望你感受到我的坦诚。”

“我听到你的忏悔又没用，关键是要夏姐姐听到。”

“我的意思是，你明白我和夏荷依之间并不是爱情，而是关于承诺和补偿之后，会不会对我和你之间的关系有一个新的认知？”龙天依旧目光灼灼地看着她。

26

既然没有了然后，为什么还要坚持让两个痛苦的人见最后一面？

振羽顿时心律不齐了。

这个转场太突兀了，怎么没有预告就直接进行了？

“怎么好端端的，忽然又扯到我身上了……”振羽好想把秒针拨回到这句话出现之前。

“趁热打铁，速战速决。”龙天语带双关地说。

“忏悔不够，继续努力。”振羽也语带双关地说。

龙天幽幽地看着她，过了好一会儿，才缓缓开口：“我觉得我忏悔得已经足够了，如果有一天，有人让我也以同样的方式再也看不见你，我也会气得发疯。”

“可是，你差一点就看不见我了。”振羽听着胸腔里激烈的心跳，越发提醒自己脑子要清楚。

“那个时候，我是有自信我们都会获救的。”龙天定定地说。

“这与‘如临深渊，如履薄冰’的意境不符啊！”

“如果真到那个地步，我希望那个坑洞里唯一被救出的人是夏荷依。”

怦怦、怦怦、怦怦。

“这话好假。现代人谁会相信这个？”振羽已经笑得相当勉强了。

“那是因为现代人不像我一样处于生死攸关的两难局面。”龙天的声音一时变得十分喑哑。

怦怦、怦怦、怦怦。

“还好事件的发展不符合你的预计，而是符合我的预测。我们都获救了。而将来，事件还会朝着我的期望继续发展吗？”龙天丝毫没有掩饰自己的期待，两只眼睛像琉璃一样晶莹剔透，映着振羽惊慌失措的模样。

怦怦、怦怦、怦怦。

“我怎么会知道，跟你绝交的人又不是我。”

振羽飞快地跳下办公桌，朝着门口跑去。跑到几步，她又停下脚步，犹豫半晌，这才低着头轻轻道：“不过如果是我，不管是对安格还是对荷依，我的选择同你一样。”

说完这句话后，她就飞快地消失在大门外。

“我明明不是这个意思啊……”

龙天又是感慨，又是感动，脸色如同彩虹一般变幻莫测，最后都汇聚为一道淡淡的笑容——

不管怎样，她的认同是此时此刻驱散心中迷惘的唯一慰藉。

夏荷依已经完全迷失了方向。

她就像溺死在河里的人一样，整个身体都是一种湿腻、发胀、沉重、混沌的感觉。她能感觉到无数色彩的斑块在移动，却看不清人影。她能感觉到无数好奇的视线在晃动，却来不及仔细辨认。她只能凭借意识行动，看见楼梯就下，看见人少的地方就钻，就这样混沌不清地走到了静寂处，才猛然惊觉，却只看见空无一人的走廊和黯淡的灯光。

过了好一会儿，她才慢慢意识到，她是走到地下二层的太平间门口了。

“荷依，你看，太平间！”

耳边忽然传来少年空灵的嗓音，还有急促的脚步声从走廊对面传来。

“不是有一句名言吗？没有去过太平间的人生不会完整！”

急促的脚步声忽然又出现在了身后，荷依猛地回过头，却看见笔直的一条通道上空无一人。

“人为什么死了以后还会七窍流血？”

耳边又一次传来空灵的声音，就像飞舞在耳边的隐秘精灵。荷依低着头，望着身前的影子，仿佛看见一个带着翅膀的小小身影，正坐在她的肩膀上晃悠着双腿，俏皮地玩弄着她的发梢，时不时还像蜜蜂一样扇动着翅膀。

“是因为凝血功能不全……”夏荷依听见自己近乎机械地背诵着医书。

“不是哦，是因为想见的亲人终于见到了。”

那个带翅膀的身影抱抱她的头，快速扇动着翅膀，仿佛随时都会消失。

“别走！”

荷依猛地转过身，伸出手去，却只抓住了一丝冰凉。

一时间，记忆排山倒海倾倒下来，像整个太平洋的水倾泻下来。

“荷依，我会等着你回来。”如白玫瑰般的少年在树叶的沙沙声中淡淡地微笑着，身前雪白，身后绿影。

“你爱我吗？会让我住在你心里很久很久吗？”蓝色的勿忘我在风中轻轻摇曳着，仿佛他的陪伴、他的目光、他的微笑。

“终于，见到亲人了啊！”太平间里的少年忽然七窍流血，嘴角却仿佛噙着笑，翘起优美的弧度。

“安格喜欢荷依。”刻在大树上的真爱誓言，他隐瞒了一世，却蔓延了生生世世。

夏荷依扑通一声跪倒在地上。

原本以为，安格离开后，她只是不能前进，也不能后退，就这样迷失在时间的缝隙里，再无可爱可恋之事。

却不想，这一刻的变化却把她用力地甩进漆黑的深渊，落入不可逃离的旋涡之中，而旋涡的中心，是安格那张七窍流血却依然微笑着的绝美容颜。

“啊啊啊啊啊啊啊啊！”

夏荷依在空无一人的长廊上发疯般尖叫着，一贯淡漠安定的美丽面孔如镜子一样碎了一地，露出野兽般狰狞可怖的表情。

为什么要让我们天人相隔！

为什么擅自终结他的生命！

不可原谅！

不可原谅！

不可原谅！

白望站在长廊的尽头，默默注视着这一幕。

夏荷依的脾气和秉性都太过温婉，就像一泓清泉一样甘美动人，而此刻爆发出来，却如同海啸一样有着天塌地陷的震动感。

不仅仅是恐惧，还有悔恨、愧疚、悲痛……种种负面情绪缠绕延绵，这时候，他才深深体会到龙天当年苍茫无助的感觉。

没有立场。

手持最终审判之剑的自己，没有立场对这个痛失所爱的女子说出任何劝阻的话。

两日后。

“夏姐姐，夏姐姐你开门啊，你让我进去好不好？我们谈谈好不好？”

门口传来持续不断的吵闹声，从敲门变成了拍门，从拍门变成了砸门。

这已经是杨振羽第三次登门了，可是每一次都是一样的待遇。

没有开门，没有回应，没有声音从里面传出来。

“就算你对他恨之入骨，也不应该惩罚自己啊！不是有那句话吗？吃饱了饭才能战斗。惩罚对方的方式有千万种，你为什么要选择绝食这种‘伤敌一百，自损三千’的方式呢？”

屋里依然没有任何回应。

“夏姐姐，你真的还在吗？你发出点声音好不好？吱吱、叽叽、呱呱……什么都好，让我知道你还在啊……”

努力搞笑的结果依旧是没有任何回应。振羽正考虑着要不要报警取得破门而入的契机，这时候，从门缝里慢慢递出一封雪白的信来。

杨振羽气喘吁吁地跑回办公室，把夏荷依塞出来的信扔在了龙天的办公桌上。

辞职信。

龙天看着面前的白色信封上硕大的三个字，眉头紧锁，双目浓黑。

“这下事情可真麻烦了。”

“我知道。”

“三甲复审检查团马上就要来了。”

“我知道。”

“护士长要辞职。”

“我知道。”

“病房里还有一个昏迷了22天的重病号。”

“我知道。”

振羽无声地看着龙天，猜测他的这份了然中还有几分自信。

而龙天直直地看着桌上的信封。

忽然，他伸出双手，准备撕信。

“你这是什么意思？”振羽慌忙按住他的手。

“撕了辞职信，就当我没看见。”

“你这不是自欺欺人吗？”

“能拖一会儿是一会儿。”

“夏姐姐可不是你撕了辞职信她就不会走的主儿！”

俩人正在撕扯中，顾沅忽然大踏步地走进来，眉间眼角全是沉沉的阴气。

“怎么回事？夏护士长忽然打来电话说她要辞职，我说辞职跟主任说去，她说递了辞职信，但估计会被隐瞒，所以特地通过我转告……”

顾沅看着龙天正要撕毁的东西，挑了挑眉，面无表情地说：“我是不是正好进入了犯罪现场？”

龙天嘿嘿干笑着，把信扔给了顾沅。

顾沅没接，只是低头看着信封。

“夏荷依真要辞职？”

“是的。”

“病房里还有一个昏迷了 22 天的重病号？”

“是的。”

振羽忽然抬头看了他一眼，顾沅立刻转过头去：“怎么了？我说错了吗？”他的目光很严厉。

龙天叹了一口气：“她只是在感慨英雄所见略同。”

顾沅的目光闪了闪，终究没再纠缠这个话题，他在龙天对面的座椅上坐下后，手指不安地来回移动着。

“那么，有没有人告诉你们，复审的日子已经定下了，就在三天后。”

振羽顿时倒吸一口凉气。龙天则露出了视死如归的悲壮表情。

顾沅砰砰地踢着桌子下沿。

“喂喂，目前这种情况，你到底有解决方案没有？该不是想让我们英勇赴死吧？”

龙天双手一摊，叹了口气道：“荷依现在最恨的人就是我，我根本没法出面啊！”

振羽撇撇嘴：“我倒是去了，但是连门都进不去，更别提谈了。”

顾沅面无表情地说：“我对杨医生的谈判技能本来就不抱任何希望。”

振羽被噎得干脆闭上了嘴。

顾沅皱起了眉头：“夏荷依不像是不通情理的人啊，怎么会闹到这种程度？”

龙天简短地把事情经过说了一遍。当他说到安格经过抢救依然深度昏迷的时候，顾沅那张极不耐烦的脸终于有了些许动容。

“看来，这就是你当年横跨大内大外的原因了？”顾沅不无讽刺地说。

龙天尴尬地摸了摸鼻子："我只是个逃兵。"

"可是外界却把你当成第一个吃螃蟹的人。"

"你不也一样吗？听说当年你不选病理科的时候闹得挺大。"

那么喜欢尸体的顾沅居然放弃了留在病理科的机会？

顾沅来回交错的双指终于停了下来。他盯着龙天，非常生硬地扭转了话题："这么说来，夏荷依是因为你们做了一个正确理性的决定而不理性地选择了非暴力不合作态度？"

龙天也没有再纠缠下去，回到了中心问题上："站在夏荷依的立场上，我很能理解她的心情。"

"在这件事上，她不过是一个被感情冲昏了头脑的蠢女人。"

"顾主任，毕竟都是同事，就算她有心结，有必要说得这么难听吗？"振羽忍不住捍卫自己朋友的荣誉。

顾沅抬起眼睛看着她："难道我说得不对吗？如果换作你，你会怎么选择？"

振羽不服气地咬着唇："至少，应该让他们见最后一面。"

顾沅面无表情地看着她，许久才挑了挑眉。

"然后呢？"

"还有然后？"振羽有点找不着北。

"是啊，既然没有了然后，为什么还要坚持让两个痛苦的人见最后一面？就为了让夏荷依看见自己的爱人活死人一样极度消瘦、五感消失、生命枯竭、灵魂出窍吗？非要她看见自己最爱的人深受这生不如死的痛苦后，才痛哭流涕地反省还是让他安静地去吧？"

振羽意外地看着他。虽然顾沅的这段话说得也够狠的，但她找不出反驳的点。

而龙天一直深深地看着对面："所以……"

"所以……"顾沅也颇玩味地看过来。

"你打算出马了吗？"龙天开始破题。

"你们还有更好的人选吗？"顾沅直接扔出答案。

龙天立刻做了一个"恭送"的动作。顾沅目光深邃地看了他一眼，站起身来。

哎？你们这就商量好了？

振羽近乎本能地抓住了顾沅的胳膊。

顾沅低头看了看自己被抓住的胳膊，又抬头看了看她的脸，目光甚为考究。

怎么可以让这么尖酸刻薄的人去当说客？振羽毫不迟疑地表达了自己的担心。

“夏姐姐现在情绪波动很大。”

“这个我比你更清楚。”

“她是一个很敏感的人，很容易受伤……”

“哦，是吗？可是我却觉得，经历了两次生死的人不会又脆弱又敏感。”

“……”

振羽说不出话来了，只能咬咬牙说：“你和夏姐姐的谈话，我要跟着。”

顾沅瞬间就明白了她纠缠的理由，顿时面色一沉。

“不许去。”

“可是……”

“无论我一会儿做什么，不许任何人跟着，不许任何人废话。你们要是信任我，就把这件事交给我处理；如果不信任我，那就现在挑明了，我费不着为你们的过失埋单。”

龙天双肘支着桌子，十指交叉，深深地看着对面那个无比骄狂的男人，重重地点头。

27

让他滞留在这世间的，是活着的人的残念。

是时候该离开了。

夏荷依环顾着房间的周围。

如果杨振羽真的踏进这个房间，一定会吓一大跳。因为这个只属于夏荷依的房间，已经丝毫不带烟火气。她的行李已经装进了身边的三个大皮箱。

已经递交了辞职信，也和副主任打过了招呼，至于他们接受不接受，则完全不在自己的考虑范围之内。荷依虽然不是无情之人，但坠落深渊的人对周遭的一切原本就毫不关心。

更何况，还有疯狂的恨意在胸腔里无法宣泄。

荷依正在最后一遍检查房间，她可不想留下什么，使以后必须再来这个地方。

门口忽然传来了转动锁具的声音。

伴随着荷依疑惑的目光，那扇门自己打开了。一个锁匠跪在地上，身后站着面无表情的顾沅。

荷依脸上露出古怪的表情。

“我出具了单位证明以后他们就同意帮我开锁了。不好意思，说谎了。”顾沅迈开长腿走了进来，脸上却丝毫没有“不好意思”的意思。他环顾四周，又接了一句：“看来我来得正是时候。”

荷依淡淡一笑：“是来帮我搬行李吗？”

顾沅飞快接道：“当然可以。不过，只给三天假。因为检查团要来，公休和请假一概取消。”

荷依沉下脸：“我已经不是诺华医院的人了。”

“人事调动是有审批手续的。据我所知，你的辞职信还没通过科室这一关，转单什么的就更加不现实。作为一个社会人，你该不会以为辞职就像电视剧里演的那样，说一句我不干了就可以罔顾同事情意立刻拍屁股走人吧？”顾沅抱起了双臂。

“我和这个科室、这家医院，已经没有任何情意可言了。”荷依的态度也开始强硬起来。

顾沉挑了挑眉："为什么？就因为安格？"

荷依的怒火一下子就被点着了："你说话客气点！"

啪的一声，顾沅甩出厚厚的一摞照片，落在荷依面前的桌子上，划出一条长长的光影痕迹。

"这是什么？"荷依只看了一眼，脸色就已经变了。

"一个靠仪器维持生命的活死人。从几十年前到现在，每个月一张。照片有点多，你可以慢慢看。

"我今天有的是时间，可以坐在这里等你慢慢看完。"

顾沅一边说着，一边在沙发上抱臂坐下。顾沅的声音没有任何情感，脸上也没有任何表情。他就像一个石人一样，慢慢吐出惊世骇俗的话——

"他是我的父亲。"

荷依听到了岩石碎落的声音。

原本她还奇怪为什么会是顾沅出现在这里。两个人都是淡漠孤僻的性格，平时也只是点头之交。而现在，她才发现，原来还有这么一条链锁连接着彼此。

荷依颤抖着伸出手去，只看了几张，就再也没有勇气去看剩下的照片。

顾沅无机质的声音像是从很远的地方飘来："我告诉你我心里这么重要的秘密，你可以回答我一个问题吗？我的父亲到底是活着，还是死了？"

到底是活着，还是死了？

夏荷依情不自禁地颤抖起来，她无意识地又扫了一眼放在近处的照片——照片上的人面容蜡黄，双颊深深地凹陷进去，瘦得好像骷髅一样。尽管盖着被单，依然可以看见被单下的身体骨瘦如柴，覆盖在长长腿骨上的只有一层皮。

一想到安格最后也会……荷依猛地打了一个冷战，她不敢再接着想下去。

“你的父亲……吃了很多苦……”荷依努力让注意力回到当下。

顾沅淡漠的声音传来：“自从我有记忆开始，他就是这副模样了。所以，我也没办法回答他到底有没有吃苦。我只知道，为了他，我吃了很多苦。”

夏荷依想起了那些关于他疯狂敛财的传闻。

“长期照顾这样一个病人，的确需要很多金钱和精力……”

“如果只是维持基本的生命体征倒也还好，但既然已经决定让他以这种方式活下来，总不能盼着他躺一辈子吧。希望他能早点醒过来，希望这样的噩梦早点结束，所以用了很多根本没用但非常昂贵的方式。以我现在的收入，怎么可能够？

“我们都是学医的人，心里都很清楚这样一个病人清醒过来的概率有多低。但是既然这么长时间都已经坚持下来了，再说放弃，无论如何也不甘心，于是就这么日积月累地压榨着积蓄和精力。既然是我决定让他以这种方式活下来的，我就必须以背负着他的一生的觉悟活下去。你知道吗？这种背负真的很沉重，而且最可怕的是，你还丝毫看不到希望……

“如果今天换作你，你有信心背负着那个孩子的一生，如此沉重而无望地活下去吗？”

夏荷依整个人都忍不住颤抖起来。

一幕近乎恐怖的影像残忍地挤进她的脑海。

不！

尖叫着把那幕影像挥打开，夏荷依情不自禁地流下眼泪。

顾沅似乎注意到了她的反应，但始终无动于衷。

“时至今日，我也时常在想，不如一开始就放弃的好。可是拖到我这个田地，再说放弃就真的太难了。所以，龙天其实是帮你做了一个最难做出的决定。你非但不应该责怪他，反而应该好好地感谢他才对。”

“可是……明明只差一天，我们明明还可以再见面啊……”荷依的眼泪大滴大滴地落下。

似乎是错觉，荷依听见顾沅轻轻地叹了一口气。

“他那个样子，生离或者死别，又有什么区别？无论是爱他，还是恨他，他都看不见，听不见，也感觉不到。”

荷依不得不承认顾沅说的都是对的。可是一想到安格在太平间里露出的那一抹诡异的微笑，她又忍不住失声痛哭起来。

“他知道的……我找到他的时候他已经躺在太平间里了。可是他笑了，我绝对没有看错，他真的笑了……他知道的，我来过了……”

顾沅看着她，眼睛里划过一抹浓浓的哀伤。

“这不是很好吗？他爱着你，死了以后依然灵魂不灭，还在等着你，这已经是再好不过的结局了……

“等到我死的时候，还不知道有没有人愿意……为我掉一滴眼泪……”

荷依倏然抬起头来，而顾沅也正好看着她，或者只是想透过她的眼睛看着自己。他的眼睛里没有任何东西，就像一个黑洞，把所有的光都吸进去，无法逃逸，就连夏荷依也忍不住伸出手去……

“别这样，我们又不熟……”顾沅挣扎着想要逃避。

“我只是想抱团取暖。”荷依的泪水还挂在美丽的脸上。

顾沅默默地看着她，单手圈住她的肩膀，一下一下拍着，礼貌而又克制地保持着距离。

“只此一次。以后，我不想听到有关今天的任何事。”

“我也是。”荷依淡淡地笑了一下，落下一串串泪水。

顾沅没有说话，只是一下一下拍着她的肩膀，就像母亲哄孩子睡觉般。

“以前不了解，没想到你这么温柔。”

顾沅的身子明显一僵。

“而且，还是一个大孝子。”

顾沅的身子忽然震动起来，从他的胸腔里传来雷声般隆隆的声音，那是越来越夸张的笑声从他的肺部挤了出来。沉闷低笑变成放声大笑，顾沅笑得整个人像抽风一样。尽管刚才夏荷依在他面前哭过也笑过，可他都是一副无动于衷的样子，就好像一个旁观者。而此刻，他却笑得整张缺乏表情的面孔彻底扭曲。

夏荷依吃惊地看着他，甚至觉得他很可怕。

而这个可怕的人却在疯狂的大笑中迸发出眼泪。

“我是孝子……

“这是我有生以来听过的最好笑的笑话！”

28

检查团就快来了，22床的病人还没醒，夏荷依又闹着要辞职——龙天的眼睛里蓄满了风雨。

对于顾沅的自告奋勇，杨振羽是一百二十个不放心。顾沅带着锁匠上楼以后，她就一直杵在楼底下等着。

对于顾沅的口才，她很有信心。可是对于他的态度，她真是太没信心了！当她看见顾沅面色阴沉地出现在楼门口，心中咯噔一声，立刻不顾前嫌地跑了过去。

“怎么样？见到夏荷依了吗？她听进去你的话了吗？”

顾沅似乎才发现她的存在，淡淡地扫过一眼来，眼睛红红的，像狠狠地揉过。

振羽看着他，被他浑身散发出的阴鸷气息逼退了一步。

如果没看错的话，那是……杀意？

聊天怎么会聊出杀意来？

振羽整个人都风中凌乱了，这时候顾沅终于开了金口：“你觉得我会像你一样没用吗？”

我是没用，也不用你这么特意强调啊！

振羽压住火气，继续问：“那夏姐姐怎么样了？我现在能上楼吗？”

“这是我听到的最无用的一个问题。”

吃了枪子了吧！这么冲！

“喂！顾沅，你是不是根本连门都没进去，所以现在拿我撒气？做不到就做不到，又没有人指望过你，干吗冲着我发火啊！我欠你的啊！”

“你本来就欠我的。”顾沅飞快地接道。

振羽惊讶地睁大了眼睛——

“你欠我的，恐怕这辈子都还不上。”

振羽觉得自己都快精神分裂了。她被眼前这个人格分裂的人彻底弄得精神分裂了。

两人的交集都无限接近零了，怎么又会搞出个巨额负债？他该不是受了什么刺激，以为全天下都欠他吧？

顾沅却丝毫不理会振羽快要奓毛的情绪，自顾自地继续说：“我能做的，我都做了，她也都听进去了，至于能不能回心转意，只有时间和结果能证明。至于你……”

顾沅眸色一深：“我只知道无论你杵在这里还是杵在楼上，都是一般无用。”

然后，在振羽还来不及爆发时，他就飘然离开了。

什、么、玩、意！

不想让我上楼请说人话！畜生话我听不懂啊！

振羽痛苦地摧残着自己的脸——到底是哪根筋不对了想着要跟这个恶魔搭讪啊，不是自取其辱吗……

可是到底是上楼，还是离开？振羽正犹豫不决，忽然看见天南穿了一身便服，屁颠屁颠地跑了过来。

天南就是科室里的开心果，振羽看到他，心中的烦闷也去了一半，打趣道：“打扮得这么人模狗样的，是去相亲吗？”

天南的目光瞬间变得很幽怨，忽然又重新振奋了起来：“我知道了，你一定是吃醋了，又不好意思说，所以才故意拿相亲来试探我……”

“……”振羽已经适应了他的自说自话。

天南又靠近了几分，悄悄说：“还不是为了22床的病人。我正打算去庙里给他烧烧香。”

振羽吃惊地看着他：“喂，你可是医生！”

天南叹了口气：“这个人耗费了全科这么多心血，只希望不是无用功。如今我也管不了科学还是伪科学了，什么有用求什么，只要他能醒，让我去跳巫师舞也行啊！”

振羽狠狠地感动了一把。

这个大男孩虽然总是脑洞奇大，且不着调，但他是一个真正的好医生。

他是值得自己去追赶、去学习的好医生。

振羽那无比暴躁的情绪一时间也平静了下来。既然这边的事情她管不了，那就做点别的有意义的事情吧。

“正好我也不当班，我跟你一起去吧。”振羽举手响应道。

天南的眼睛立刻变得贼亮贼亮的：“真的吗？不是开玩笑的吧？你真的愿意陪我做这么傻的事情？嘿嘿，如果一起去的话，我不介意烧香祈福的同时向菩萨求一求姻缘……”

振羽扭头就走。

而顾沅告别振羽后，游游荡荡，竟又回到了病房，还主动地出现在了22床的病房里。

正是交接班的时候，空荡荡的走廊里没什么人，只有一两个值班的医生在工作站里忙碌，他们甚至不会看一眼监视器里顾沅做了什么。

而事实上，顾沅什么也没做，他就只是看着。

22床住着昏迷了23天的车祸男。

不管怎么看，他都像一个死人一样了无生机。

顾沅就站在他的床前，脸上的表情也像看一个死人。

他甚至可以透过这张陌生的面孔，看到另一张熟悉得令人憎恶的面孔。

“我很善良吗？”

顾沅的瞳孔终于动了动，望向病人的眼神充满了热切和嘲讽。

“善良的人们会把死亡看得比生存更有意义吗？”

顾沅的目光变得越来越阴郁，越来越冷酷。他把夜班大夫叫过来。

“把他的麻醉剂和镇静剂都停了吧。”顾沅冲着病床抬了抬下巴，一脸的戾气。

夜班大夫吃惊得结巴起来：“可是……可是病人的情况还很不乐观……”

“他要是今晚醒不过来，明天我们所有人的命运都会很不乐观。”

夜班大夫张了几次嘴，却一个字也说不出来。

“总之你执行医嘱。今天晚上我会看着他，如果有什么事，也由我一并担着。”

夜班大夫热血一涌，大声地报告“是”，转身写医嘱去了。顾沅抬头看了一眼监视器，假装不小心误碰了开关。

“今天晚上我跟你一对一，不是你的生死关，就是我的生死关。”

主任办公室里，总值班正在向龙天做着汇报。

“22 床的病人还是没醒。”

“知道了。”

“明天是夏护士长值班，还排吗？”

“暂时让别人顶顶。”

“……主任，后天检查团就要来了……”

“我知道。”

“这样子……很难过关吧……”

龙天双手交叉撑在桌上，浓黑的眉下，一双眼睛里蓄满了风雨。

“我知道。”

夏荷依坐在床头，一直呆呆地看着窗台上一盆开得如火如荼的勿忘我。

顾沅面色阴沉地坐在病床的对面，看着床旁的心电监护仪上已经开始起了变化。

“诸天神佛啊，请保佑我们。”

“保佑 22 床的病人一定能够醒来。”

“保佑夏荷依一定能够回心转意。”

“保佑我们科室一定能够渡过难关。”

29

振羽那一瞬间绽放的光芒，就好像整个世界都放晴了。

第二天早晨，七点二十分。

三甲复审团已集结完毕。

“今天的重头戏，重症医学科。”

检查团团长依然由严沐雨担任，开场白就直戳重点，惊得白望这个名誉主任眼皮一跳一跳的。

严沐雨直接忽略了正牌主任龙天，站在了白望的面前：“白院长，既然你领衔整改重症医学科，我希望这一次贵科在医疗质量方面能给我有耳目一新的感觉。”

白望心虚地笑了笑：“严院长是听到什么风声了吗？”

严沐雨的镜片上一片冰霜：“我只是对贵科有着特别的期许。”

顿时，整个办公室仿佛都被冰霜笼罩，也不知从哪儿吹来的一股寒风在脚底下打着旋。振羽的面孔都快板成门神了，再看看周围，几个刚入职的小护士都快吓哭了。

“事不宜迟，复查现在就开始吧。在院病人病历抽查 15 床至 30 床，出院病人病历抽查前两周的，二十分钟内全部送到这里。”

说完这番话后，严沐雨还特地看了看表，天南和振羽两个人对望了一眼，不等发令就飞快地冲出房间，各自找病历去了。严沐雨似笑非笑地看着龙天：“你的手下腿脚倒是麻利，有准备了吗？”

龙天皮笑肉不笑地回答："优秀的人才从来都是一点就透，不用特别嘱咐。不过话说回来，严院长倒像是有备而来。"

周沁雪从旁坐着插科打诨，一会儿撩撩龙天，一会儿挠挠严沐雨，试图缓和房间里剑拔弩张的气氛。可是严沐雨丝毫不掩饰自己"来找碴儿"的指导思想，表情一直很严肃。周沁雪担忧地望着龙天，缓缓摇了摇头。

反倒是龙天露出安抚性的笑容，大度从容，有恃无恐。

这个人，搁在乱世定是一方枭雄。周沁雪这样想着，面上却很平静，端起瓷杯慢慢喝茶。

在院病人的病历先送了过来。

"一人一本，现在就开始吧。"

严沐雨下达指令后，正要分配病历，忽然一只手从旁抢了过去。

"我来给专家们发吧。"周沁雪特别热情地抢着干活。

严沐雨抬起眼睛："怎敢有劳周厅长？"

"哪里哪里，各位专家不辞辛苦远道而来给我们指导工作，理该我们周到服务。"周沁雪热情洋溢地说。

"那就麻烦把 22 床的病历拿给我。"严沐雨轻描淡写地破了题。

周沁雪手下一顿。办公室里所有人的目光刷地集中过来。

"是什么特别的病人吗？"周沁雪勉强笑着。

"不知道，就是觉得这数字挺吉利的，还是我的幸运数字。"

严沐雨抬起眼睛，似笑非笑地看着对面。而对面那人双手插兜，也正目不转睛地看着她。

似有两条火线交集。

周沁雪万般无奈，只能把 22 床的病历挑出来，递给严沐雨后，表情一片黯淡。

严沐雨喝了一口茶，杯子往桌子上一放，翻开了病历的第一页。

时间一分一秒地过去。

屋里明明不热，却让人有流汗的躁动。

杨振羽取回了出院病人病历，刚进屋，就被屋里紧张得快要爆炸的气氛吓了一跳。她把病历放在桌上，看到严沐雨拿着的病历夹上赫然写着 22 床，眼皮子立刻一跳，连忙悄悄退开。

白望和龙天都是一副听天由命的样子，顾沅抄着手目不转睛地看着严沐雨手上的病历夹，表情比平时更不高兴。

啪的一声，是病历夹摔在桌子上的声音。

哒哒哒，是指关节敲着桌子的声音。

那声音让人如此焦躁，明明天气并不热，大夫们却有汗流浃背的感觉——这时候，敲打桌子的声音停了。

“束手无策了啊！”

严沐雨终于抬起头来，目光在龙天、白望和顾沅脸上慢慢移动。

龙天和顾沅都没有说话，白望嘿嘿笑了两声，似乎想说什么，又闭上了嘴。小医生、小护士们恨不得集体闪到三尊大神的后面藏起来。

严沐雨抬高了视线，冷冷地望着天花板：“这房间经得住打砸吗？”

龙天勉强笑了笑：“事态应该不会这么严重。”

严沐雨敲敲病历夹：“患者原籍这个地方民风彪悍，以前就因为医疗纠纷发生过好几起群体事件。听说他刚送过来的时候，就有十几个亲朋好友到场。”

龙天笑不出来了。

“如今这个社会，如果不考虑场外因素，只凭一腔热血救人，搞不好就真的要抛头颅洒热血了。”严沐雨严厉地看着龙天，言外之意十分明确。

“不管怎么说，还是先去病房看看吧。”

严沐雨站起身来，抬抬眼镜，目不斜视地从龙天身边走过。已经来过一次的她，自然十分熟悉，带着“文武大臣”们一路浩浩荡荡地来到 22 床的病房外，透过透明玻璃窗往里一看，病床上的病人正微笑着冲他们艰难得挥手。

居然已经神志清醒了？

严沐雨极其迅速地看了龙天一眼，落在镜片上的烟花精彩极了。

龙天不卑不亢地做了一个“请”的动作，表情亦是十分精彩。

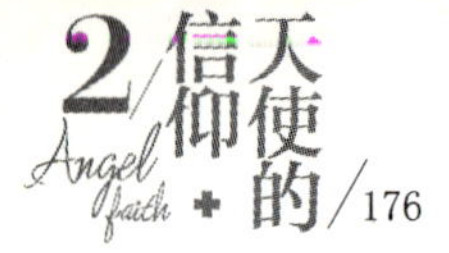

严沐雨深深地看了他一眼，终于走进了22床的病房。

趴在玻璃窗上的小医生、小护士控制不住心中的激动，爆发出一阵小小的欢呼。

时间回到昨天晚上——

22床的病房里，只有顾沅站在这个在他眼中已死的男人的病床前。

旁边的呼吸机已经呈现出关闭状态。

杀死他！

杀死他！

暴虐的因子在他体内喧嚣着，从夏荷依的宿舍出来后，他的脑海中就一直回荡着受伤般的咆哮。达摩克利斯之剑此刻就在他的手中，只有他，可以随时斩断这个人的生命。

心有猛虎，细嗅蔷薇。

他精准的目光仿佛透过男人死气弥漫的皮肤直穿入血管，飞快地沿着红色隧道奔向某一个既定方向。然后，视野里出现了粉红色花葵样的东西，在温暖的体液中缓缓漂荡。他试图羞怯地触摸那柔软晃动的触角，怎么……怎么没有要交换的东西？等等，出了什么问题？好紧张，紧张得心脏都揪紧了。再摸一摸，还是没有！顿时一股憋气的感觉升了上来——

打开呼吸机吧，求求你打开呼吸机吧！

顾沅额头上的青筋拼命蹦跳着，眼前的景物全都晃动不止。病床上男人的脸和记忆里的脸混乱起来，他仿佛听到整间屋子里都是灵魂呼啸碰撞的声音。

去死吧！不要死！为什么会死！不要！

越来越多嘈杂的声音冲撞着鼓膜，仿佛连日光灯也为之晃动起来。而后，他又听见一个个细小的声音包围着他的身体，柔柔的，怯怯的——

谢谢。

谢谢。

谢谢。

好多好多声音，有熟悉的、有陌生的、还有他自己的……

一股强烈的悲怆从脚底一路蹿至大脑，轰得整个泪关啪的一下打开了。他长吸一口气，低下头来，却在被泪水模糊的视野里看到那个男人睁开了眼睛……

是真的睁开了眼睛。

两人模糊的视线撞在一起。

一人茫然，一人惊愕。

“医生……”病人的嘴唇动了动，眼里慢慢蓄满感激。

顾沅猛地回头，看着旁边已经黑掉的呼吸机，确定自己没有出现幻觉。心中那割裂一切的哀伤像海潮一样没过他的眼睛，他微笑着，颤抖着，哽咽着说：“欢迎你从鬼门关回来。”

“谢谢你们。”

病床上的男人还十分虚弱，反应也在长时间的昏迷中显得迟钝，但他还是努力地微笑着，洁净的光凝聚在他雪白的牙齿上。

严沐雨终于露出难得一见的微笑，和煦亲切地对他说：“看到您终于醒过来了，真是太令人高兴了。”

病人点点头，口齿含糊却又努力表达着：“龙主任……给我做的手术，顾主任……一直照顾我。我的命是他们救回来的，没有他们，我就死定了。”

严沐雨轻拍他的手：“我都明白了。你多休息，尽量少说话。”

病人却似乎不愿停下来，他费力地伸出大拇指：“这家医院的医生医术好，医德也好。顾主任看到我醒过来的时候，都激动得哭了。他们把我当亲人对待……”

严沐雨还算好，一直摆着高级领导人的慰问脸雷打不动。龙天听闻后，立刻诧异地回转头去，而顾沅的表情就像谁欠了他二百五十万一样难看极了。

居然会为了患者哭出来？这不像面瘫的风格啊！难道我错怪了他，他只是更年期的时间早了二十年？龙天暗自忖度。

“高级领导人”的慰问已进入尾声：“好好休息吧。在这里，您能享受到不亚于四大医院的优质服务。”严沐雨笑容满面地说。

医生、护士们你看看我，我看看你，忽然间就炸了窝——

这是什么意思？是间接地认可他们医院已经达到相当的医疗水平了吗？

这么说来，这次三甲复审有惊无险地通过了？

众人还来不及琢磨其中深层次的含义，严沐雨就一阵风似的走了出来，大伙立刻又是一副寒风侵体的战战兢兢样。

果然是“待病人像春天般热情，待同僚像秋风扫落叶般无情”的特殊体质啊！众人还来不及感慨，严沐雨满脸都是“你逗我玩”的阴冷：“病人已经苏醒的事情，为什么没有写在病历里？”

龙天淡定回答：“病人也是刚刚苏醒。而且，为了向检查团表达我们最诚挚的欢迎，整个团队三天来一直日夜不停地做着准备工作，所以记录就补充得慢了点。”

严沐雨似笑非笑地看着他：“你是故意留一个纰漏，好让我忽视其他方面的问题吗？”

她转过头，视线从每个人面上淡淡地扫过：“上次负责接待的那个护士长呢？长得挺漂亮的，她怎么不在？”

所有人集体保持了沉默。

就连顾沅也忍不住露出了微妙的担心。

严沐雨却还不肯放过：“我记得你们的人力本来就不足，高级人才更是奇缺。该不是……还没等到开业就快跑光了吧？”

龙天知道避无所避，只得硬着头皮上前一步：“严院长，其实是这样的……”

“其实是院领导那边需要及时沟通检查的进展，龙主任让我跑腿传话去了。”人群后面传来一个熟悉的温婉的声音，一人排众上前，脸上依然是波澜不惊的美丽笑容。

严沐雨意味深长地看着她，阵阵寒风扫面：“我以为手机这个现代工具已经能够完美解决沟通问题了……”

她的寒风扫到夏荷依面前，却触礁般晕染出淡淡的光辉。

“我想，这一定是龙主任出于对检查团的重视和对我的信任做出的安排，所以就欣然接受了。”夏荷依不紧不慢地回答道。

龙天微微眯着眼睛，振羽捂住了嘴巴，顾沅似有所悟地淡淡扫过一眼。

严沐雨笑着说：“你似乎在提醒我应该亲自去跟院长通报结果了？”

夏荷依施施然让开了道：“不，院长让我务必招待好各位领导，无论要查哪里，畅通无阻，要查什么东西，随叫随到。”

严沐雨终究没再说什么，沿着夏荷依让出的通道，趾高气扬地走了过去。

龙天故意落在后面，当经过夏荷依身边的时候，他用细不可闻的声音说：“我当你自动收回了辞职信。”

不等夏荷依回答，他就快速跟上了大部队，背影看起来有底气多了……

夏荷依眼中哀伤，站在那里一动不动，一时间不知神游何处，也不知这么做到底对还是不对。

而这时候，有人轻轻捏了捏她的手，夏荷依回过神来，看见振羽正羞涩地拉着她的手面露微笑。

她那年轻脸庞上所绽放的光芒，就好像整个世界都放晴了。

夏荷依恍惚中想。

留下来的这个决定，或许并没有想象中那么糟。

第七章

身既死兮神以灵，
刹那芳菲

荷依，荷依。

你知道吗？

我已住在你的心里。

只有你幸福了。

我才能够幸福。

30

白光铺满他的脊梁，那一刻，她以为她看到了光翼。

到了傍晚，这一天密集的行程终于接近尾声。

检查团都已经撤了，严沐雨却不知为何落了后，正独自站在电梯口等电梯。

“谢谢你。”身后传来一个熟悉的声音。

她回过头，看见那个人双手插在白大衣兜里，周身笼罩着淡淡的光晕。

好像御风待飞的天使。

她微微怔忡了一下，然后才面无表情地回答道：“是你运气好，没让我抓到把柄。”

龙天慢慢走了过来，脚下若有光尘飞舞。

“有你这样的姐姐，是我最大的幸运。”

严沐雨冷冷开口道：“周沁雪那丫头又跟你胡说八道了？”

“我能感觉到。当年在L国不也发生过一次吗？姐姐总是这样，刀子嘴豆腐心，其实比谁都要关心我。”逆着光，依稀可见他露出光洁整齐的牙齿。

严沐雨冷哼一声，不置可否地说：“臭小子，从无到有创建一个科室不是那么简单的！”

“我知道。”龙天微笑着，炫目的光芒凝聚在他的眼睛里，“所以姐姐专程两次从那么远的地方赶来，还带来了中国顶级医院的管理经验。

“害怕别人为难我，故意承接了检查团的任务。周沁雪虽然不肯说，我也知道她递交过来的整改意见都是你认真思考后一条一条写下来的。

“知道我有了棘手的病历，特地要了病历来看，看似不通人情，其实是在殚思竭虑地帮我想办法。

“就连人力方面，也帮我想到了很多。如果不是你，白望不会来科里，夏荷依也不会决定留下来。”

严沐雨终于开口说话了：“温家的小子只要肯砸钱，硬件方面就算缺什么也能很快补上。可是软件方面……却不是一时半会儿能改善的。”

龙天笑嘻嘻地说：“所以就需要姐姐在学会那边多多帮忙了。”

严沐雨一张脸立刻就挂了霜：“你当我是看后门的？”

龙天笑容不变：“不需要大开后门，只要对我们民营医院出身的人不偏心，不排挤，一视同仁，公开公正，我相信我的团队在学界也能站稳脚跟。”

严沐雨默不作声。这时候电梯叮咚一声打开了，她立刻大步走了进去。

“我觉得你这样的自信也是愚蠢至极。”

严沐雨转过身摁电梯，却被对方突然的动作吓了一跳——只见龙天深深地弯下腰去，头颅几乎直指地面。

白色的光温柔地铺满他的脊背，白衣在身后弯起燕尾般的尖角。

严沐雨什么话也没说，只是看着他的脊梁，看着它消失在关闭的电梯门外。

“臭小子……

“吓我一跳……

“我还以为……

“他的肩胛骨上真的长出了翅膀……”

在一个人的电梯里，严沐雨那张严肃的面孔上终于出现了一丝淡淡的微笑。

三甲复审终于通过了！

而且检查团在最后的书面反馈意见上给予ICU很高的评价，称赞他们“在极短的时间里取得了令人瞩目的改进”，“未来值得期许”。想象着老修女在这样一份报告上不情愿地签下名字，ICU整个沸腾了！

“不要再揉搓我了！我又不是宠物！”消息确定后的第一个科会，龙天惨遭蹂躏，每个人都恨不得挂在他身上捶一下、揉一把……领导没有领导范真是太惬意了，好想把他当成萌宠咬一口……

“停停停！我们换一种爱的表达方式吧！”龙天振臂高呼。

于是，龙天的衣兜被洗劫一空，全科出去腐败。

出资人温诺华大气地包了一家高级私人会所供大家尽情享乐。龙天为老板如此慷慨感激涕零，可是当他了解到今晚所有开销自理后，表情怎一个“惨”字了得。

可是小伙伴们完全不理会当家人的难处，玩得那叫一个嗨。几个月来的担惊受怕、憋屈愤怒在这一刻彻底得到释放，歌厅里鬼哭狼嚎，舞厅里群魔乱舞，酒吧里觥筹交错，餐厅里一片狼藉……

“夏姐姐，你不会走了吧？”

酒足饭饱后，杨振羽和夏荷依一人拿了一杯红酒，坐在角落里说悄悄话。

夏荷依那清雅的面孔在舞厅的彩光下显得绚烂芳菲，比平日里更多了一份妩媚。夏荷依搂住振羽的肩膀，抵住她的额头轻晃：“谢谢妹妹为我担心，暂时不打算走了。”

振羽双手握住玻璃杯，犹豫再三后小心试探道：“对龙天也不再怨恨了？”

“说绝交，就绝交。今后只是工作关系，这与个人感情无关。”荷依淡淡地说。

还是要绝交啊，那不是什么都没改变？

“可是，龙天对你却是相当关心的。”

荷依垂着眼睛：“那是他自己觉得愧疚，我根本不关心他怎么想。以前不关心，以后就更不会关心了。”

果然心结易结不易解。振羽心有戚戚，荷依却笑着轻刮了一下她的面颊：“不说他了，没由来让人心烦。不管怎么说，你都是关心我、爱护我的好妹妹。这一点，我是不会认错的。”

振羽心下一宽，不由得笑了起来：“我真是好奇顾沅到底跟你说了什么，居然能让你这么快就回心转意了。”

荷依的目光凝住了。

她想起了顾沅那时的目光。

明明连最私密的话题都聊过了，但依然没有成为朋友的亲密感。顾沅给她的感觉就像洋葱，泪流满面地剥开一层后，里面是另外一层洋葱。

而且还插着一块牌子——禁止入内。

他身上到底还藏着多少秘密？

难道他为父亲所做的一切还不够称之为大孝吗？

为什么会在别人的褒赞后做出那么反常的反应？

他的家人呢？他的爱人呢？

为何从未听他提及？

难道说……他是真的打算孑身一人，孤独终老了吗……

“以后，我们都要对顾沅好一点啊！”荷依忽然开口道。

“怎么突然说起这个……”振羽表情一僵，笑得十分勉强。

“不觉得他那个人很可怜吗？很怪，也很神秘，总是一个人。”

“的确很怪，很神秘，但是要说他很可怜……”

“总是有苦说不出的样子。”

“姐姐你是怎么看出来的……”

“不能让他顺心如意说出苦衷就是我们的失职。在 ICU 这个小家里，同事之间难道不应该互相关心、抱团取暖吗？”

姐姐你不带这么贬低自己抬高他人的，他明明就是个大变态，还是一个只爱尸体的大变态……

“以后，我们都多关心关心他吧。”夏荷依瞬间回到护士长的身份。

杨振羽叫苦不迭：“那位才是领导好吧，应该他多关心关心我们……”

荷依却笑着把振羽轻轻推了出去：“去找他吧，看看能不能用你的阳光大法，让他彻底打开心扉……”

我不信谁能打开……

振羽苦笑着摇摇头。当她的目光落在吧台处，看见龙天正觍着脸把胳膊往顾沅的肩膀上放，却被对方一脸厌恶地甩开了。

龙天的阳光大法功力深厚，觍着脸也不管用，顾面瘫果然还是油盐不进啊！

振羽暗暗咽了一口唾液，听见一个嚣张得近乎奸诈的声音飘进了耳朵。

“告诉你们吧，22床能活，可都是我和振羽的功劳。要不是我俩跑到庙里求菩萨保佑，这病人断不会醒……”

振羽一回头，果然看见天南被一群人围着，正在吹牛。

“还有这等神奇的事？”

“可不是吗？我们想了那么多高超的医疗手段，还不是没用？最后啊，还是怪力乱神最管用，真是天佑患者，天佑我科啊！”

振羽真恨不得把他戳到地底下去——她一把把天南拽出了人堆。

“原来是振羽啊，我正找你呢，我们的英雄事迹正需要一个佐证……”

天南显然喝高了，踉跄着还想回去，被振羽一把拖住。

“你家顾大神正找你呢！”振羽附在他耳边大声喊。

天南的脸顿时就垮下来了：“这么开心的时候，不要说这么不开心的事好吗？”

“人家听说了你的英雄事迹，正打算为你庆贺呢！”振羽继续大声喊。

天南做西子捧心状：“我好想求他不要再关心我了，我心脏不好……”

“刚才夏管家发话了，让我们都多关心关心顾沅，包括你。现在他正到处找人推心置腹，你不入地狱，谁入地狱？”振羽笑得肚子都疼了，表面上却一本正经。

顾沅是天南的顶头上司，天南平日里见了他就像老鼠见了猫一样，知道他在找自己，哪敢不应承。他看见龙天也在旁边坐着，正冲着顾沅频频举杯，犹豫再三，仍不放心地问：“果真是找我喝酒？”

“对啊对啊，你快去吧，别让人家等久了！”

振羽一把把天南推进了地狱。

31

我一直还在原地，你却已经去了远方。

杨振羽和天南却不知道，龙天也是自来熟贴上顾沅的。顾沅此刻的心情并不是不好，而是很不好。

他望向龙天的眼神，就像看着一只随时想要拍死的苍蝇。

“怎么一个人喝闷酒呢，下去跟大伙热闹热闹啊！”龙天仿佛狗皮膏药一样用力地扒着顾沅。

顾沅一脸被恶心到的表情：“第一，我喝的根本不是酒，所以更谈不上闷酒。第二，我这个人从来不喜欢热闹，也很讨厌别人自来熟地上门打扰。”

面对他的讥讽，龙天却毫不介怀地大声笑道：“你这个人果然还是像以前一样无趣啊！明明做成了两件大事，为什么看起来却是一副很不高兴的样子？”

“我本来就很不高兴。”

“是因为事情发展超出预期吗？”

“……”

顾沅沉默不语，龙天也不点破，只是对他举起了酒杯：“不管你心里怎么想，我是非常感谢你帮我渡过这两道难关。来吧，兄弟，干两杯吧！”

“兄弟……”顾沅眼皮子一跳，十分不买账地说，“你找错人了，我从不喝酒。”

“这么难得的日子，你好意思众人皆醉我独醒？还是独乐乐不如众乐乐吧！”龙天拿起杯子想要敬他，却被连续拍掉了好几次。

“我告诉你了，我从来不喝……”

正想彻底摆脱龙天的纠缠，忽然后领子被人一把抓住，他还没弄明白怎么回事，一整杯火辣辣的白酒就被灌进嘴里，从嗓子眼一路烫到了胃。

“龙主任的面子怎么可以不给呢！大不了我陪你喝！”

天南到场的时机刚刚好，不由分说就给老板整了个豪气干云。

简直是吃了熊心豹子胆了！

顾沅的血色噌的一下就上了脸，一转头，看见杨振羽还躲在一旁给天南的“下克上”偷偷加油，顿时整张脸都姹紫嫣红起来。

都喝多了吧！

没事找事吧！

顾沅正要发作，龙天忽然一把搂住他的肩膀，豪气地说：“都是一个战壕里的兄弟，分什么面子还是里子，都要喝！”

说罢，他不由分说就把自己杯子里的酒灌进了顾沅嘴里。

这一下，顾沅是五窍流火七窍生烟，连汗液里都蒸腾着酒气。极少饮酒的他什么时候连续喝过两杯白酒？那股烈焰立刻烧得他眼睛都红了，脑子里更是放起了烟花。

这个时候真的好像揍人……龙天这王八蛋溜得太快，一转眼就没影了……天南这胆大包天的家伙居然还敢趁醉搂着他的肩膀称兄道弟……你算老几啊？你天天跟人说你是后娘养的你以为我不知道？酒瓶呢？我要来个称手点的凶器……

振羽看见顾沅红着眼睛到处找东西，就觉得不对了。这个时候再不把拼命往顾沅怀里钻的天南拉开，估计明天就可以在头条新闻里瞻仰他的遗容了。

振羽连忙上去拉开天南："顾主任，天南他喝多了，您大人不记小人过，就饶了他这回吧……"

她的手却被一巴掌拍在了吧台上。

振羽觉得骨头都碎了，脸也开始抽搐。她不敢相信地看着自己手背上那只看上去秀气，其实力大无穷的手，又抬起头看着对方的脸——

这是惹火烧身的节奏啊！

振羽瞪大眼睛看着对方的脸越来越近，耳边一阵热风拂过——

"不、许、你、走。"

怦怦、怦怦、怦怦。

振羽只觉得那股热辣辣的气流拂过耳垂，拂过脸颊，拂过颈项……她梗着脖子朝另外一边侧移了一下，勉强笑道："领导，你醉得也太快了吧，我找人扶你去休息吧……"

振羽挣扎着要抽身，却被那只秀气的手摁住一动也不能动。

"我有那么可怕吗？你后颈上的寒毛都立起来了。"

一只手轻轻拂过她的后颈，振羽像触电似的连忙捂住后颈退开两寸，直直地对上了对方的眼睛——

红红的、充满不明威胁意味的眼睛正直直地看着她。

振羽也不是吃素的，立刻瞪了回去。

那目光好比说"你不要乱来，不然我可是玩手术刀的"。

那双波光艳影中色气满载的眼睛一动不动地看着她，过了不知道多久，才终于退开了一点。

振羽终于松了一口气。

因为他把手也放开了。

他笑了笑，奚落道："果然啊，你还是不喜欢。"

振羽皱起了眉头。

别把自己说得好像圣母似的，一点错都没有。

“你喜欢的东西也已经改变了啊！”振羽毫不客气地回应道。

“谁说我变心了？”他的眼睛直勾勾地看过来。

这还要我明说吗？喝醉了就可以不认吗？

“主任你醉了，我还是叫人来帮忙吧。”振羽黑着脸正欲离开，忽然听见身后一个声音轻轻道——

“我爱的人一直都是你。”

怦怦、怦怦、怦怦。

振羽转过头去，不可置信地看着他。

“可是我却不能说。”他的眼睛看起来那么红，不知道是酒精刺激的，还是因为别的什么东西。

“我一直还在原地，你却已经去了远方。”

怦怦、怦怦、怦怦。

“没有啊，我就在这里啊！”振羽假装没听懂。

他摇摇头。

“不，你不在这里。”

他捶着自己的左胸。

“你只能在这里。”

他敲着自己的头。

“在这里。”

振羽整个人都有些不好了。

虽然这些话都是他醉后说的，不当真也可以。

但是和他平日里的疏离完全相反，这一刻他的眼睛里露出既悲凉又热切的复杂眼神，让振羽不禁怀疑难道这一个顾沅才是真的？

只是，还来不及想太多，顾沅忽然整个人从椅背上滑了下去。

振羽条件反射地伸手去扶，可是醉鬼的力气多大啊，把她也拍到了地上。

“救……救命……”

振羽不幸当了肉垫，连脸都埋在了对方的胸口处呼吸不能，而顾沅还好死不死地蹭来蹭去，行为幼稚得像只猫一样。振羽正悲怆地想着“我脸丢矣”，救星终于出现了，龙天像扔米袋一样把顾沅抱起来扔到一边，看着他醉到人事不省的脸直皱眉：“酒量真是太烂了，怎么好意思当我的副手呢？谁来把这个包袱拖出去扔掉？”

怎么可能有人搭手？围观群众集体后退一步，把脸已丢尽的杨振羽露了出来。

龙天冲她勾勾手：“就你吧，和我一起把他抬去扔了。”

虽然叫嚣着要把对方扔出去，但龙天也只是把他抬进了一个没人的包厢。

“不直接送回房间吗？”对于龙天这个举止，振羽感到十分诧异。

龙天搓着手笑得很贱：“呵呵，好不容易等到一个付账的倒霉鬼出现，怎么可以放过他？”

振羽彻底无语了。这个时候还想着玩弄人家，龙天你到底有多贱啊……

只是龙天还没玩够的样子，他不知从哪儿摸出一支笔来，正兴趣盎然地在顾沅紧闭的双眼上来回比画。

振羽连忙抓住他的手：“你多大岁数了，还玩这个？”

“你不觉得他的面瘫功力已经超凡脱俗了吗？我帮他改改面相。”

龙天怀揣着一颗永远长不大的心，又准备在顾沅脸上涂鸦。忽然手中的笔被夺走了，握笔的手也被捉住了，紧接着，他整个人都被拽了起来，拖着往外走去。

“我们去外面谈谈人生吧！”振羽头也不回地拉着他冲了出去。

32

所有的星星都是一亮一暗的，就好像她晦涩难懂的心事。

牵手这种小事，只要发生在适合的人、适合的时间、适合的地点，就会有怦然心动的催化作用。

两人一路来到空旷无人的高尔夫球场，振羽低头一看两人的手还紧紧握在一起，再抬头一看，龙天那张笑嘻嘻的脸在月夜下泛着光，连忙像触电一样急于甩开。

只是这一甩，竟然没甩开。

龙天依然笑得轻狂，手底下却不松劲："这么快就始乱终弃了？"

振羽冷冷道："当初我可是扯着半截衣袖号泣了好几天也没留下始乱终弃的你，我可是相当记仇的。"

龙天嘿嘿干笑几声，自然而然地把振羽的手揣进了自己的外衣口袋里。

振羽挣了几下没挣开，也只好咬咬唇忍下来。

星光铺满来途和去程。

自那天龙天敞开心扉后，这一路的兵荒马乱，虽然时时都在见面，却又时时不能交心。龙天只觉得窝了一肚子的话想要对她说，自然不能放她轻易离去。

沉默了好一会儿，龙天先开口道："那天我和你说了那些话以后，你到底什么想法？"

振羽面无表情地说："太忙了，还顾不上有想法。"

龙天苦笑着说："这是想说'你在我心中没有一点地位'的最新托词吗？"

振羽沉默了一会儿后道："不。是因为想不清楚，所以才没有想。"

"你还在担心我和夏荷依之间有什么？"

"这是事实好吧。"振羽假装云淡风轻，可惜效果并不怎么好。

龙天转过身去，看着她的眼睛："我想，经过这次的事件，你已经很清楚我和她之间的关系。无论是过去的夏荷依，还是现在的夏荷依，都只爱着一个人，没有人可以在她和安格之间插下哪怕一个刀片。过去的我或许对她还抱有别样的期待，可是自从见到你之后，我和她之间也就只剩下责任感这一点关系了。而这一份感情，即使沉重，也与爱情无关。”

振羽抬起眼睛看着他。说真的，龙天很少有这么正经说话的时候。所以，当星辰落在他的眼睛里，使得那张面孔有着一种一言九鼎的风采。振羽能感觉到自己的心像踩着风火轮一样不知要奔向什么地方，可是，脑海中依然有一个声音异常理智地问道——

“龙天，你要求我现在相信你和夏荷依之间真的没什么，可是在我给你机会让你解释的时候，你又何尝信任过我？”

振羽虽然看电视剧不多，但生平最恨误解与错过。无论事大事小，她都本着“大胆假设，小心求证”的态度，务必不留遗憾。所以地震获救后，她不顾大病未愈就去向龙天要答案。尽管那样，龙天的闪烁其词依然让她满腹残念。

人和人之间，如果连真诚都没有，还有什么真情可言？

龙天深深地看着她：“果然，是我伤你太深，无论我再做什么，都无法弥补吗？”

振羽失声笑道：“你真的有做过什么吗？我怎么看不出来？”

“不会吧？我都带你去见家长了……”

“明明是带着目的去的……”

“对啊，我就是有目的的。”

龙天点点头，不自禁地抓紧了衣兜里的手。

“我的主要目的就是带你去见见我的家人，次要目的才是搭救大舅子。”

“……”

“再然后，安排你去进修，安排小伙伴给你当导师，还有诱哄你到这里来，分到一个组里，我费了那么多心思，难道你感觉不到？”

振羽直言不讳道：“难道这些不是你游戏人间的方式？”

龙天鄙视她：“都多大岁数了，还玩游戏？那都是我的诚意之作。”

振羽忍不住嘲讽：“你的诚意之作都这么没诚意，那你没诚意的时候该多么浑蛋啊！”

“那……这样呢？”

龙天拉着她的手往身前一带，振羽不由自主上前两步，双唇就被吻住了。

龙天向来这样，从来不问对方同不同意，愿不愿意，想不想，永远都是做了再说。

去灾区的时候这样。现在也这样。

振羽睁着眼睛，依然可以看见在极近的地方，浓密的睫毛掩饰不住的星辰。

一分钟后，他退开，扑哧一声笑出来。

“丫头，老师上课没教过，难道你就不知道接吻的时候应该闭眼吗？”

振羽眼睛一眨不眨，看着笑容满面的他。

“因为，我想冷静地分析一下，你的吻到底能给我带来多少激素分泌。”

说罢，她还郑重其事地抬起还算自由的左手，看着表数起了心跳。

龙天和她一起看表：“怎么样？现在心跳多少？”

“一分钟 90 次。”振羽冷静地放下手。

“一点没动静啊！”龙天嘟囔着。

振羽看着他，不说话，态度不言而喻。

既然对方都用生理反应这么科学的方式表明拒绝，再抓住人家的手就显得太矫情了，龙天只好讪笑着松开手，眼中是掩饰不住的失望。

“刚才是我唐突了，希望你……就当……是我游戏人间的另一种方式好了。

“今天月色很美，很感谢你肯出来陪我谈人生。

“那么……就此别过。”

他定定地看着她。

星辰不在他眼中。

星辰包围着他。

“你的微循环真的很差，手捂了那么久都不热，以后记得找只大点的手来牵你。”

振羽不置可否地笑了笑，龙天这才松了一口气，他尴尬地挥挥手，耸着肩膀跑掉。

杨振羽看着他离开的背影，过了好一会儿才终于让自己卸下劲来，因为挑衅而瞪大的双眼无比酸涩，身子更因刚才的硬挺而变得僵硬。

振羽默默把手放在胸口上。

怦怦、怦怦、怦怦。

笨蛋龙天，你不知道我的基础心跳是每分钟 60 次，也不知道我此刻的心跳有多大声。

振羽苦笑着摇摇头，一个人在高尔夫球场溜达起来。

干了医生这份苦差事，肾上腺素急速分泌的情况真是时常出现，她根本没时间理会这些虚无缥缈的情感。而现在天地一片安静，她终于可以好好捋一下自己的心情。

眼前首先浮现出的，是一张若即若离的苍白面孔。

明明对所做的龌龊事供认不讳，也没有丝毫悔改之意，这种人活该没朋友，一辈子孤家寡人才好，可是为什么听到他的酒后醉言，心却揪得连呼吸都会痛？

可是，就算心痛又能怎样？

到了明天，他依然会待她如空气一样，刚才说过的那些话，与其说是真情告白，其实更像是一个梦。

这是他在极度压抑下逆反心理的一次仓皇逃窜。

根本算不得数的。

振羽摇摇头，把脑子里那些乱七八糟的想法全抛开，终于认同了这个理性分析的结果。

她和顾沅之间终究是尘归尘，土归土，连做朋友都是奢望。

而龙天……

振羽的手轻轻抚上唇。

龙天的方式对她也是相当大的震撼。接吻是验证一个人真实想法的最佳方式。讨厌就会推开，欢喜就会心动，无感就觉肉碰肉，一点假也掺不得。

那么，龙天到底从她的唇上得到了什么答案？

振羽无端心虚起来。

那个时候……果然还是应该闭上眼睛啊……

她抬头望天，企图从星星上寻找答案。

却发现所有的星星都是一亮一暗的，就好像她晦涩难懂的心事。

当疯狂一夜结束后，夏荷依早早起床，登上了前往S市的火车。

清明节又快到了。

除了最初的那两年，荷依都会剪一束阿尔及利亚种的勿忘我，到公墓看望那个人。

身处时间夹缝里的她，也只有在这一天觉得自己重新活过，见到了天地。

原本就不想与任何人偶遇的她特别选择了清晨时分，却不想墓碑前早早就放上了花束。

竟然有人比我还早？

夏荷依举目四望，清晨的墓地中还笼罩着蓝色的雾，看不见一个人影。

是和我一样，不想被别人看到的人吧。

荷依默默地把勿忘我放在墓前，抬起眼睛，贪婪地凝视着墓碑上的照片。

那是一个有着细软黑发的少年，刘海儿微微压着眉梢，含笑的眼睛像新发的树叶一样生机盎然，年轻的皮肤像白玫瑰花瓣一样细腻光洁。他一直在笑，笑容铺上他那绝美的脸庞，如同沐浴在晨光里的绿树新芽，让人怎么看也看不够。

据说，墓碑上的照片是他生前自己选的。一个在活着的大半辈子里都阴郁、孤僻、敏感的少年，死了以后却像拥抱着白玫瑰的天使一样永久地微笑着。

心有猛虎，细嗅蔷薇。

荷依的脸上也带着笑，眼中却藏不住哀伤。

她不曾拥有他的照片。不是不能，是不愿。回忆就像鞭挞，她只能用工作填满所有的时间，才能不让自己被回忆折磨至狂。而每一年也只有这一天，她可以放肆地看着他的照片，心中缓缓流淌着歌一般的倾诉，纵然白驹过隙，却有鲜花满地。

她想起了自己十六岁那年在学校里第一次看到他，花一般的笑容把所有青春靓丽生生逼成了背景。而在所有严苛的审美评选中，他都被评为 S 级。

她想起了他教她种桉树，说着无论多么脆弱娇小的生命，最后都能成长为参天大树这样的话。

她想起了两个人一起把鲜翠欲滴的桉树苗移植到青年林里，那是他们的树，只属于他们的树。

她想起了在他生日那天，他的眼睛里明明有泪，却含笑说着“你爱我吗”“会把我放在心里很久很久吗”“这样我就不害怕了”等令人费解又难过的话。

她还想起了他印在她面颊上的吻——那是他们的爱情曾有的最近，发生在生离死别的最后一刻。

荷依满眼含泪，她抬头看着蓝色的雾气蒸腾成一朵朵雪白的云彩，从金色阳光的缝隙里冉冉升起。

而她的心挥舞着翅膀，呼啸着追逐，在三千英尺的高空中与灵魂对话。

安格，安格。

你知道吗？

你不在的这些年，我过得一点都不好。

我已经快要记不得你长什么样子了。

这样真的好吗？

如果可以，请快点让我知道你真的回来了。

因为……

我已经快要爱上别人了……

33

她的世界早已是一片黑白，只有属于他的那一抹亮色存在。

夏荷依正望着天空中的云朵怔怔出神，忽然听见人声渐渐稠密。

扫墓的大队伍这么快就要来了吗？

荷依回头望去，果然看见几道熟悉的身影沿着台阶正向这边走来。

荷依连忙沿着小径朝着另一个方向走去，刚避过人群，就连忙闪到一丛蔷薇花的后面，却不想早有隐士也相中了这个极佳的躲藏地，两人齐声啊了一下，那人立刻捂住了她的嘴巴，并做了一个噤声的动作，拉着她躲起来。

竟然是白望？荷依瞪大眼睛看了他好一会儿，才终于确认了这个事实。

“墓碑前的那束花是你放的？”

白望长手长腿，身形伟岸，此刻却像个小偷一样蜷缩成一团，朝着荷依猥琐一笑，荷依都快无语了。

“怕你见了我要躲，所以我就先躲起来了。”白望悄悄说。

我为什么要躲？荷依忽然想起白望在安格最后时刻做的决定，不由得心下一黯。

虽然她已经决定不再计较此事，但心中的芥蒂不是说放就能放的。

这时候，忽然一个细嫩的声音响了起来：“妈妈快看！已经有人看过哥哥了！”

说罢，就有一阵凌乱的脚步声由远及近。白望和荷依不由自主都缩得紧紧的，生怕来人发现他们。

之后，另一个稍显清脆的声音响起。

“看来，惦记着你哥哥的不只是我们。”

小男孩跺跺脚：“一定是夏姐姐，我认识她的花，她一定还没走远！”

急切的奔跑声再次响起。荷依的心已经提到了嗓子眼——一想到自己鬼鬼祟祟的样子，要是被安奇找到，觉得还不如在这块大石头上一头撞死。

“安奇，别去找了。人家故意早来，就是为了不碰到我们。”一个成熟的男声响起。

“不嘛不嘛，夏姐姐一句话不说就忽然消失了，我就是想问问她，她是不是讨厌安奇了，再也不想见安奇了……”说到最后，小男孩的声音隐隐透出哭腔。

白望忽然看了过来，表情若有所思，夏荷依顿时羞得满脸通红。

这时候，那个女人已经来到了离山石后面极近的位置，声音越发清晰，也越发温柔多情。

“她已经走了，刚才进墓地的时候，我就看见她出去了。”

尽管安奇十分不愿意，还是被妈妈半推半劝地带了回去。隔得远了，还能听见他那带着哭腔的声音。

“夏姐姐为什么要躲着安奇？

“妈妈你带我去找夏姐姐好不好？

“安奇只想告诉她，安奇很想她，想得心都快碎了，想得肚肚都疼了……”

荷依眼中神采变幻，终于忍不住偷偷探出头去，看见安家夫妇正带着小儿子敬花。

半年不见，安奇又长高了。仿佛上天想要弥补安格的不幸，安奇健康地成长着，比同龄孩子高出半头，身形早早就抽成了细条，面部轮廓已经开始朝着雕塑般的精雕细刻发展，一日比一日更像墓碑上照片里的少年。

吴子桐看起来却还是那么庄秀，云淡风轻的她会让人感慨“时间都去哪儿了”，精致的面孔随着岁月的流逝沉淀出玉石般温润的质感。

这一对母子就好比上天的宠儿，无论容貌、气质还是智慧，都超过一般人。如果不是因为伫立在墓碑前，静静地跪拜，默默地献花，这应该是……一个十分幸福美满的童话故事。

只是，这世间本没有童话。

不然，得到那么多爱的安格就不会死。

夏荷依的目光顿时像被灼伤了一般，她收回视线，朝着山下大步走去。

白望追上了她，似乎很不放心的样子。

夏荷依避开他探究的目光："望爷，你真的不必在意我。我……没事。"

白望懂得她的心思，只是大手一挥："都是办完了事要离开，既然同路，就一起走吧。"

荷依垂眸掩住心事："这么大老远地赶过来，难道……不打算和他们说两句话再走？"

白望狡猾地说："你呢？不也一句话没说就跑掉了，人家小孩子还舍不得你呢。"

荷依神色麻木："可是我想要说话的人，已经永远见不到了。"

白望面色一黯，默默地陪着她走了一程，才发自肺腑地说："就算能见到又怎样？感情这种东西，只要没有传达过去，再近的距离也是两个世界。其实，我很羡慕你。你们虽然真的在两个世界，却彼此相爱。"

这是要用自己的惨剧来衬托我的悲剧吗？荷依有些想笑，却又笑不出来，只能顺着他的话接下去："望爷到底什么打算？就这么一辈子单身下去吗？"

"像我这样的大龄……不，超龄剩男，大概很难'嫁'出去了吧？"白望苦笑着说。

"难道不是钻石王老五吗？"

"是砖石，砖石好吧？我都人老珠黄了，哪儿还敢祸害人家小姑娘啊！再说了，你们这些小女生动不动就哭成孟姜女，老衲也觉得十分吃不消。"白望老气横秋地说。

荷依知道他暗指前不久的那次爆发，不由得羞愧地低下了头。

白望低着头，负着手，慢慢走着："其实，有一件事情我一直没有告诉你……你会在那个时候捐献骨髓，是安格找我特地安排的……"

荷依听到这里，如同五雷轰顶一般。

为什么？为什么他会这么做？

那个时候，他应该已经有预感了吧。

可是还要想尽办法把她支开吗？

他到底在想些什么？他的心，还在她身上吗？！

白望长叹了一口气，幽幽地望着天空："你自己也很清楚，安格是一个很矛盾的人，而这种矛盾的个性几乎贯串了他人生的始终。"

"你的意思是，他其实并不爱我，所以才把我支开……"夏荷依的泪水已经忍不住在眼眶里打转。

白望跺跺脚："傻丫头，你在怀疑什么？安格是希望你记住他活着的样子，才故意把你支走的啊！"

"……"

白望深深地叹了一口气："喜欢一个人，却又不想她知道。怜惜一个人，所以不想她难过。深爱一个人，所以希望她幸福。安格这种深切的爱，到底有没有传达到你这边，我真的很怀疑……"

不能被传达的爱，就算距离再近，也是两个世界吗？

而安格所希望传达的爱……

风吹着树叶，吹过亘古，吹向千年。

那是来自异世界的语言吗？

安格，安格。

是你在诉说什么吗？

荷依久久地凝视着远处的墓地，忽然深深地鞠了一躬。

她的身体像一片刚刚打开的新叶一般柔软，里面却蕴藏着最韧的筋骨。

之后，她又向白望深深地鞠了一躬。

"我会坚强的。"

荷依抬起的眼睛里有着冰山的意志。

“也会幸福的。”

虽然，那种幸福和他的期待注定不一样。

但至少她不会觉得活着是负担，是过错，是一件委曲求全的事情。

这时候，漫山遍野的树叶都在沙沙作响着，就好像他的呢语。微晨的风眷恋地轻抚着她的面颊，就好像他的手指。心中那个小小的他似乎已经睁开了眼睛，正抱着她的心脉，扭着小屁股，懒懒地撒娇。

荷依，荷依，你知道吗？

我住在你的心里哦。

只有你幸福了，我才能够幸福。

第八章

人不曾来，可是心
已经来过了

34

任何新生事物都充满了嚣张的侵略性，因为我们没有对症的药。

清明节之后，夏荷依乘坐火车回到了 A 市。白望却因一通紧急电话赶到了广州。

广州的公共卫生事件已经在病房里传开了。

“你听说了吗？广州人管不住嘴，又惹出事来了。”

“他们不是一向如此吗？前段时间帝王蟹在南极泛滥成灾，国际紧急求助，网友们还振臂高呼把广州人空投过去……”

“这一次据说是吃野味儿吃出来的事。骤然发病，不明原因的高热，肺部迅速恶化至急性呼吸衰竭，死亡率极高，据说已经死了好几百人了。”

“这种小道消息你也信？人们就是喜欢在事实数据后面加零。客气的加一个零，不客气的加两个零，都是歪风邪气。”

“喀喀，我可听说，望爷已经飞去广东实地调查了。”

“望爷就是一块砖，哪里需要哪里搬。他还任着国家医疗队队长呢，现在传出这种消息，哪怕无中生有，也要过去走走过场。”

“怕什么，中国人经过偶蹄疫、禽流感、冠状病毒……还有三聚氰胺奶、毒胶囊、地沟油的连番洗礼，早就百毒不侵了！怕什么肺炎啊！”

手术间、休息间、食堂、洗澡堂，诸如此类的消息快速播散着，谁也没当回事，却没想到这个小道消息在几天后愈演愈烈。

“望爷还没回来吗？”

“听说他蓄须明志，誓克肺炎，正刻苦钻研呢。”

“我怎么听说粤菜是望爷的心头好，该不是吃得乐不思蜀了吧？”

“我听说望爷写了份内参，第二天四大医院的人齐聚广州，估计一群大佬正两眼放光地看着肺片，正争得激烈呢。”

“四大医院的人都过去了……看来事情不简单啊……”

“哎猜什么猜啊，打个电话不就知道了，我在广州有人！”

说话间，天南已经抄起电话，先是和对方互相吹捧了几句，振羽听得直翻白眼，天南才终于进入正题。只是，他的面色怎么越来越差？

天南放下电话，脸色一时很是难看：“我朋友说，情况只会比我们想象的更严重。在广州，连开急救车的司机和因为好奇向着急救车探头观看的学生都中招了……”

“我看你的朋友和你一样酷爱浮夸。”振羽吐槽说。

“你也是我的朋友。”天南立刻反唇相讥。

振羽白了他一眼，拿出手机来晃了晃：“卧底，我也有。”她得意扬扬地拨通电话和对方聊了两句，眉头慢慢皱了起来。

“我家卧底说，这个新病种传染性极大，病死率极高，尤其对医护人员的危害很大，有个三甲医院已经上百人中招，让我们也要小心。”

振羽面色沉重地和天南对视了好几眼，两个人一起望向对面那个还在大快朵颐的人。

“看我做什么？你以为望爷那嘴真跟打印机似的不吐不快啊！”龙天优雅地用纸巾抹过唇，这才慢悠悠地说道。

“这么说来，上头果然下了封口令，准备上演《极度恐慌》真人版。”天南面色凝重地做了一个“杀”的动作。

振羽毫不客气地在他头顶上拍了一记：“什么时候又放弃治疗了？妄想太过了吧。只是望爷处在那个位置，不好多说罢了。不过……”振羽看着一脸淡定的龙天，微微眯起了眼睛，“望爷那么护短的人，就算不能说数据，私活总是夹带了些吧，不然怎么对得起父老乡亲……”

龙天嘿嘿一笑，站起身来：“通知全科成员，下午一点半，小会议室重要培训。”

到下午培训的时候，医生们还嘻嘻哈哈的没个正形。

“多大个事啊，这就开始组织学习了。广东离咱这儿远着呢，等它爬到本市，估计都是两三个月后的事了。”

龙天正在发口罩，闻言把口罩往桌子上一拍，对振羽说：“帮他登记，明天就派到急诊科去轮转，这口罩就算我送他上路的最后礼物。”

说话的人的脸立刻就垮了：“龙爷，不要这么无情啊！”

龙天看了他一眼，又环视众人：“任何新生事物都充满了嚣张的侵略性，因为我们没有对症的药。所以我们才要认真地学习，认真地防护，未雨绸缪，防微杜渐。要知道在现代交通工具的帮助下，病毒从广州到本市只需要两个小时。”

他又指了一下刚才说话那人：“回去就把口罩戴上。这是我让朋友从美国代购的 3M 9010，能防 N95。既然对治好没把握，那就保证自己不要感染。”

那人乖乖地把口罩戴上后，左右看了看，全场哄堂大笑。

“好像《七龙珠》里的沙鲁。”振羽也没见过造型这么奇特的口罩。

龙天却平静地看着大家：“我有预感，对于我们所面对的挑战，做任何超出想象的防护都不为过。”

房间里一时安静极了，大家面面相觑。

“为什么？”天南忍不住举手提问。

“因为，望爷参加过国际救援队。”

龙天重新回到桌前，打开了 PPT，一个硕大的“Warning”占据了整个屏幕，下面是一个真实的死亡病人的照片。

全场鸦雀无声。

“时刻警惕着！危险就在身边！”龙天忽然大喊了一句。坐在第一排的天南吓得把拍照的手机扔了出去。

“好了，现在开始上课！”龙天终于成功地“惊吓”住了大家，严肃认真地开始介绍广东省新出现的不明原因肺炎。

事态远比想象中严重。

据说，广东已经人心惶惶，板蓝根和白醋都脱销了。

据说，广州市出现了两个“大毒王”。两个人传染了一百个人以上，

亲朋好友都没能逃过。

其中一人还是飞机上的常客，毫不吝啬地把病毒均匀洒向了全国十几个省市。

据说，被“贬黜”至急诊科的男医生第一天戴着3M口罩还引来无数同行围观，第二天，全急诊科的人几乎都戴上了3M，最不济的也是双层纱布口罩。

据说，A市已经出现了疑似病例。据天南的探子回报，一屋子的老头儿老太太面色凝重地争论了一个下午加一个晚上，谁也不敢拍板，只好把标本空运到百伽图医院，期待进一步确诊。

据说，A市的这个病人刚从广州坐火车过来，他还说，广州现在已经变成了一座空城。

“确诊了，的确是广东发现的不明原因肺炎。”龙天放下电话，面色凝重地说。

一屋子忙忙碌碌的人忽然齐齐放下手中的活，围聚在他身边。

“会怎样？”打听小能手天南偷偷咽了一下唾沫。

“首先，同车厢的一百多号人都要隔离。凡是在本市有过接触史的人也全部隔离。烈性传染病的隔离原则，我想，你们应该都还记得吧。”

“急诊会不会忽然涌来上百号人？”被“贬黜”的医生一想到自己不幸身处传染重灾区，就觉得自己这张乌鸦嘴还是干脆缝起来算了。

“这个事情在民间的风声也不小了，如果不是真的有病，这个时候也不敢上医院来。刚才接到市卫生局紧急通知，已经把我市一家公立医院指定为定点医院。我们只要做好排查、登记、上报、转送就可以了。”

大家顿时松了一口气，可是龙天的表情却不像可以松这口气。

“卫生局还在紧急抽调各家医院队伍支援定点医院。”

龙天严肃地看着大家。

“我们接到的任务是——援建定点医院ICU病房。”

35

我希望你们能把医生的血性嵌入骨头里，在任何时候都以救死扶伤作为第一反应！

医生们面面相觑，一时间都被这爆炸性消息打击得有点找不着北。

天南搓搓手背，故作欢快地说："承蒙上级部门关照，不过作为一个连三甲资格都要跳起来才够得着的科室，这种承蒙是不是有点太牵强了？"

"不，看上我们的并不是上级部门，是白望。"

大家惶恐莫名。

"望爷已经从广州回来，直接就把行李扔进定点医院的病房。他指名要求诺华医院委派一支队伍，迅速把定点医院的重症医学科武装起来。"

人群中立刻有人倒戈："我们能把名誉主任辞退吗？"

"你想下岗吗？"龙天反问。

那人不吱声了。

龙天抱着双臂，目光炯炯地从众人身上一点一点扫过。

"我希望大家明白一件事情，虽然我们这支队伍平日里嘻嘻哈哈惯了，上梁不正，下梁也歪，但在大是大非面前，我们不能开玩笑。去年C市发生了一场强烈地震，我相信大家都还记忆犹新。当时我、顾沅、杨振羽和夏荷依负责一个医院的清扫工作，当一块压碎的预制板抬开的时候，我们看到了极其震撼的一幕——在天灾降临的那一刻，一整个手术团队谁也没有逃跑，而是紧紧地护住病人。这么做或许并没有价值，但他们在刹那间下意识的反应正代表着医生的血性。你们是比他们优秀得多的医学精英们，我希望你们能把医生的血性嵌入骨头里，在任何时候都以救死扶伤作为第一反应！"

龙天说完这番话后，目光又一次从众人脸上划了过去。

或许，敲山震虎后，该抛根胡萝卜了。

又或许，再忍一忍。

“好了，给你们二十四小时的时间思考。第一批援助队伍需要六个人，三个医生三个护士，白望已经身先士卒占了一个名额，剩下的五个人，我们将通过自愿报名的方式选出。如果人数实在不够，在我指派任务的时候，还请大家以大局为重，给予配合！解散！”

“解散！”大家齐声怒吼一句，倒把龙天吓了一跳。

龙天的这个 ICU 时而像个大市场，没大没小叽叽喳喳，谁也不把谁当回事；时而又像军纪严明的特种部队，队长放个屁，底下人也当号令齐齐放出一圈屁。

等众人散去后，顾沅停留在原地，满脸嘲讽，怎么看也不像心存善意。

“居然采用自愿报名的形式，你也不怕老脸丢到姥姥家？”顾沅不客气地说。

龙天嘿嘿笑道：“总要给人家竞争上岗的机会嘛。你估计明天会有多少人报名？”

顾沅挑了挑右眉：“一个？两个？”

龙天顿时哭丧着脸：“不会吧，这么惨？作为科主任的你好歹也做个表率啊！”

顾沅连左眉也挑了起来：“我做什么事情让你误解我具有表率作用了？”

龙天摸摸鼻子，目光幽怨。

顾沅彻底无语了：“再说了，我和你只可能去一个，你的老脸还是寄放在姥姥家吧？”

龙天的眼睛里散发出幽光：“我和你打赌，明天报名的人一定不止两个。我对下面这帮崽子有信心。”

顾沅皮笑肉不笑：“这个社会，连老人倒在街头都没有人扶，还有什么人心扶得起来？这次疫情这么严重，医护人员危险度最高，他们不谋钱，不谋利，去那儿图什么？图良心？图大义？自愿报名？呵呵，你还是自己写个请愿书赶紧把名额占上吧，别到了明天一张票都没有，就真应了那首歌——无地自容。”

会无地自容吗？

龙天坐在书桌前，面前摊着白纸，手中的笔却迟迟没有落下。

他的心中正慢慢一个一个捋着人头，猜测他或者她会不会像自己一样，义无反顾地投入这场战役之中。

当他捋到某个人头的时候，脸上终于出现了一丝笑容。

她一定会这么做的。

只要有她在，他就不会觉得孤单。

龙天慎重地落下笔，在白纸上端端正正地写下“请愿书”三个字……

与此同时，被台灯照亮的另一扇窗户内，振羽也郑重其事地在稿纸上急速书写着什么……

第二天一早，龙天刚走进办公室，请愿书就像雪片一样堆满他的办公桌。

龙天目瞪口呆：“不，不会吧！你们确定没有听错？这可是去重灾区的请愿书，不是去春游 BBQ 的报名表！”

孩子们已经笑成了一团：“龙爷，你也太小看我们了。跟着你干了这么久，没点觉悟能行吗？你老眼昏花，可数清楚了，数漏了谁我们也不答应。”

龙天快速翻看了几份报告，眉头皱了起来：“你们昨天晚上搞串联了？文字都一模一样。”

大家心虚地一起摆手：“真没有，就是热血抱团了一下，发现大家都是一个战壕里的兄弟，所以干脆一人抄了一份。”

“谁是首稿？”

天南顿时暴露了。

天南又支吾了半天，才弱弱地申辩道：“龙爷，请战书而已，打小抄不算事吧？大家都找我要，为了科内和谐，我只好一人复印了一份，谁知道他们这么懒，一个字都不带改的。不过我也只是借花献佛，原稿真不是我写的，‘罪魁祸首’是杨振羽，有错别字你找她！”他“无情”地把“同伙”也供了出来。

振羽连忙摆手：“我又没搞串联，怎么倒成了我的错？再说了，领导你的方法也太老土了，一人交一份请愿书，多浪费纸啊！现在都讲究节约，应该写一份请愿书，大伙一块儿签名。”

说话间，她已经从衣兜里掏出一张纸，放到龙天面前，上面密密麻麻签满了整个科室所有人的名字。

龙天好半天都没有说话，他只是看着那张纸，一直看着。

像看着这世间最珍贵的宝物。

振羽撑着桌子，微笑着看他：“老板，想说什么就说吧，别憋着，不然痰迷心窍了我们还得开胸，多麻烦啊！”

龙天抽动了好几下鼻子，终于微笑着说——谢谢。

此时此刻，千言万语，也只剩下一声谢谢。

等一屋子的人离开后，龙天兴奋地在屋子里跳舞，一沓请愿书差点飞到顾沅的脸上。

“我就说嘛！崽子们绝对不会让我丢脸的！服不服？你服不服？

“不过居然连你也递交了请愿书，太意外了！你不是说不图名，不图利，谁去谁傻吗？”

龙天太兴奋了，连带着矜持都没有了，只想着把顾沅的脸往火坑里摁。

只是顾沅的角色设定永远是泼冷水的那个：“集结号都吹响了，谁站圈外谁傻。你难道不懂这道理？”

龙天嘿嘿笑着，目光在他那看似无波的眼睛上扫来扫去：“你心里都高潮了，表面还装什么冷淡啊？”

顾沅脸色一黑，眼睛发狠地往上挑着：“这是一个科主任在病房最繁忙的清晨应该说的话吗？有时间耍贫嘴，不如好好想想怎么挑第一批吧！”

龙天按着那一沓纸沉吟片刻，反而问他：“你怎么想？”

顾沅毫不犹豫地说：“我去，你留下。”

这一刻，龙天才真真正正地感到意外。

不但写了请愿书，还想当急先锋——顾沅，我是不是又低估你了，你的冷淡只是为了掩饰你圣母的本质……

顾沅又翻起了白眼：“把你那便秘的脸收起来吧。我是内科，你是外科。我是副主任，你是正主任。怎么选择一目了然。”

龙天的心中豁然开朗。

因为是内科，所以在诊治不明原因的肺炎方面更有优势。

而科室刚刚走上正轨，这边更需要合理的统筹和管理。

纵然有千般的合理性，却也不及人心——

我去，你留下。

当他说出这句话的时候，他的人生已经完成了蜕变。

龙天的手指轻轻敲击着桌面：“我考虑一下。”

“还有……”顾沅微微犹豫了一下，迎向龙天质询的目光，心中一横，“我希望你不要派杨振羽去。”

这一次，龙天的脸上写满了“我操”两个字。

顾沅忍气吞声，低声解释：“科里忽然少了这么多人，你这边更需要帮手。”

龙天挑了挑眉：“你这么说，我会误以为你爱的人是我。”

顾沅飞快地抬起眼睛扫了他一眼，而龙天坦坦荡荡地看着他，那目光似乎已完全洞悉了他的意图。

顾沅心中长叹一声：“广东那边的情况，我了解得并不比你少。那边很危险，生命危险……你不能……把她指派过去。”

龙天沉默了片刻：“可是你也知道，这种安排，她也不会答应。”

“你可以想点花招，这个你最擅长。”

“那万一还是抽到她了呢？”

顾沅前倾着身子，紧盯着龙天的目光：“你可以当成我自愿替代她去。”

龙天看着顾沅，深深地吸了一口气：“你这副情圣的样子，看了

可真让人生气啊！话说回来，我为什么要听你这个情敌的话？”

顾沅一脸嫌弃地撇开头：“只因为我觉得‘替她去’比‘替你去’这个选项的生理厌恶少多了。”

龙天久久地看着他：“顾沅，说句真心话吧。虽然我自认是全科室最了解你的人，可是……我也不得不承认，我真是太小瞧你了。”

顾沅依然撇着脸，侧脸如山岳般清冷：“别说得我跟你很熟似的。你高瞧，或者低瞧，对我一点意义都没有。我只遵从自己的心做事，至于别人的评价是好是坏，我根本不在乎。”

龙天叹着气说：“你这么爱耍帅，会没朋友的。”

“朋友？”顾沅冷笑着站起身来，“朋友这种东西，我从来不care。”

36

当顾沅那三层手套第一次触碰到她的三层手套时，她条件反射地一躲，就把切口切歪了。

唉……

这么恶劣的性格，还真是不讨喜啊！

这么多年就真的没有人揍他？

龙天忽然觉得自己对顾沅的过去很感兴趣，甚至有冲动想去他就读的中学探寻一番。

这时候，办公室外又传来了敲门声。在听到“请进”的声音后，杨振羽那颗小小的头探了进来。

“你现在有时间吗？”

“你是来走后门的？”只一个照面，龙天就已洞悉她的来意。

振羽走了进来，一点都不为自己走“后门”感到羞耻：“我恳求你把我报上去。”

“给我一个充分的理由。”

“理由很多啊，技术全面，经验丰富；去过震区，胆子很大；还是单身，没有负担……最主要的是，我是真心想去。”

龙天抱着臂，凝视着她：“丫头，那里不是疗养院，也不是旅游胜地。”

振羽深吸一口气，扬了扬头，故作轻松道：“还记得我们一起去震区救援，车子被泥石流阻在了路上。那时候，你担心前面的路毁坏更严重，前进，还是后退，始终拿不定主意。你还记得我的答案吗？”

龙天深深地看着她：“愿闻其详。”

振羽的眼睛晶莹剔透，黑白分明：“我说，自个儿的命自个儿担着。现在，我也还是这句话。”

龙天忽然皱了一下眉头。

在那极具压迫感的浓眉之下，一双眼睛就这么悄悄地红了。

如果是过去，他一定会不受约束地冲口而出告诉她，但现在，他不能。

他是科主任，有更多的平衡需要把握，更多的隔阂需要疏通。

“刚才我已经有了一个初步的意向，带队去定点医院的队长是顾沅。”

“我会努力配合他的！”振羽斩钉截铁地说。

“你们俩现在关系怎样？”龙天忽然问。

“还能怎样啊……他那人不就那样吗？看谁都不顺眼……总之，我努力做到不让他厌恶就行了。”

厌恶吗？

你是这样认为的？

你可知道那个人刚刚还在这里说，自愿代替你到那个危险级别为S的地方去？

你在他心目中的地位毋庸置疑。

那么，他呢？

那么，我呢？

龙天深深地凝视着振羽，他很想潜入对方的心中，好好问一下她。而这时，振羽忽然扬起头来，龙天一触到她那飞扬的眼角，立刻尴尬地咳嗽了起来。

振羽却丝毫没有觉察出他的异样，振振有词地说："我和他关系不好又怎样，只要工作能做好就行了。你自己也说，我们又不是去春游，更不是去度假。"

龙天心中震动不已——

这种时候自己还想着风花雪月儿女情长，倒像是输给了她……

龙天啊龙天，你怎么也像一个女孩子，婆婆妈妈，患得患失。

正是因为丫头具有这种特质，才会强烈地吸引你啊！

龙天颔首，微笑。

"你回去吧。到底有没有你，回头查名单就知道了。"

"我私下找你，就是为了要一个保证。"

"我保证公平对待每一份请愿书。"

"小气。"振羽不满地嘟起了嘴。

"小姐！我是科主任好吧！如果你是我女朋友的话，我现在就答应你！"

"臭流氓！"振羽立刻羞红了脸，一转身就跑了出去。

而龙天一直看着她离开的方向，一直看着。

当天下午，支援定点医院的医疗队名单终于公布了。

顾沅、振羽赫然在列！

龙天无愧为一名有担当的好领导，在队伍出发前一天，还特地开小灶，给大家加餐了一次特岗培训。

"真的要穿得这么恐怖吗？"振羽看着长条桌上堆得像小山一样的衣服，终于露出了畏惧的表情，"穿这么多，还怎么干活啊？能喘气就不错了！"

"要是不把这些都穿上，能喘气的时候就不多了！"龙天一点不客气，大手一挥，"这些，这些，还有这些，都是你一个人的，赶紧穿上。"

振羽没想到旁边那堆居然也是自己的，差点没晕过去，这时候，一只温暖柔软的手拉住她："我来帮你吧。"

夏荷依虽然也报了名，但因为是护士长，所以只有看家的份。她异常熟练地抖动着衣服，从里到外一件件帮振羽穿上：手术服、分身隔离衣、防护服、连身隔离衣、手术袍……头上是一次性帽子、防护服的帽子，并将带子系紧。口罩包括一次性口罩、16 层棉布口罩两个、3M 口罩。手套戴三层，脚上除了"猴服"的连体衣外，还要穿一双橡胶鞋，最后带上护目镜。

终于穿戴完毕后，振羽做了一个弯弓射大雕的动作："我是后羿穿越来的，我这就去月球上找嫦娥算账去。"

夏荷依不禁莞尔。龙天抄着手围着振羽转了一圈："怎么样，有没有做宇航员威风凛凛的感觉？"

振羽喘着气说："我只有快要憋死的感觉。"

"那在憋死前，赶紧来做个气管插管吧。"

真是没人性啊！就不能让人先喘喘气，适应一下缺氧症状？振羽横了他一眼，蹒跚着走到另一张长条桌前。桌子上早已放好了模型道具，就等着她割喉开膛，一刀命中。

可是，就算是这样一个每天都在进行的操作，在这么多层防护下却变得异常困难。

"别离那么近，最好单手开放气道。"龙天居然又把她拽开了两步。

单手开放气道？你会吗？！

好吧，他示范了，这真让人生气。

"我来帮你。"尽管戴着口罩和护目镜，振羽依然看见了顾沅那冷静而坚毅的目光。

居然会主动来配合我，而不是要我配合他。

还真是……意外。

不过这么多双眼睛看着，振羽也来不及感慨，点点头就全神贯注于眼前的操作，两只手像长在一个人身上似的，默契地配合着……

"60 分。"看着两人共同完成的"成品"，龙天毫不犹豫地批判道，

“操作还算熟练，配合也相对默契。可是丫头，你那切口是切血豆腐吗？手抖了吧？”

振羽想要分辩，却又无法开口。缺氧和手感不对也是原因，可是她非常清楚的是，当顾沅那三层手套第一次触碰到她的三层手套时，她条件反射地一躲，就把切口切歪了。

她居然无耻地抖了……

这个打击比想象中更大。

她居然会因为个人好恶而影响到正在执行的医疗操作，这真是人生中的奇耻大辱！

“再来一次？”

振羽没有解释什么，只是望向龙天的眼睛里充满了不服输。

“那就接着下一个吧，别期待着有人会给你们发小红花。”龙天丝毫没有妥协的意思。

于是做了一个又一个，到最后，振羽完全是在机械性地完成操作。

夏荷依关切地问：“小羽，你觉得怎么样？”

振羽连举手的力气都快用光了：“我觉得我快被憋死了。不然先给我测一下血氧吧，我估计只有 90%……”

夏荷依的担忧溢于言表：“先休息一会儿吧，总有个逐步适应的过程。”

龙天终于点了点头。

振羽立刻雀跃地准备摘口罩，却被龙天一把抓住。

“口罩、帽子和护目镜，一个都不能摘。”

振羽瞪大眼睛看着他，却只等到了更无情的一句话：“因为你到了那边，同样没时间休息，也不可能呼吸到新鲜的空气。”

“就不能循序渐进？”

“那边可是生死场，一松懈就可能送命。”龙天毫不退让。

这是要被逼死的节奏啊！

难道出师未捷身先死，长使英雄泪满襟？

振羽瞪着眼睛死死地盯着龙天，龙天也寸步不让地瞪了回来。两个人斗鸡眼似的互瞪了半天，振羽大声宣布："我要尿尿！"

人有三急，总不能不让我上厕所吧？

振羽大踏步地向着厕所英勇前进，后面还追着一个声音："以后早上禁止喝牛奶、豆浆、稀粥，穿猴服前必须排空膀胱……"振羽差点一跟头栽倒在地。

这时候，另一个天籁般的声音给予雷霆一击："小羽，你着急吗？这猴服两个人一起脱，也要脱二十分钟……"

振羽已经哭了："夏姐姐你怎么不早说啊……我刚才都憋半天了，一直忍着没说，我现在都快膀胱爆炸了，真是多一分钟都不能忍啊……"

振羽拽上夏荷依就跑，那蹒跚又扭捏的背影怎么看怎么好笑。龙天忍得头上青筋都快蹦出来了，执笔在Check list上打了两个星号——

"少喝水，穿衣、脱衣均需二十分钟。"

"必要时，可使用成人纸尿裤。"

而这时候，顾沅也早已汗湿重衣，慢慢走到旁边的座椅上坐下。刚才发生的一切，对她而言是冲击，对他而言又何尝不是？

手抖很可笑吗？

不。

一点都不可笑。

明明情难自己却装作若无其事的人才最可悲、最可笑。

而那条件反射的一躲更是眼前心上的两条疤，顾沅很想告诉自己不在意，却在意得恨不能抓住她的手再也不放开。

顾沅自我厌恶了好一会儿，才发现龙天一直盯着自己，关切的目光让他心中那一点脆弱更加无处安置。

顾沅："看什么看？"

龙天："在看你笑什么。"

顾沅："在笑护目镜下你那张外星人一样的脸怎么看怎么畸形。"

龙天：“真无情啊！我本来还想关心关心你的膀胱。”

顾沅：“谢了！”

龙天：“真不用我帮你把尿？”

顾沅：“滚！”

37

这一次，顾沅没有再厌恶地拒绝。他只是沉默着，把自己的手叠放在龙天的手背上，重重地握了下去。

虽然杨振羽是一个乐观值爆表的人，但人终究是人，在面临高度危险的时候，依然会觉得紧张、恐惧。

而这种恐惧，在夜幕降临、孤身一人的时候，像路灯下的影子一样被无限拉长。

是时候给妈妈打个电话了，好歹留个谎言。

振羽酝酿了半天，终于鼓起勇气拨通电话，故作轻松地撒起了娇。

“妈，你好吗？

“我这边都挺好的，工作也上了正轨，领导总夸我，还奖励我小红花……

“重症肺炎的事你也知道啦？哦，上新闻联播了……没关系啦，我们这里平时的防护就做得挺好的。病人都去定点医院，不来我们这里啦……

“知道知道，不会去一线的，你放心吧……”

“人家只要内科医生，不要我这种外科出身的，上赶着也不要，你就放心吧！”

“那我就放心了。”妈妈如释重负地叹了一口气，那股气流仿佛从话筒里喷射而出，还带着暖暖的熟悉的气息——振羽的眼眶立刻就红了。

无论自己多少岁，如何独当一面，在妈妈眼中，她永远是长不大的小女孩。

振羽只怕自己控制不住的情绪传到话筒那边，匆忙说了两句就挂断了电话，又平静了好一会儿，才终于拿起钢笔，开始给妈妈写信。

或者，称它为遗嘱也不为过。

杨振羽虽然很年轻，但去年已经写过一份，如今轻车熟路地写完，重头看了看，又撕了重写。

去年这个时候，她一心向前，写出来的话都像开玩笑，说到底，她根本没准备真的把命搁下。

一年过去，一切都不同了。

她想起了郑可可，想起了夏荷依，也想起了自己……如果那个时候她们真的被余震压在了地底下，又或者救援队根本没出现……她还能这般乐观地和生命开玩笑吗？

一想到自己不幸壮烈牺牲，而人们在缅怀她的时候翻看她存在人世间最后的文字，却看到这么一份儿戏般的东西，居然还有错别字……一定对她的人生价值深怀疑虑，觉得她就算死，也是笨死的……

想到这里，振羽笑得眼泪都出来了。她那明亮如昔的眼睛里挂满了凝重，重新执笔，写了一遍，涂了，又写了一遍，涂了，又写……

另一边，主任办公室。

“这么晚还把我叫到主任办公室来，是打算叙旧，还是打算告白？”龙天开玩笑从来不分场合和性别。

顾沅完全没有要搭理他的意思，只是垮着脸，递过来一个厚厚的信封。

“这是什么？”

“一封信，一个折子，一张记着密码的纸条。”顾沅回答得相当简略。

龙天倏然动容。

顾沅却继续用无机质的声音不急不缓地说：“那封信上面有地址，

寄出去对方就可以收到。我虽然孤身一人，但要是不幸去了，有些后事还是要交代清楚，我不是一个拖泥带水的人。”

“至于这个折子……”顾沅垂下眼帘，喉头滚动着，慢吞吞地说，“如果我没回来，这笔钱，就当作我为你和振羽的婚事随的份子。”

龙天吃惊地看了他许久，又低头看了看折子最后一栏的存款数，顿时倒吸一口凉气：“这该不是你的全部积蓄吧？”

“……”

“为什么都给我们？你家里没人了吗？”

顾沅那张面瘫的脸终于略动了动，然后一瞬间又恢复成古井无波。

“是的。”

龙天有一种冲动，想要一巴掌呼上去，又想一把把他抱在怀里。

“你自愿去那么危险的地方工作，一次又一次，说明你并不特别惜命，不惜命的人却惜财，真是闻所未闻。如果你家中也没有人，留那么多钱做什么？”

“这和你没有关系。”顾沅冷漠如常。

龙天叹了口气，扬了扬手中的信封：“想想看，如果我手中的东西是你的后事，或许今天是你唯一说出遗愿的机会了。你希望把自己的秘密都带到坟墓里吗？难道你就真的不想和这个世界做哪怕唯一一次的沟通吗？”

顾沅平视着前方，脸上没有任何表情，目光却飘忽不定。龙天知道他在想，他真的很努力地在想……可是一个把自己封闭成骨灰罐的人没有那么容易打开心扉。

龙天觉得自己必须再做一次努力。

“顾沅，过去的很多人都是在死了以后才被世人所理解。你也不想自己死了以后，还一直被大家误解下去吧？如果真是这样，活着为了什么？死了又有什么意义？

“你不是至死也要高昂着头颅吗？”

顾沅的眉头猛地一皱，又猛地松开。

宁愿孤独一生，也要骄傲一生。

他终于张开了嘴："我家里已经没有别的人了，只剩一个事故后变成植物人的父亲，在医院里一躺就是几十年。"

一句话就已经让龙天说不出话来了。

"我不停地工作，是为了他；不停地挣钱，也是为了他。我就像他身边的那台昂贵的呼吸机一样，一刻也不能停转。

"这就是我被百伽图劝退后，会出现在这里的原因。

"这也是我为什么会在这时候把折子拿出来的原因。

"我死了，他就得死。

"我觉得挺好。对他，对我，都是解脱。

"可是我觉得既想当婊子又想立牌坊这种事不应该是我这种人干的，所以我不想把它们捐出去，只能给你。

"我想你应该能够明白吧。

"一个男人能够为自己心爱的女人所做的最后一件事情……"

听着听着，龙天的脸色沉了下去。

果然还是不应该说啊，顾沅的脸色也变了——为什么会相信他的蛊惑，把自己的真情实感都暴露了出来？这个人视你为情敌啊，为什么就相信了他呢……

顾沅正自懊悔，忽然龙天上前一步，右手紧紧箍住他那因傲慢而显得纤长的脖子。

他能感觉到自己的身子在一瞬间变得僵硬，然后开始挣扎，强硬地挣扎，可是他不放……最终那人放弃了，耳边传来一声无法抑制的叹息。

如果这时候放开他，会看见石头流下的眼泪吗？

可是骄傲如他，真的愿意被人看见吗？

在过去的无数个日夜里，龙天都幻想着把这个男人脸上的面具撕掉，看看他真实的面孔。

可是……可是……

当这个男人身前的壁垒真的开始坍塌，龙天忽然发现自己无法面对他的真实。

他只能用朋友的方式，用男人的方式紧紧箍住他的身体，让他感觉到坚实，感觉到温暖，感觉到这世间还有温情在。

如果可以，他也希望对方可以把自己完完全全交出来，信任他……

然而很快，顾沅挣脱开他的手臂。

“你在做什么……”一时间的软弱被对方抓个正着，顾沅的脸色可谓臭到了极点。

“当你决定把这个东西交给我的时候，就已经把我当朋友了吧。”龙天扬了扬手中的信封。

顾沅的身子又是一僵。

“你会把一个整天都在疯狂遐想你女朋友的人视为朋友？”顾沅讥笑地说。

“说真的，你的这种侵略性让我挺不爽的，丝毫不隐瞒的真小人态度也让我不爽。不过，这正好说明我看上的女人的确非常耀眼，才会出现你这么强劲的对手。”

“你是在变相炫耀自己吗？”

“就算是又怎样？”龙天勾起嘴角。

顾沅真想一巴掌呼上去。这张贱兮兮的脸实在太让人讨厌了，偏偏又让人觉得再怎么信任他也不为过。

龙天颇为玩味地看着他：“不过说起来，我们两个人的关系还真是奇妙。以前我就觉得，我们好像是敌人，但是又能理解你的所作所为；好像是朋友，却又琢磨不透你的想法。你今天肯对我说出这些秘密，说真的，我挺感动的，嘿嘿……”

顾沅的嘴角抽搐了好几下，终于开口道：“你想太多了，我和你之间没有比森林里的两棵树更近一层的关系。就算我把后事托付给你，也只是因为我想不到更好的托付对象而已。”

龙天哈哈大笑：“被托付后事的一般都是妻子，我不介意你在上战场之前，把我当成妻子托付重任。”说罢还抛了一个媚眼。

顾沅差点吐出来，过了好一会儿，才沉着声音道：“我的事，不要告诉杨振羽。”

龙天吃惊地看着他，然后是理解，再到惋惜……他拍了拍顾沅的肩膀，把宽厚的手掌放在他那削薄的肩膀上，重重地压了下去。

“好兄弟，我等你回来。”

这一次，顾沅没有再厌恶地拒绝。他只是沉默着，把自己的手叠放在龙天的手背上，重重地握了下去。

38

人不曾来，可是心已经来过了。

终于写好了留给妈妈的信，又把屋子好好打扫了一遍，就算真的死了，记者们蜂拥到这间屋子，估计也只能感慨“她还真是个严谨的好医生啊”，振羽心满意足地环视着屋子，手机响了起来。

虽然料想他今天晚上会打来，但居然这么晚才打来……振羽很高兴地让铃声欢唱了半分钟，才撇撇嘴接通了电话。

“龙爷爷，我已经睡下了。”振羽还忍不住吐槽。

电话那边传来年轻爽朗的笑声。

“对不起。我不应该明知道你在等我，还这么晚打来。”

振羽无语凝噎——人至贱则无敌，还是不要再纠缠这个问题了。

“我刚接待了一个重要的客人，打发了他才能细细跟你聊天。”

这个解释好俗套，不过，为什么稍微开心了点？

“我觉得没什么可聊的。明天是场硬仗，没什么事我挂了。”

“别，别，我有事，有事。”

话筒那边传来窸窸窣窣的声音。

“你那边有向北的窗户吗？”

振羽怔了怔，不由自主回答：“有啊，怎么了？”

“走到窗前，打开它，然后，你就能看到我。”

我为什么想要看到你那张贱兮兮的脸？振羽心中奔腾着一百只神

兽，但还是乖乖地走到窗前，打开了窗户。

一轮皎洁的圆月挂在夜空中，天上星和地上灯，无疑都变成了配角。振羽已经很久没有闲暇赏过月了，过去的两年里，属于晚上的记忆不是在抢救病人就是在呼呼大睡……她痴痴地望了好一会儿月亮，才缓缓移动着目光，寻找着远处同样站在窗前的身影。

不知从什么时候开始，她闭着眼睛也能数出他在哪一栋楼、哪一横排、哪一竖列、哪一扇窗户……就算那扇窗户始终黑着，她也能从心中准确找到他的位置。

而今，那盏灯是亮着的。

而且，窗前还有一道身影，大力挥舞着右手。

振羽扑哧一声笑出来，想回应，手却停在了身前。

“我靠，太小了，比火柴棍还小，不，比蚂蚁还小，怎么看得清？太矫情了，我要关窗户。”

“等等，请再耐心等一下。”

不一会儿，一曲悠扬的小提琴从话筒里，从遥远的窗外，撑着蓝丝绒的伞，穿着缀满星光的裙，乘着花香的风，飘过皎洁的月，终于趴在了她的肩膀上。

由医生所演奏的乐曲，从来都是那么治愈。

一曲毕。

龙天弹了弹话筒，声音也仿佛微微带着笑：“好听吗？”

振羽不禁莞尔：“比我还稍微差一点。”

“好久没拉了，手生，过段时间就好了。”

“我们这支队伍走了，你们会更忙的。”

“这并不影响我每天晚上为你拉三分钟小提琴。”

“定点医院太远，空气质量再好我也看不见你的窗户。”

“没关系，只要一直向北看，你就知道我一定在那里。只要手机里的小提琴声响起，你就知道我一定在那里。无论是开心还是伤心，无论是沮丧还是害怕，只要打开向北的窗户，你就知道我一定在那里。”

“万一……我病倒了，爬不到向北的窗户怎么办？”

“做好个人防护，就不会发生。”

“你又不是上帝……”

那边沉默了片刻，然后才斩钉截铁地继续道：“如果真的发生那种事，我会不带任何防护措施地走到你身边，和你共同面对。”

振羽忽然笑了起来，笑得满眼泪花。

“你是专家组，又是科主任，怎么可以这么傻？”

那边也笑了起来。

“这些称谓我都不怎么 care，我只喜欢最直接、最朴素、最寻常的那一个。”

“哪个？”

“因为我是你的男人。”

振羽心中忽然冲起漫天的火光，她羞涩地把脸埋在了窗台上，额头抵着手背，发烧一般的烫。

“我还没认可呢。”

“没关系，我会死缠烂打的。”

“……”

“你已经见识过我死缠烂打的功力了吧。所以我劝你，还是放弃抵抗缴械投降吧，其实你的心早已放弃抵抗缴械投降了，我知道……”

“我只知道你死不要脸的功夫又精进了……”

“呵呵，居然没发火，这么说来你已经认可我了？”

“……”

“答应我好吗？无论多么艰苦，一定要做好个人防护。”

“嗯。”

“一定要回来。”

“嗯。”

虽然只是几句很平常的嘱咐，但振羽就像是吃了十全大补丸一样，一沾床就呼呼大睡了。

手机放在枕边，忽然屏幕亮了一下，只亮了一下，转眼就挂断了。

一个根本不可能打来的电话号码出现在手机屏幕上。

这淡淡的荧光就像他这个人一样。

人不曾来，可是心已经来过了。

真的要出征了。

和新闻里播的一模一样。列队、演讲、口号、鲜花……据说投资人温诺华有背景，十分喜爱这种形而上的出征仪式。只是这种还没出征就已经躺在功劳簿上的做法真的好吗？

动员会长达一个小时，好不容易放他们出来，振羽立刻逃命似的第一个跳上救护车，恨不得飞到目的地。

到了目的地，又是一个欢迎会。白望赫然已经成了一把手，他挥舞着戴了三层手套的大熊掌噗噗拍了几下，清了清嗓子：“欢迎各位新成员。我知道大家手上的活都很多，所以我只提三个要求。一，召之即来；二，来之即战；三，战之即胜。我的话讲完了。”

果然是实用主义者，大家一起高兴地噗噗拍掌。

振羽大声尖叫道：“望爷，我爱死你了！今天开了一整天的动员会，我都要跪下了，还是您奔放洋气有深度，狂踿炫酷屌炸天！”振羽伸出了大拇指。

白望嘿嘿笑了两声，狂吼了一句“散会”，欢迎会在热烈的气氛中顺利结束。新队员和旧队员三五成群向外走去，振羽也四处张望着准备勾搭一个，忽然听见身后一阵冷冷的笑声传来。

振羽回转头，看见一个全副武装的人还大咧咧地坐在座位上，胸前挂着一个相机。

振羽试探着问：“医生？”

“记者。”

振羽恍然大悟。

“记者同志不怕危险，亲临一线，作风硬朗，令人感动。”振羽一顶顶高帽接连送上，只是对方完全不领情。

“我当然是不想来了，可是没办法，指派任务，不来就丢饭碗……”看见振羽面露诧异，她不由得讥笑道，“怎么了？难道你不是被指派来的？”

“我是写了请愿书来的。”振羽字正腔圆地回答道。

对方微微怔忡了一下，然后恍然大悟地拍着桌子：“我明白了，就是那种一大张纸，领导挨个儿找人签字的万人请愿书吧？明白了明白了，那种情况下，谁不签谁傻，当然都要签了。”

振羽只好讪笑着说：“记者同志您脑洞略大。”

“难道我说得不对？”她忽然坐直了身子，从膝盖上拿起几张纸，“×× 医院，还有 ×× 医院，因为接到指派任务必须上一线，人直接脱白大褂，脱护士服，不干了。这么大的事，圈里不应该不知道吧？”

振羽顿时有种如鲠在喉的感觉。

“不过你不知道也正常。被封锁了，不让报。”女记者唰地又把几张纸扔出去，“所以我被派到这里来，报那些能报的。”

振羽不得不解释道：“记者同志，全市多少医生、护士，干吗只盯着那几个人？个别现象有，可是绝大部分医生、护士都是好的，都在坚守岗位。”

“坚守岗位不是你们的职责吗？这有什么可报的？”女记者无情地嗤笑着。

振羽平静地说：“的确，坚守岗位是我们每一个公民的职责。区别只在于，我没有抱怨，而你一直在抱怨。”

说完这句话后，振羽不再理会她，转身就走，只留那个女记者怔怔地待在原地，半晌都没有动。

39

医生对病人的同情不是眼泪，而是心血。

一群新兵蛋子很快就体验到了工作环境的严酷性，也很快就体会到了龙天反复叮嘱的“做好个人防护”有多么艰难。

白望他们去得早，还能感受到工作强度的循序渐进。振羽他们本来就是火线支援，上来就是超负荷工作，就是满员制，连个生产线调整都没有，直接扔到流水线上连轴转起来。

医生们被分成若干组，工作六小时，然后休息二十四小时。工作期间没有休息，不是领导不给安排，而是你根本就没有休息的时间。为了不上厕所，大家不仅练就了骆驼般的忍渴力，还练就了超大膀胱。六个小时的超强工作，所有人都是不吃、不喝、不停歇。

隔离衣简直就是加强版的“减肥服”，一个班次下来，全部湿透。三层口罩憋得人喘不过气来，所有人的血氧都只在92%上下飘忽，大家只好互相安慰——少喝水，多排汗，多锻炼，血浓高，赶明上西藏不吸氧！

人手不足是队伍面临的另一个难题。任何一名非正常减员都会导致整个排班系统停滞。所以虽然明文规定像白望、顾沅这种医疗组专家不用进病房，可是在每一项重大紧急的医疗决策前，几乎都能看到白望穿着猴服急匆匆地穿梭于病房内。

振羽终于理解为什么白望会成为传奇人物了。他很强悍，所有的危险操作都身先士卒，亲力亲为，把医疗队队员们的生命置于自己的安危之上；他又很可爱，无论多么恶劣的条件都能保持一颗童心，随时随地牺牲形象，博众一笑；他又很亲民，无论下属们提出多么匪夷所思的要求都会应予。于是振羽等趁机漫天提要求，今天要吃面条，明天要吃比萨，后天要看DVD，最后得寸进尺还要打乒乓球……于是两天后，上头真的搬来了两个乒乓球台子……

振羽等最嘚瑟的时候就是在职工餐厅吃自助餐的时候，真正是中西合璧、海陆大餐。振羽等每天都在自助餐中留恋徘徊，撑个肚圆嘴歪。大师傅意犹未尽，还捧个小本本天天追问想吃啥。最后连西洋参都用来煲汤——哦，听说是温诺华搞的慰问品，这慰问品太高档了，直接发钱多好啊……

振羽等也重新过回了大学时代的集体生活。大家共同分享好吃的、好玩的、好听的、好看的，结下了深厚的革命友谊。谁要是受了委屈，情绪低落，总有一群人围着安慰鼓励，所有的担心、害怕、失落和紧张都会变成电视机前的爆米花，甜得让人心安。

新成员中颇有一些搞笑能手，很快带动着整个气氛向欢脱前进，连带着值班也不是那么痛苦了……

四个班次中大夜班是最难熬的（2：00—8：00），基本上没有“枕后位”的时间（枕后位是产科术语，指胎儿的胎位不正，枕骨位于妈妈骨盆后方，犹如平卧在骨盆腔中），要反复地做“仰卧起坐”，也就是被呼叫起来看病人。每天早上交班的时候大家都会问前一夜值班医生是否辛苦，“你昨天枕后位了吗”，忙碌的人就会回答说：“命苦不能怨政府，昨天不停做仰卧起坐啊！”如果谁运气特别好，能够睡一两个小时的话，就会跟中了大奖似的炫耀：“运气！昨天持续枕后位了！”

科室里悄悄发生了这么多改变，不由得让随行记者汪菲言也留意起来，瞅准了机会，她一把抓住振羽问道：“你们的生存环境这么恶劣，就像死神不停在背后瞄准一样，瞄准的不仅有重病号，也有你们自己。为什么你们还可以保持这么乐观的态度？难道你们对生死真的已经麻木了？”

振羽翘起好看的嘴角：“我们就是在用生命搞笑啊！”

汪菲言严肃地威胁道：“我可把你这句话写到新闻里了啊！”

振羽终于现了原形，认真回答：“你觉得这里的病人最愿意看见什么？最愿意听见什么？”

汪菲言怔了一下：“是什么？”

振羽给出了答案：“他们最高兴的就是我们说，误诊了；次一点，正在好转；再次一点，没进展，哪怕是虚假的消息也成。可是这三个词不是乱说的，我们必须尊重事实。所以，我们就尽量从情绪上影响病人，让他们看到我们是开心的，就好像暗示他们“没事”一样，这种心理暗示对治疗是很有帮助的。”

“不觉得对病人不够尊重吗？”

“恰恰相反，正是因为尊重他们，才选择了这种轻松愉快的沟通方式。想想看，如果是我们自己的亲人生病了，我们会当着他们的面流泪吗？当然都是表面轻松，背后流泪了。”

汪菲言看着振羽：“你真的有为病人流过眼泪吗？我听说医生们都是从医学生开始就锻炼自己必须铁石心肠。”

振羽快被气笑了：“人心都是肉长的。你当我们是孙猴子，从石头里蹦出来的呀。医生之所以愿意成为医生，正是怀着治病救人这种大爱，才选择了这份职业。难道我们读个医学院，就被改造成金刚葫芦娃了？不过你说得也对，我们的职业训练告诉我们，不要在一个病人身上投入过多的感情，保持适度的距离，更有助于我们选择更为适当的治疗手段。医生对病人的同情不是眼泪，而是心血。”

汪菲言眼睛一亮，条件反射地掏出纸笔来唰唰记录着。

振羽还凑在一边看：“别，别写我说的，这可是一位医学人文大师的话。”

汪菲言停下笔：“你们都是这么觉得吗？”

振羽坚定地点点头：“想想看吧，我们的行为方式和军队如出一辙。军队所面临的敌人，就是我们所对抗的病魔。士兵手中的长枪短炮，就是我们手中的手术刀和听诊器。士兵们面对战友倒下的那一瞬间，是停留在战友身边来一曲礼赞，还是继续向前冲，以亡者的强烈意志向敌人发起更猛烈的冲锋？对我们而言，病人就是我们的战友，用牺牲换来的前进的步伐必须更为坚定。”

“那如果是你身边的人生病了，你还能这么坚定吗？”汪菲言一针见血地问。

振羽怔了怔，不由自主地回答道：“那当然，我们的口号可是‘待患如亲’啊！”

汪菲言摇摇头：“我可不会相信这些口号。别说当亲人，医生们能把病人当人就不错了。”

振羽轻轻说：“如果只是当作陌生人，我们就不会出现在这里了。”

汪菲言神色一动，目光一时变得深邃无比。

“你这么想，是因为你们还没遇到真正的打击。”

振羽笑道："欢迎记者同志把所有的问题带到现实中，进一步思考和印证。而我，也要赶紧忘掉上一个病人病情急速恶化的事实，轻装上阵，因为还有更多的病人需要我，等待着我，我不想让他们失望。"

振羽说完这些话后，就赶紧推着治疗车离开了。

奇怪的是，她的心怦怦乱跳着，许久都未能真正平静下来。杨振羽停下步伐，望着数层玻璃外的天空怔怔出神——

挑战……真的还没开始吗？

振羽入队第十天，正好是第一批感染者病情最严重的时候，十四天是一道生死劫，要么死，要么慢慢好转。而在缺乏有效药物和治疗手段的初期，这一天的日历出奇的黑，整个重症病房一下子去了五个。

振羽他们都快忙疯了，就连不当班的人也被叫来支援。振羽这些一线小医生根本就是连轴转，就算这样，二十四小时过去，一个也没救活。

沉重打击。

振羽做好抢救记录，身心疲惫地来处理后事，正要进屋，忽然被人拉了一把——汪菲言对她做了一个嘘的动作，对着玻璃窗频频摁下快门。

镜头里，白望站在一个刚刚宣布死亡的病人床前，十几分钟了，他一直伫立在那里，一动不动。

这是一个十分坚强的患者。每次医生查房或者给她治疗的时候，她都用尽全力地说一声谢谢。后来气管切开说不出话来，她就用笔在纸上歪歪扭扭地写下"谢谢"，让所有照顾她的人眼眶都是湿湿的。再后来连写字的力气也没有了，她会用尽全力地抬高手臂，伸出大拇指晃一晃……现在她走了，她垂落在被单旁的右手依然捏着一个"很棒"的手势。

这是白望以及全体队员最想挽救的一条生命，可是在这里，死神来去自由。

白望觉得很窝火，更觉得对不起患者。

他又产生了安格死亡时的那种无力感——你对一条生命所抱有的

期望值越高，投射下来的心理阴影就越长。他已经尽力抽离这种情绪，可是连续五条生命的流逝，依然超出了他的承受范围。

而此刻，他唯一能做的，就是站在逝者的床前，将一路走来的治疗及效果默默铭记，在逝者安息的同时，积攒力量和经验，投入下一场狂风骤雨般的战争中。

这才是医者的意志、医者的责任、医者的怜悯、医者的爱殇。

汪菲言一边狂摁着快门，一边眼泪止不住狂飙。她也不明白自己哭什么，或许正是白望的背影如此坚韧又如此落寞，像一部巨献慢慢落下帷幕，才让她心中的那一条弦终于松动了……

振羽也不禁为之动容。这一刻白望的背影就像是定格的画面一样，深深地印在她的脑海里，每一次梦回前尘，振羽都会准确地捕捉到这个背影，以及由它传递出的铺天盖地的悲剧预感。

“不好意思，不知道有人在等，你们可以进去了。”

白望终于发现了门外的两个小萝卜头，他一手保持着叉腰的动作，一手淡然一挥，转身出了病房。低垂的视角和护目镜的折光让人看不清他脸上的表情。

振羽也礼貌地低下头，快速从他身边闪过。

“我来帮你吧。”没想到汪菲言居然会主动提出帮忙，振羽不由自主地提醒她：“不用了吧，这可是要去太平间。”

汪菲言无法掩饰地露出畏惧和厌恶，但她看了看白望的背影，把相机往背后一挎，豪情奔放地说：“太平间就太平间，谁最后不去呢。”

振羽不禁莞尔。

这种爱闹别扭的个性，和某个人还真像啊！

振羽是一个藏不住心事的人，她一边想一边随口就说了出来：“我觉得你和顾沅挺像的。”

“像吗？哪里像了？”汪菲言的声音瞬间提高了八度，倒把振羽吓了一跳，没等到对方的回答，她又像个女神经病一样娇笑起来，“居然说我和我心中的男神很像……你很有眼光嘛。顾沅是我特别看好的一个医生哦，技艺超群，严肃认真，说话还那么不留情面的冷幽默……

呵呵呵呵……我有心给他做一个个人摄影展，你觉得怎么样？我觉得他一定会大受欢迎的……”

振羽忍不住打断她：“你是M吗？”

“什么？”

“我们都觉得顾沅已经把你虐得体无完肤了。”

“那是虐吗？那明明就是相爱相杀！”

第九章

人生自古谁无死，也要死得有价值

或许很多年后，我会觉得今天的自己很傻。

或许，并没有很多年以后。

青春本来就是一个游乐场，有欢笑，有恐惧，有冒险，有冲动。

至少，我做到了青春无悔。

40

他这辈子都不知道情人温柔的抚摸是什么滋味，却觉得那一定是大过世界的美好。

振羽暗自认定，汪菲言就是个女神经病。

虽然她认为自己是女王。

她很喜欢问“为什么”，尤其喜欢给振羽找碴儿。振羽也不明白为什么她唯独喜欢S自己，于是本着好奇心杀死猫的觉悟问她：“为什么你的这么多为什么都喜欢来问我？我的答案很新奇吗？”

汪菲言捂着口罩娇笑着：“不不不，别误会，你的答案一点都不新奇，所以我每次都用来做对照组。我真正关心的是顾沅大神，每次他的答案都和你的南辕北辙，所以才一再踩中我的G点……”

振羽不由得为之气结。你对他超乎想象的兴趣有必要踩在我的尸体上吗？

“团队里有趣的人很多啊，望爷也有很多一针见血的话，你为什么不去采访他？”

汪菲言撇撇嘴说：“望爷什么都好，就是嘴太贱了。其实我也蛮看好他的，又有本事，又有型，还是单身汉，也是我的理想型……”

振羽目瞪口呆地看着她——你到底是来工作的还是来相亲的？我怎么觉得你的靶向目标这么明确……

两人正在唇枪舌剑，忽然病房里的公共喇叭幽灵般响起。

“21床抢救请求支援。21床抢救请求支援。”

两人面色一凛，一起向着 21 床跑去。

白望已经到了，正在组织抢救。这是一个严重肺炎患者，大量的黏性分泌物完全堵住了他的气道，如果不赶快疏通，他就会窒息而死。

白望站在病人的头侧，正在进行气管插管，可是患者的喉头水肿太严重了，根本插不进去。白望满头大汗地试了半天，旁边的护士一直在报直线下掉的血氧，再不采取措施就要出现房颤，白望当机立断，果断地说："准备气管切开，立刻麻醉！"

麻醉医生早已等候在侧，迅速给 21 床推了一管速麻药物。白望却等不到麻药完全起效，接连下令，让振羽等多名医生抱头的抱头，抱脚的抱脚，牢牢桎梏住患者的身体，而他则取过护士递过来的手术刀，精准而快速地往患者喉部刺了下去。

这时候，令人震惊的一幕出现了。

这是一个公交车的司机，他那长期扳动方向盘的双臂力大无穷，或许是窒息的恐惧让他疯狂，或许是疼痛的刺激让他紧张，他居然挣脱了振羽的束缚，左手在空中毫无目的地乱抓着，一把就抓掉了白望的护目镜和口罩……

与此同时，白望的手术刀已经切开了他那被分泌物堵住的气道，大量的血和脓液喷射而出，喷了白望一脸……

杨振羽惊呆了。

所有人都惊呆了。

似乎连时间都停止了。

职业暴露！

每个医生最担心、最害怕的事情居然发生了！刚刚发生在白望身上的事情，就好比把头整个浸入满是病毒的培养液里。

"还傻愣着干吗！赶紧压住！"

白望大吼了一声，所有人才大梦初醒一般。

"都离我远点！"

白望又大吼了一声。

当所有人都以为末日降临的时候，只有白望还保持着强烈的清醒。

他知道现在不是末日，事情没有结束，抢救还在继续。

大家这才如梦方醒，连忙伏低的伏低，撇头的撇头，不忍心再看到白望那奔命的身影，所有人的心都在一瞬间跌倒了谷底，气氛压抑至极，只有仪器不知疲惫地尖叫着。

振羽索性把全身的重量都压在了病人的左臂上，抱着他的胳膊跪在病床旁。她不得不这么做，因为她的手在打战，腿在打战，她的世界正在崩塌。

这一刻，她的脑海里已经什么都不剩，只能凭本能死死抱住病人，像激流中抱着浮木。她什么也看不见，只能凭感觉知道抢救一刻未停，白望还在努力，她听不见任何声音，却知道他屏息下的操作依然快速精准……

“望爷，让我来吧！”刚刚赶到的顾沅看见白望满脸是血、面目狰狞，却还在组织着抢救，心中除了震撼还是震撼，只想赶紧替下他。

白望没说话，却转过半身，挡住了他的视线。

“望爷！”

“术野已经彻底污染，不要再增加新的人了。”白望沉着声音说。

顾沅怔怔地站在那里，看着他那被岁月刻上风霜的面孔被血色污染，看着他那睿智的眼睛迸发着狂热，看着他那刀削斧劈般的轮廓像山脊般坚定，顾沅那颗在福尔马林中已浸泡多年的心又重新跳动起来。

神啊！请你不要带走他！

或许这只是几秒钟的时间，但又像一个世纪一样长。不知是谁发出隐约的抽泣声，很快就汇聚成一片哭声。

哭泣的百合花，围绕在山之脊梁的白望周围。

麻醉剂效果迅猛，气管切开操作完成，患者终于又渡过了这艰难的一关。

白望退开一步，静静地看着患者。

很漂亮的操作，像一件精美的艺术品，或许，是他的最后一件作品。

奇怪的是，当事情真正发生了，他心中并没有太多的遗憾，他只是想到，还有更多更要紧的事情要做。

白望那磁性而坚毅的声音再一次响起。

“所有参与抢救的医护人员，全部去做个体消毒，立刻。

“从即刻起，顾沅医生代理队长职务，全权负责重症病房的所有事宜。

“我自己进隔离区，不需要任何人陪伴。在隔离期内，任何人不许以非治疗理由探望或接近我。

“我太累了，正好……

“可以歇歇了……”

说完这番话后，白望迅速转身走出了病房，大家不由自主地跟在他身后，就像以前一样簇拥在他的周围……直到他走进电梯，直到电梯门关上……

白望背对着大家，缓缓地挥了挥手。

他那晃动的手掌仿佛一面鲜红的旗帜，印刻在每个人的纪念碑上。

汪菲言条件反射地摁着快门，眼中却满是茫然。她不知道这一刻之后会发生什么，却又隐隐约约感觉到了什么……

没有人说话，只有山雷般的哭声，目送他们的神离去。

振羽终于崩溃了，她跪倒在地上，不停用头去撞墙：“都是我的错！都是我的错！”

顾沅的脸绷得死紧，他大踏步地走过去，蹲下身，一把搂住振羽的肩膀，握住她的手，也制住了她那雏鸟般的颤抖和尖叫——

“不会有事的！相信我！一定不会有事的！”

白望本来应该自行去隔离区，却不知为何神情恍惚地回到了办公室。当他发现这一错误的时候，只好自嘲着笑笑“晚节不保”，然后一屁股坐在了窗前。

也好，至少还能开开窗户，呼吸一下清新的空气。

他探出窗外，感受着温暖的阳光和带着花香草气的微风——“就好像情人温柔的抚摸”，他想起文学作品中常常出现的这句话，无声地笑了起来。他这辈子都不知道情人温柔的抚摸是什么滋味，却觉得那一定是大过世界的美好。

就像现在的阳光和自由的轻风。

不管他刚才表现得多坚强，多镇定，心中的恐惧依然像黑色的藤蔓迅速爬满全身。

他太了解这个对手了，从最开始广州发病的时候就了解了。

他还记得一个月前，连续三天，广州市某医院共有 93 名医务人员不幸患病。最早收治的呼吸科，只剩下一个副主任尚未感染。在院务会上，这个七尺大汉竟无法控制住自己的情绪，为自己的同事号啕大哭。那次会议他也在场，整个会议室里气氛很凝重，就像今天一样……

广州市医院的医生接连倒下，是因为疫情之初防护不足造成的。而今天，病人直接把富含病毒的黏性分泌物喷到了他的眼角膜、鼻端、口唇、皮肤上……

他几乎能感觉到病毒欢呼雀跃地一头扎进他的体表组织，沿着他的细胞液、淋巴系统、血液系统直达肺组织。在他的体内，到处都爆发着自卫反击战，只是己方死伤惨重。

他也是人，还是一个长期疲劳作战，身体已拉响警报的人。死神盘旋在城市上空，今天带走一个，明天带走两个，来去自由，怎么会漏了他？

最多能寄希望于南极苦寒之地锻炼出的强健体魄，能帮助他熬过 14 天的生死劫。

能不能活，听天由命。

“呵呵，呵呵，呵呵呵呵……”

白望扶额低笑着，根本停不下来，混合着泪水的笑容强烈地扭曲了他的面孔。

或许今天，就是他人生中最后一次的自由！

41

交给我吧。

好运并没有特别眷顾白望。在这场没有胜算的战役中，死神挥舞着镰刀，无差别攻击。

从第二天中午开始，白望就开始发冷，自量体温 37.6℃。他心中早有了准备，自己开了化验单验血查 CT，肺上已经出现了一小块白影。

实在是太快了。

白望心中着实震惊了一把，表面上却不动声色。他镇静地把自己的办公室全都喷上消毒液，把昨天以来触碰过的物品全都装进黄色垃圾袋，戴上三层棉纱布口罩，自己走进了一直辛勤工作的病房，沿路还和同事们热情地打招呼：同志们辛苦了，感谢同志们照顾，出去以后给你们写表扬信啊！

看上去还是那么乐观积极。

只是他的情况却委实不容乐观——入院以后的几天里，他的体温逐渐升高，并出现咳嗽、气短等症状。顾沅亲自来到病床旁，问他要不要吸氧。白望皱着眉头假装不高兴："这事你拿主意吧，我都是病人了，怎么还问我？"

顾沅尴尬地别开头，说："你就是我们这儿最权威的专家。"

"习惯要改。"白望板着脸教训他。

顾沅虚弱地笑了笑，终究没有再争辩。

白望用上了氧气，刚觉得好过些，就吵着要看 CT，顾沅淡淡地说："结果还没出来，再扎个血气吧。"然后一闪身就不见了。

我是洪水猛兽吗，问个 CT 都让你如临大敌——白望想笑，却化作一连串的咳嗽从胸口闷出。

再抬起头时，看见杨振羽特紧张、特忐忑、特犹豫、特担忧地站在门口。看来，扎血气的任务是落在这个丫头的肩膀上了。

这个听话，好对付。白望心中窃喜，表面上却一本正经地说："小羽啊，顾沅说我的CT片出来了，你去帮我取过来行吗？”

振羽忙不迭去了，很快取了片子挂在床头。

“你不看看吗？”白望眼巴巴地看着她。

“还是让顾主任来看吧，我……”振羽很是犯难地绞着手指。

白望看着她——是因为病人是我才如此患得患失、妄自菲薄吧。还有那件事的阴影……

“没事，你们迟早都要独立诊治的，就当训练了。我不看片子，也不参与意见，行不？”

振羽犹豫了片刻，终于抵不过心中的关切，抽出最新的肺片看起来，还故意选了一个白望看不到的角度。

“恭喜望爷，和昨天差不多，没进展。”振羽眉眼弯弯地放下片子，收好。

“那就好，那就好……”白望也笑呵呵地回应。

“那么，我要给你扎血气了。”振羽晃了晃手中的针管。

“尽管扎，随便扎。”白望大气豪迈地卷起袖子。

这就像曾经的每一天，他在前面冲锋陷阵，她在后面保驾护航，勇往直前，其乐融融，只是……现在一切都不同了。

振羽机械地按照流程完成了操作准备，可是当她的手指刚刚接触到他的手臂，就止不住颤抖地连针管都快抓不住了……

她的眼前晃动着数不尽的阴影，仔细看去，才发现那是一张一张的肺片重叠着，记录着白望的病情变化。盘踞在肺上的阴云像《星际争霸》里的虫族一样，恐怖地聚团成灾，疯狂地攻城略地，她几乎可以预见白望在五～七天内会出现高热，九天左右内会出现昏迷，十四天的时候病情最为凶险，可能就要气管切开，机械通气，大抢救，心肺复苏……一想到这些无比可怕却又不一定有效的有创治疗可能就发生在自己最敬爱的导师、最亲密的伙伴身上，振羽就觉得整个天花板都在晃动不休，随时都会坍塌。

白望却不知道她内心的纠结，还开玩笑安慰她：“戴了三层手套不好操作吧，没关系，随便扎，又不是职业技能考试，扎坏了不扣分，不影响职称晋升。”

一听到白望还没事人似的开着玩笑，振羽越发不敢抬头，手抖得越发厉害。

白望又哈哈大笑着，满不在乎地说：“哈哈，丫头紧张了，果然是紧张了。我不看你还不行吗？我撇开头，我这就撇开头。”说罢，他真的撇开头，还甩了甩手，示意她随便扎。

他却不知道，他越装作不在乎，对振羽的刺激就越大——这么一个豁达开朗的人，老天为什么不长眼啊？居然让我害了他！

振羽需要很努力才能把自己的声音伪装成正常：“对不起，我扎不好，我叫别人来给您扎吧。”

白望还是保持着撇开头的姿势，叹了一口气：“丫头，你心太软了。”

只一句话，就让振羽的泪关崩溃了。

她垂着头，不停地说：“对不起，对不起，对不起……”

此刻的挫败与当日的悔恨纠缠在一起，让振羽的愧疚在这一刻泛滥成海。

“望爷，您骂我吧，您骂我我反而会好受一点……”

白望依然背着身，他的肩膀依然宽厚，脊梁依然挺直。

“我从来没有怪过你，所以你也不必自责。意外随时都有可能发生，我只庆幸当时冲在最前面的是我这个无家无室无牵挂的老男人……”

是的，这是我觉得最幸运的地方。

幸好，没有在你们最如花似玉的年华里，让死神找上你们。

“可是如果我当时能够做得更好……”振羽哭得梨花带雨。

“是啊，你辜负了我的信任，我心中好恨。所以，我现在再给你一个将功补过的机会。我把命都交到你手里了，你千万不要再辜负我的信任。”

振羽怔了一下，眼中忽然涌出更多的泪水，像山洪一样暴发——

她忽然想起了一年前的那个夏夜。

她和龙天站在月明星稀的四角庭院里，进行着一番关于理想与信念的对话。

“除非有一天，你的同事、你的同行敢把自己的命、自己亲人的命交到你手里的时候，你才会有一种感觉——哦，我就是最好的医生。”

原来，这份信任竟是如此沉重！

原来，这份自信竟是如此艰难！

只因我还不是最好的医生！

只因我竟不是最好的医生！

尽管背对着她，白望何尝不知杨振羽的情绪在短短几分钟内大起大落，犹如惊涛骇浪。

他轻轻地叹了一口气——恐怕是揠苗助长了。

可是刚才一晃而过的肺片，他早已看得清清楚楚，不仅知道一侧肺上的阴影已经开始连片，另一侧肺上也出现了两小片阴影。

病情发展如此迅猛，如果不早做安排，只怕要来不及了。

眼前这几个孩子的能力，他都看在眼里。杨振羽算是其中拔尖的，可是依然会被情绪影响成这样，其他人就更不能想。比起越发严峻的医疗环境，信心的坍塌则来得更加迅猛，也更加可怕，搞不好就会群舟翻覆。顾沅业务能力很强，但是在做“政治思想工作”方面却不行。这个时候，必须能有一个掌控大局的人出现。

必须有一个传承自己衣钵的人。

白望思索片刻，心中已有了计较。他听见窗外有凛冽的风声，不久将有暴雨。

他拿出手机，拨给了一个人。

“你已经做好准备了吗？”

“顾主任，我给望爷扎了三次血气都失败了，你派别的人去吧。”

顾沅诧异地回过头去，看见振羽摘掉了护目镜和口罩，正无力地靠在门上，闭着眼睛，泪痕依依。

似乎觉察到他的视线，她慢慢睁开眼睛看了一眼，那目光莹莹闪动，似在请求工作上的帮助，又似期待心灵上的抚慰……然而她很快转过头去，锁紧的眉头再也没有展开。

顾沅紧紧握住了双拳，一会儿后又无力地松开。

他当然明白对方正经受着怎样的折磨，而这种折磨也正弥漫在他的心间，同样也折磨着他。

不仅仅是他们，整个科室都沉浸在一种莫名的恐慌和压力中。虽然只是一人倒下，但因为这个人是白望——整个科室的信心支柱无情地倒掉了。

应该做些什么……

身为代理队长，他应该做些什么……

谁能告诉他到底应该怎样做？

顾沅无声地站起身来，走到振羽身边的时候，他犹豫着伸出手，想着是不是应该落在她的肩膀上。

振羽依然埋着头，靠着门，似乎不能直立。

顾沅的手终究没有落下。

他安慰不了她。

他甚至安慰不了自己！

那一刻，顾沅心中的颓唐败退丝毫不比振羽的少，只因为他知道自己做不到！他并没有天生的领袖气质，无法让这支败退之师重新振作起来。

如果说，还有一个人拥有领袖气质，值得信任的话……

顾沅久久地伫立在那扇书写着“污染区”三个鲜红大字的大门前，前面是路途险恶，后面是人心浮动，这种感觉，就好像回到了他们赶往地震灾区的途中……

顾沅拿起了手机，拨通了那个人的电话。

“我……可以信任你吗？”

卫生厅早已是灾难现场。

周沁雪几乎被来自四面八方的各种急件淹没，尽管这样，她手中依然捏着一份文件，久久不曾移动丝毫。

从白望第一天职业暴露感染开始，她就知道了消息。她心中虽然存了一丝侥幸，可是这丝侥幸很快就被无情地摧毁了。

如此一来，选择新的重症监护病房的带头人，就成了当前最紧急的事情。

可是，谁又比得上白望的声望、名气、才干、技术和能力?

据说，现在的重症监护病房悲观情绪严重，如果不能及时稳住，再倒几个医护人员，连带着整个病房都必须关掉，重症患者又能往哪里安置?

如果说，还有一个人能够力挽狂澜，可以扭转局面……

周沁雪深深吸了一口气，她觉得自己心跳很快，她对那个人还存有重托之外别样的感情，可是此时此刻，她没有选择，爱与信任，一并交付。

她拿起手机，拨出心中最熟悉的那个号码……

“代替白望成为队长，你能做到吗？”

一道身影站在窗前，左手插兜，右手拿着手机。

初看似有点玩世不恭，仔细一瞧，却发现如同山岳一般坚实、稳固、牢靠。

无论多少个人，问多少次。

他都只有一句话。

“交给我吧。”

42

或许很多年后，我会觉得今天的自己很傻。

或许，并没有很多年以后。

青春本来就是一个游乐场，有欢笑，有恐惧，有冒险，有冲动。

至少，我做到了青春无悔。

杨振羽实在太累了，累到没有感觉，累到心不开窍，累到……想要找个坚实的肩膀靠一靠。

而这个时候，她只想到了一个人。

她也不明白为什么会在这个时候想起他。或许，她想念的只是他那阳光的笑、贱贱的嘴、每天一次的电话，还有永远会在下方接住她的承诺。

有些人似乎天生就拥有着神秘的魔力，能够让暖暖的心意顺着电话线爬进人心里。

振羽看了看表，差不多该下班了。她脱掉水洗一般全部湿透的隔离服，摘掉一身防护，贪婪地呼吸着空气，把一身的疲惫蒸腾成了水蒸气，才终于有了些许活过来的感觉。她站在窗前，望着北方，拨通了龙天的电话。

“居然知道主动打电话了，真不错啊，我还以为你会一直秉持封建主义的糟粕，在我的每日请安下安心冒充大小姐呢。”

龙天的笑声还是那么爽朗，贫嘴的方式也还是那么低俗。

振羽嘴唇轻轻一抿，他的声音、笑声甚至贫嘴，都依然那么有力量，她现在最缺失的力量。

“因为接到骚扰电话说我欠费停机了，所以故意打个电话看看电话局对我们这些一线人员是不是如此无情。”振羽顾左右而言他。

龙天立刻煽情地说：“奸商无情，龙天有情。”

振羽又一抿嘴，心情无端又轻松了几分。

“今天我给人扎血气，以前闭着眼睛都能完成的操作，居然扎了三次都没扎进去。”

龙天很是上道地问：“患者是谁？”

振羽立刻像扎漏了的皮球：“望爷。”

“那就难怪了，亲人嘛，下不去毒手。”龙天深以为然。

“我在扎血气之前看了他的肺片，很不好，发展太快了。我真的好怕啊，万一望爷真的病势凶猛一路冲向大抢救怎么办？是我把他害成那样的……”

“要说错，是我的错才对。”龙天斩钉截铁地说。

“你根本不在现场……”

“就是因为我不在，如果我在，站在望爷左手边的人应该是我。”

振羽怔住了。

站在望爷左手边的人应该是我——说得出这句话的人该是怎样的自信啊！

“是啊，如果你在的话……”我一定不会像现在这样无依无靠。

龙天顿了顿，忽然说：“是想我了吗？”

“啊？”

“刚才那句话如果出现在电影里，基本上下一个镜头就是我扑向你了……”

“没有！”

慌忙否认后，她又心慌意乱地说：“再说了，这里你也进不来。”

“可以创造困难。”

“你开玩笑的吧？”

“我在很认真地思考。”

“你开玩笑的吧？”

振羽当然不认为龙天有这个魄力，抛弃他一手创造的新科室，不顾一切地来这里找她。大家都是成年人了，不可能还幻想言情小说里的那些情节真的发生在现实里。

再说了，如果他真的不顾一切地跑来，她说不定还会怨恨他不分轻重，不计后果，一巴掌把他扇回姥姥家去。

“算了算了，你给我拉首曲子就好。”振羽扯开了话题。

“想听什么？”

“《天职》。”

“这么残暴？你会立刻哭出来的。”

“是啊，想哭呢，总觉得哭出来就会舒服点。”振羽趴在桌子上，下方垫着手机，轻轻地说。

龙天没再言语，过了一会儿，一首悲怆婉约的乐曲传进她的耳朵。

振羽还保持着刚才的姿势没动，她能感觉到眼泪从脸侧滑下，在书桌上汇聚成溪流。一幕幕医疗场景在时空里穿梭着，从未如此真切，也从未如此让人心痛。或许，正因为今天的正视，而让明天的自己穿上了沉重而坚实的战铠。

一曲毕，龙天的声音又一次出现在话筒里。

他的声音低沉、有磁性，仿佛山上的林涛，又仿佛拍打礁石的夜浪。

“如果你觉得累了，不要害怕，把一切都交给我吧。”

振羽枕着自己的胳膊，手机贴着耳鼓，眼睛看着北方。

“好。”

尽管如此，振羽也从未想过真的能够把一切交付给他。

两天后。

“大家好，我是龙天医生，这位是夏荷依护士，这位是……我们是第二批前来支援的团队，还请重症病房的各位元老多多赐教。”

会议室里，龙天挺胸抬头，威武雄壮，却又眉眼弯弯，温柔可亲。

杨振羽惊呆了，而会议室里像炸了窝似的沸腾起来。

“第二批？那我们第一批呢？”

龙天依旧眉眼弯弯地说：“我同时带来了一份红头文件，第一批驻站的医护人员立即交接工作，再经过两周的隔离期，就可以天高任鸟飞了。”

“是说我们的任务终于告一段落了？”

“我靠，终于可以呼吸一下新鲜空气了！”

“还要隔离两周吗？我想死我家宝贝了！”

“我就想踏踏实实地睡一觉，睡个天昏地暗，醒来后，发现这不过是场梦，梦醒了，疫情全都消失了……”

办公室里顿时沸腾起来，有激动，有感慨，有欣喜，有疯癫。

顾沅操着手臂，目不转睛地看着龙天，语带双关地说：“这就是上面拿的主意？”

龙天点点头，也一语双关地说："铁打的银盘流水的兵，累了，就该歇歇。"

顾沅默默地点头，不得不承认这一招连消带打很有作用，只是……

他那细长的眼睛有意无意地扫过杨振羽的面孔。

杨振羽呢？她什么态度？她在做什么？

不，她什么也没有做。

她只是呆呆地望着前方，好像看见了什么，思考着什么，又好像什么也没看见，什么也没思考。

忽然，她站起来，以爆炸性地发言压倒性地震惊了全场。

"我不离开，我要继续留下来，直到疫情结束！"

大伙都惊呆了。

"小羽，你不必担心，这里有我们。"夏荷依终于也争取到了第二轮门票，坐在了继承者的位置上。

"我不走。不是因为我有多高尚，而是因为这里有我推卸不掉的责任。"

会议室里鸦雀无声，大家都明白她的意思。

龙天轻轻敲击着桌子，还试图说服她："你精神可嘉，理由也足够充分，连我也忍不住心动了。可是政府也有政府的考虑。你们第一批队员都非常优秀，建立了很好的病房秩序，可是长期超负荷劳动已经使身体处于临界状态，白教授就是一个鲜明的例子。再继续做下去，传染率和诱发其他疾病的可能性都会大幅攀升。我们这批人是战役的最后一道防线，如果我们中有谁倒下了，这条防线就彻底倒下了。所以我希望你能够站在管理者的角度，接受上级的安排，出站疗养。"

振羽却丝毫不退让："我承认你说的每一句话都是正确的，可是这世间的事无外乎法、理、情。我的情感不允许我离开这里，还兴高采烈地去什么山清水秀的地方疗养。"

振羽的脸上依然有着哀伤，可是眼中的神采却越发闪耀起来。

"说真的，望爷病倒后，我真的觉得莫名的恐慌，我从未想到病魔离我如此之近，就在我身边十厘米的地方。这几天以来，我的心都是空荡荡的，工作的时候，提起笔不知道要写什么；吃饭的时候，看着饭盒都觉得有病毒；睡觉的时候，怎么也睡不着，唯恐醒来以后发现自己也发烧了……可是就算这样，我也想要留下来。这是我给自己设的一条坎，越不过去，我就永远停留在原地。我是一名医生，这是我活着最重要的意义，我没有理由退缩，更不能退缩！”

夏荷依惋惜地看着她：“可是医生也有上下班和交接班啊，有龙天，有我，还不能让你放心地把病人交给我们吗？”

振羽摇了摇头，眼泪直落。

“夏姐姐，你还不明白吗？对我而言最重要的病人的病情正一天天加重……不是他需要我，而是我需要他。我需要他帮助我走出这一个人生的低谷，我需要证明我是他值得性命相托的人！”

一时间，会议室里鸦雀无声，除了杨振羽依然情绪激动之外，所有人都沉默了。

“你觉得呢？”龙天敲敲顾沅面前的会议桌。

顾沅毫不客气地踢了一下龙天面前的会议桌：“我以为红头文件出现的那一刻，领导职务的交接已经完毕。”

“她可是第一批队员，你带来的。”龙天恐吓他。

顾沅面不改色：“对啊，我现在完整地把她交给了你，该你做决定了。”

老狐狸。龙天咬牙切齿地看着他。

顾沅抱着双臂，面色清冷，却说了一句这样的话：“我一直觉得，如果一个人能够以必死的决心去做一件别人做不到的傻事，就算不被认可，也应该得到掌声。”

说完这句话后，他伸出一直抱怀的手，面无表情地开始鼓掌。

紧随其后，越来越多的人开始鼓掌，人们都愿意把敬佩的掌声送给这个固执的女孩，送给她那执着不悔的人生态度。

“好吧，我决定，杨振羽医生并入第二批成员，继续留守重症病房！”

43

我相信 Jack 对 Rose 的那种爱真的存在。You jump，I jump。

终于留下来了！

就算这个决定在别人看来很愚蠢可笑，她也要坚定不移地走下去。

振羽怀揣着一颗怎么也无法平复的心，刚从会议室出来，就被人一把拽住，扯进了旁边空无一人的楼梯间。

合页门还在她身后来回晃悠着，她已经被人推在墙上，紧紧地抱住。

“龙……”

她刚刚惊讶地张开了嘴，就立刻被堵上了。思念和渴望像涨潮的海浪一样拍打在她的灵魂上，稍稍褪去一点，另一波更大的浪潮又冲了上来。

怦怦、怦怦、怦怦。

振羽又一次听到了自己的心跳声，如此有力，就像是要从胸腔里飞出去一样……

她不得不承认，在这段时间的悲观情绪里，对他的思念就像远处的风筝一样吊着心。而那种近乎疼痛的拉扯，却又在看到他的那一刻冰消瓦解，她只能看到他，她只能想起她在想他，以至于看着他的目光炽热到令人羞耻的程度。

振羽的脑子只空白了一秒钟，忽然伸出双手，用力地揽住对方的后脑，把他的身体拉得更近些，更近些！

似乎不这样做，就感觉不到他的真实、他的存在，无法相信他真的从北向的窗户走进了自己的生命。

浑身都有噼里啪啦的声音，振羽分不清楚那是战铠剥落的声音，还是痛到骨髓里的爱恋。

同样的感觉也从龙天的胸腔里鼓荡出疯长的藤蔓。

“你刚才用那样的目光看我，看得我全身的毛孔都张开了……

“我只想赶快结束那该死的会议，赶快找到你……”

他不再说什么，一切只用深吻封缄。

四瓣唇终于分开了，两个人都像溺水的人一样拼命呼吸着富含双氧水的刺鼻的空气，呛得眼泪都出来了。

振羽失声笑了起来，看着对方那瞬间变得深沉热切的目光，她连忙捂住自己的嘴，嘟囔着：“别再来了，我的嘴都成小猪嘴了。”

“怕什么，反正待会儿戴上三层口罩什么也看不见。”

“这么说也对，那我可就不客气地咬你了啊！”

“随便咬……”

虽然说着威胁的话，但振羽也只是轻轻咬了他的上唇，又轻轻咬了他的下唇，抱着他的脖子，把昏昏沉沉的头靠在他的胸前。

“龙天，我想你了……”

龙天轻笑了一下，没说话。

振羽立刻捶了一下他的胸口：“居然还笑？”

龙天拉着她的手放在自己的胸口上，从指尖传来的鼓荡让她十分惊讶。

“我不会告诉你，当我听到白望染病的那一瞬间，心脏一瞬间停止了跳动。

“我也不会告诉你，从那以后，我开始整宿整宿睡不着觉，必须要靠药物才能入睡。

“我也不会告诉你，每天通完电话以后是我最难过的时候，我不应该把自己心爱的女人派到这里来。”

振羽的心也变得很柔软，却依然无法改变她的初衷：“是我自己要来的，你改变不了我的决定。”

“我知道。所以，我也来了。”

“你真是太……自我了。”

“一起不好吗？”

“可是……你并不是我一个人的龙天。”

龙天轻轻抵住她的额头，慢慢摇晃着。

“来这里并不是我一个人的主意，白望、顾沅、周沁雪都给我打了电话，我可是领了尚方宝剑才出现在这里的……不过，我自己的主意却不会因为别人的态度而改变。我只想和你在一起，有福同享，有难同当。我相信 Jack 对 Rose 的那种爱真的存在……”

“You jump，I jump。”

振羽的胸口也像风帆一样鼓胀充实着，一时间所有的犹豫、怀疑、停滞、担忧全都消失了。她只想毫无保留地相信这个男人，爱上这个男人！

只有他的肩膀，是她可以停靠的港湾。

只有他的胸膛，她可以信任地依靠。

但刚刚甜蜜了一分钟，振羽忽然直起身子。

“你和夏荷依都来了，那科里怎么办？”

龙天没想到她在这么感人肺腑的时刻还惦记科里的事，一怔之下，随口答道：“让天南带着从其他科室抽调的支援人员。”

“天南啊……”振羽意味深长地拉长了声线。

龙天蛮横地搂过她的小腰：“喂，气氛这么好的时候，你能不能别想别的男人？不知道我也会吃醋吗？”

振羽惊讶地说：“你还没说完？”

龙天顿时被噎住了：“……说完了。可是，你还没说。”

“一开始就是我说的啊！”

“哪一句？”

“我想你了……”

“太不深刻了。我命令你现在立刻全神贯注、聚精会神地好好讨好一下你的男人！”

“……”

“什么表情？快想！”

“……我十分想念你……”

“你可是博士毕业，八年制……”龙天阴恻恻地说。

“……我想念你的心情已经快让我窒息了，眼前不停地出现幻觉，无论白天，还是晚上。我一定是疯了，才会把每一张面孔都看成你……

“有点意思了。”

“当然了，这里的每一张面孔都是一模一样的，都是帽子加护目镜和三层口罩，黑猩猩也会长成你这样。”振羽飞快地接了下去。

“……”

呵呵，这么讨喜的小翘唇，只好用吻来惩罚了。

楼梯间的门早已停止了晃动，静静地把那两个人隔入另一个世界。

而顾沅眼前的门却在不停地晃动着……

他觉得自己应该去买彩票，而不是站在这里，把两个人私密的话听了个全。

可是，身子就是动不了。

或许，根本就没有想过要动。

他想起了自己总是像锁定目标的雷达一样，从任何一道连性别都模糊的身影里看到她，从任何一声广播里的呼叫中锁定她。

他想起了每一次她面临气管插管等危险操作的时候，他总是毫不犹豫地冲进污染区替她完成，甚至来不及加一层口罩。

他想起了当她无助地靠在门上哭泣的时候，他走到身边，只想拍一拍她的肩膀，灵魂却像野兽一样咆哮着冲过去紧紧地拥住她。

很好，很好。

他已经完整地把她交到了他手中。

他的任务终于完成了。

顾沅迈动着彻底僵掉的双腿，像个幽灵一样慢慢离去。他不想惊扰里面甜蜜的恋人，也不想让自己的失魂落魄留在他们彼此依恋的目光里。

终于可以脱掉这身白衣了。听说外面早已是鸟语花香，可惜一直没机会看一眼。而政府安排的医生隔离休养地更是春光明媚，据说还可以天天泡温泉……新鲜的空气在向他招手，灿烂的阳光在向他招手，自由的风在向他招手……

这时候，旁边忽然窜出一个人来，拦在了他的身前。

“顾医生，听说上头派来了第二批队员，你很快就要出去了，是真的吗？”

顾沅近乎机械地回答：“是的。”

“上级也通知我完成任务，隔离疗养。你说，我们疗养的地方会不会在一起？”

“或许。”

“你……怎么了？”

“……”

“作为马上就要出站的第一批队员，您能谈一谈现在的心情吗？你现在的……”

顾沅的右手忽然压上她的肩膀，然后又重重地加上了力道。

“你采访别人吧。

“现在的我，不想跟任何人说话。”

汪菲言呆呆地看着他。无机质的声音因为染上浓浓的鼻音而有着动人心魄的魔力，浅薄苍白的笑意掩饰不住眼中浓得像酒一般的伤感，让这张一向缺乏表情的生硬面孔像一圈圈荡漾开的水纹一样忽然莹动起来。

汪菲言像被魔咒钉在了原地。

她只能看着他的眼睛，像被黑洞吸引的光一样无法逃逸。

而顾沅则飞快地撇开了视线。他不想，他十分不想被人看到此刻的软弱。

宁愿孤独，也要骄傲。

顾沅大踏步地离去，没有丝毫犹豫。

汪菲言如梦初醒一般，拿起相机对着他的背影一通猛拍之后，追随着他离开的方向飞奔而去。

44

他对死亡没有一点恐惧，只是觉得十分遗憾。

遗憾在最好的年华里，没有遇到她。

遇到之后也全是错过。

“到这里来，我只有一个想法，就是一定要把你们每一个人都带回去。”

这是龙天上任后在第一次通报会上讲的第一句话。

龙天双管齐下，大刀阔斧地对工作流程和硬件条件进行改革。加强两级防控，严格划分半污染区和污染区。加大人员配备和资源配给，充足的物资淌水似的流进站里。为每一个医疗组配备高年资麻醉师，气管插管等专业技术较强的操作由麻醉师进行，人员不够时，龙天亲自上阵，不允许低年资医师擅自进行危险操作。

同时，他高调动用自己的私人关系，国内市场上非常抢手的3M口罩和达菲，他都通过“国际关系”直接从国外购进。他还取得了与四大医院联合专家组直机联系的机会，四大医院怎么治，龙天就怎么治，四大医院有了药，龙天就有办法第二天就空运到。

有了3M口罩和达菲作为保障，病房军心日渐稳定，再也没有发生第二例医护人员感染的事例。眼见着大家的工作情绪越来越高涨，龙天那像弦一样紧绷的神经也终于松动了一些，可以把更多的注意力放在他最重要的病人身上——

龙天全副武装地出现在白望的病房里。

“臭小子，我说过不能以探望之名到我这儿来，你身为队长，怎敢公然违反军令？”白望靠在床上，看上去精神还不错。

“真没想到还有徒弟亲手做羹喂师父的时候，这么好的机会我怎么能错过？”

“去你的，你做羹了吗？拿出来我瞧瞧。”

“我娘可是前卫生部部长。”

“……”

龙天呵呵笑着，又朝病床前进了几步。

“觉得怎样？有没有憋气？”

“没有憋气，就是咳嗽、乏力，天天出虚汗。”

“今天的胸片做了吗？”

“做了做了，天天都做。老子半辈子没照过一次胸片，这下可是把省下来的射线一次吃了个够。”

“不吃亏，没给国家省钱，都赚回来了。”

“……”

白望拍着床沿喊：“你小子是专程来气我的吧！赶紧拿胸片去，老子也要看！”

龙天则完全不吃这套：“不敢，怕师父您数落我。我还是躲起来偷偷看吧。”

白望眯起了眼睛：“是不敢让我看吧？”

龙天好整以暇地说：“其实，以您这么丰富的经验，看不看胸片都一样。您知道的，现在的情况还不算太糟糕。”

白望看了看自己的手，还没有变黑，说明缺氧的情况并不严重。

“第七天。”白望说。

龙天没有说话。

他们俩都非常清楚没说出的那句话才是最重要的——

还有七天。

这次的不明原因肺炎，十四天是一道坎，要么好转，要么死亡。

白望又问道：“对了，我住院以后信息就变得特别闭塞，12 床的那个男病人怎么样了？”

龙天眼睛里闪过一丝茫然：“12 床是女病人啊！”

白望愣了一下，唏嘘道：“难怪了，我说这几天怎么没有听见他老婆孩子在下面喊他的名字。”

龙天这才隐约想起前 12 床男病人的事，振羽曾和他说起过。

那个病人是一个商人，看起来很健壮，病情却发展得很快。他住进来后，主动要了一个靠窗的床位，只因为那里可以看见楼下的街道，而他的老婆和孩子就天天把车开到楼下，站在车顶上冲他挥手，叫他的名字，给他打气。而他也总是乐呵呵地吼两声，告诉她们自己被照顾得很好。

到后来他没力气吼了，老婆和孩子还是天天在楼下喊他的名字，还给他写信。那一封封的信自清洁区经过一道道关口传进来，每一个看到这些信的医护人员无不热泪盈眶。护士们会在床边逐字逐句读给他听，而他也会喘着气，费力地抬起右手对着窗外挥舞，虽然楼下的亲人不可能看见，可是似乎只要这样做了，就足够让对方心安。

可是，他依然没有熬过十四天的生死关。

白望许久没说话，过了一会儿，他才低声说："有再多红尘不舍，最后也是大黄袋子一套，拉到郊区一股烟，什么也不能留下。"

"还是保全了一枚婚戒，消了几遍毒，装在塑料袋里，交给了他的老婆。"

白望又半晌没说话，目光一直凝视着窗外。

"知道吗？那个病人发病之前，正在和老婆打离婚官司，千方百计想要甩了旧的娶新的。可是病来如山倒，他半只脚踏进鬼门关以后，那个小三就再也没出现过，倒是自己一直想踹掉的老婆不离不弃地跟着他。男人不止一次痛哭流涕，说他找到了真爱，说他很后悔，可是我却觉得他很幸福。说真的，我挺羡慕他的。"

龙天脑海中忽然闪过什么："望爷，你想见谁吗？"

"我？"白望失声笑道，"我一个亲人也没有，能见谁啊，谁想见我啊……

四目相对。

"可以叫到楼底下。"龙天试探着建议。

白望久久地看着他，没有说话。

"望爷的胸片呢？赶紧拿过来我看看！"

一时间，连杨振羽、夏荷依也围了过来。

胸片插在灯箱上，龙天只看了一眼，眉头就皱成了结。

整个左肺都不好了，右肺也开始恶化，病毒对这个人类战士的痛恨简直到了丧心病狂的程度。

“难道连达菲也没有帮助吗？”振羽忧心忡忡地看着片子。

龙天叹了口气：“那些药只能改善他的症状和免疫力，并不能治病。这种时候，真正起作用的是个人体质和意志。可是刚才我和他交流了几句，觉得情况很不乐观。”

夏荷依转过头来：“怎么说？”

“生无可恋。”

三个人面面相觑，谁都没有说话。

“如果能够把他挂念的人找来，是不是对治疗会有很大帮助？中医不是说了吗？七情可致病，也可治病。”振羽提出新的治疗方案。

“理论上应该是这样，可是无论我怎么软磨硬泡，他都说没负担，这样挺好……不肯说啊！”龙天为难地深皱着眉头。

眼瞧着唯一可走的路也被堵死了，夏荷依忽然站了出来：“我来想想办法吧。”

白望已经懒得向同事们询问病情了。

他们的回答全是“很好”“没进展”，就像统一口径了一样。

他很清楚自己的身体正在一天一天虚弱下去，以前还能够在房间里散散步，现在连翻个身都要费很大的劲。

他那功能强大、在南极的暴风雪中接受过洗礼的肺此刻就像一个破掉的风箱，气流每一次通过，都能听见嘶嘶费力拉动风箱的声音。

死亡的黑气从指尖开始弥漫，他看着它一点点吞噬自己的手指、手掌，总有一天还会弥漫到自己的心脏。那是什么感觉？他和全天下的医生一样好奇，可惜的是他将不再有机会传之于世。

他对死亡没有一点恐惧，只是觉得十分遗憾。

遗憾在最好的年华里，没有遇到她。

遇到之后也全是错过。

这个时候，他仿佛出现幻觉一般，听到有人在楼下喊他。

怎么可能会有人喊他呢？他没有父母，没有兄弟姊妹，也没有子女……

他又听见了几声，真的是在喊他的名字。

不可能的……这个嗓音太特别了，特别到它出现在茫茫人海的任何一处，他也能精准地捕捉到……

他费力地坐起来，像狗一样坐着喘气。

这时候，手机响了起来。

一个存在手机里却永远不显示名字，只显示 11 个数字的电话号码出现在屏幕上。

白望强压住想要咳嗽的欲望，接通了电话。

“是我，吴子桐。”

白望的眼睛一瞬间睁得很大，又慢慢地闭上。

如果这是梦，他希望不要醒来。

“他们告诉我不可以上去，于是我打听了你病房的朝向。现在，我就站在你病房阳台的对面，你能不能走到阳台上，让我看看你？”

白望还是不肯睁开眼睛。

“你确定想要看我吗？”

“我确定。”她的声音还是那么温柔而坚定，就像她的人一样，“我还带了安奇，他已经五岁了，长得很快，你想不想看看他？”

电话似乎被抢走了，紧接着一个甜腻腻的男童声音出现在话筒里：“白爷爷，是我，安奇。”

吴子桐在旁边小声纠正：“叫叔叔。”

安奇却振振有词：“大家都叫望爷，我叫叔叔岂不是占了大家的便宜？白爷爷，安奇可想您了，想得肚子都不像小时候那么圆了，您快出来看看安奇好吗？看看安奇肚子上的小肉肉是不是都长到爷爷的肚子上了……”

话筒里又传来吴子桐责怪的声音：“乱说话，没大没小。”

安奇的思维天马行空：“肉肉长到爷爷肚子上不好吗？弥勒佛肚子挺大，身体挺好，我希望白爷爷像他。”

白望已经笑得快要喘不过气了，他的眼中全是憋出来的泪花。他费力地起身，费力地戴上口罩，扶着墙慢慢走到阳台门口，心中还骂娘似的感慨着——老子在南极的时候也没这么不中用——他费了点劲才把门锁拧开，然后尽量挺胸收腹，出现在阳台上，看见了他们。

他笑着挥了挥手，眼泪一下子就下来了。

45

她只是素颜朝天微微笑着，也让世界失去了颜色。

吴子桐摘下了口罩。

她还是像以前那样，留着精致的鬈发，身上有着精干和柔美全然不同的两种气质。她的面孔虽然不像年轻人那么光洁，但岁月一点也没有亏待她，让睿智刻上她的眼睛，让光华铺满她的面孔。

女人如花，如何才能让花常开不败？吴子桐恰恰可以证明，只有学识和谈吐才是女人永恒的魅力，能让人随着年华的流逝越来越雍容，越来越大气。

就算是……只是素颜朝天微微笑着，也让世界失去了颜色。

站在她身边的是一个身高超过 130 厘米的纤细男孩，戴着口罩，露出一双圆溜溜的眼睛，压在微微卷曲的深栗色的头发下面，漂亮得像两块猫眼石。白望还记得第一次见到安格的时候差不多也是这个年纪，干净清洁的感觉如出一辙，就像不沾世尘的天使一样。而岁月没有馈赠给安格的运气似乎全被这个孩子笑纳了，他比同龄孩子高，比同龄孩子聪明，而且，从来没生过病。

白望和吴子桐都把手机放在耳旁。

“你这样乱规矩了，快把口罩戴上吧。”

“你不是已经戴上了吗？”

“戴上吧，就算为了安奇。”

吴子桐点点头，又把口罩戴上了。她的动作轻柔又优雅，很难想象这是一个玩手术刀的妇产科医生。白望几乎看入了迷，直到她戴好口罩，冲着他微笑。

“你现在感觉怎么样？”

“感觉好极了，住院以来从未有过的舒心畅快。”

“那就好。我最近正在做一项科学研究，论孕期忧郁症对胎儿生长的影响。”

“很不错的题目，可惜我不符合实验组的条件。”

“我可以把你推荐到我的学生那组，他们正在研究中医理论中的‘七情’对疾病转归的影响。”

“好极了。我可以毛遂自荐吗？”

“好的，不过要等疫情稳定之后，你能坚持下去吗？”

“必须的。”

“那我就放心了。”

非常默契的对话，基本上前一句话点一下题，下面就知道怎么接——很难想象这是五六年没有见面的人之间的谈话。

忽然，吴子桐像是想起了什么，把安奇轻轻往前一推：“这是安奇，他非要吵着跟我一起来，我就带他来了，是不是长高了许多？”

安奇很有镜头感地大力挥舞着手臂：“爷——爷——您——好——”

白望失笑：“长得挺好的，是个小男子汉了。”

安奇大喜过望，立刻改口喊：“白——叔——叔——最——喜——欢——你——了——”

如果不是大笑会让咳嗽持续不断，白望一定会毫不客气地让爽朗的笑声铺满天地。

吴子桐也是忍俊不禁：“这个孩子，说好听点是早慧，说难听了是鬼主意多。我已经降不住他了，准备以后扔给你管。”

白望微微一怔：“扔给我管？”

“是啊，他的理想是当医生，和安格一模一样。”

“是吗……”白望看着下面那个精怪灵动的小天使，“真好，后继有人了。”

“是啊，后继有人了。”吴子桐感慨着。

又是长时间的沉默。两人也有好些日子没联系了，对方做了什么，忙些什么，一概不知，叙旧的内容并没有那么丰富。

虽然觉得这么静静地看着就好，但白望还是咳了咳，主动告别：“好了好了，面也见了，话也说了，你知道我的状况并没有他们说的那么糟糕就行了。安奇还是小孩子，抵抗力弱，带着他赶紧离开吧。我也有些累了，想进屋歇歇。”

吴子桐柔顺地嗯了一声，抬起头看着他——

“那你自己保重。”

“嗯。”

“我会再来看你的。”

“不必了。知道我还平安，就足以心安。”

怎么可能心安？吴子桐忽然有一种冲动，想要对他说什么，可是又忍住了。

吴子桐牵着安奇的手沿着街道慢慢离开，这条街道因为紧邻医院，平日里是堵车堵得最厉害的线路之一，而今，整条街上只回荡着两个人的脚步声。安奇忽然停下脚步，甚至摘掉了口罩。吴子桐顿时吓了一跳。

“安奇，不可以摘口罩！”

安奇指指街道对面的病房楼。吴子桐抬头一看，二楼的另一个阳台上，一道白色的身影一闪而过。

“是谁在那里？”吴子桐惊疑地问。

“是夏姐姐。”安奇肯定地说。

“你怎么知道？”吴子桐更惊讶了。她当然知道隔离病房里的医护人员都穿成什么样子，如果这样还能认出……

“就是她。我知道。”安奇笃定地说，“她知道我来了，偷偷躲起来看我。”

难道这世间真有所谓的心灵感应？

吴子桐抚摸着他的头发，眼前却出现了另外一张面孔。那个拥有着和安奇一模一样的面孔的孩子，尝尽了世间各种不幸，最后依然带着遗憾离开……

只有死亡带来的遗憾，永生不灭。

吴子桐的手猛地一紧。

“什么？吴教授请求进站？”

龙天蹭一下从座位上站起来：“她在哪里？”

“已经在清洁区的会议室里坐下了。”

“简直太乱来了。”龙天匆忙来到会议室，看见吴子桐十分优雅地坐在那里，正好奇地打量着他们的工作环境。

“吴老师好。”龙天摘下口罩打招呼。

吴子桐微微颔首：“听说你已经是科主任了，年纪轻轻，前途无量，可喜可贺。”

龙天旁敲侧击：“吴老师是百伽图医院派来指导工作的吗？可是本站并没有提交申请。”

吴子桐却毫无掩饰：“不，我不是来会诊的，我是来照顾病人的。”

龙天笑了起来：“老师应该知道我们这里的规矩，任何病人都不允许探视和陪护。”

吴子桐淡淡应道：“你现在一口一个老师叫着，不会连我的一个小小的请求都无法满足吧？”

龙天变了脸：“这可不是一个小小的请求，这是一个很大的玩笑！”

吴子桐神色淡然：“我已经了解过了，某些病人也有特殊陪护的，我的决定为什么就不可以？”

简直是滴水不漏。

龙天转移了进攻方向：“特殊陪护的双方不是夫妻关系，就是子女关系。吴老师，我能冒昧问一句，您以什么身份申请特殊陪护？”

吴子桐笑了起来：“那好，我也问你一个问题——你现在和夏荷依到底是什么关系？”

龙天顿时像噎住了一样："这个问题我不想回答。"

吴子桐徐徐笑道："那么，刚才那个问题我可以不回答吗？"

龙天这才发现，自己这点聪明才智在经验老到、目光毒辣的吴子桐面前真心不够。

吴子桐又道："龙天，安奇我已经送回老家了，医院那边也请好假了。我是一个成年人，能够对自己所说的每一句话、所做的每一件事负责。我自己做出的决定从不后悔，所以你也不必再劝我什么了。"

龙天狠了狠心："我站资源匮乏，口罩奇缺，恐怕不能给您的特殊请求提供任何帮助。"

吴子桐大笑起来："是吗？那我可真是雪中送炭了，我手上的这一份清单，都是自行从美国购买，自愿捐赠给贵站的，当然了，我自己也会用一些。龙站长，你会拒绝这份珍贵的馈赠吗？"

简直是步步为营，老奸巨猾啊！

龙天彻底没招了，只能使出撒手锏："吴老师，您自己也是医生，应该明白这次的病毒有多可怕。我们一线人员每班也只有两个小时在危险区里面，您真的确定要床前陪护？"

吴子桐许久没有说话，她只是看着龙天。

"龙天，你也跟我交个底吧……你觉得，白望还能从这里出去吗？"

龙天沉默了。

"好了，我明白了。"

吴子桐站起身来。

"龙天，我们都是经历过苦痛的人。

"我是真的不想安格离世时的遗憾再发生。"

第十章

吾令凤鸟飞腾兮，
丰碑无字

在平日里冷言冷语强横霸道自以为救世主的是医生，在关键时刻冲锋陷阵不顾自身安危真正成为救世主的也是医生。

这就是人，可以伟大，可以卑鄙，可以勇敢，可以怯弱。

医生不是神，而是人。只要不用过高的道德标准绑架他们，大多数医生都还是很可爱的。

46

我会把在这里的每一天都看作在另一个平行世界发生的事情，我会一心一意地对他，不留遗憾，只争朝夕。

吴子桐进站的消息很快传遍了医疗组，夏荷依飞速赶来。

“吴阿姨，我打电话求助，只是希望您能过来见一见望爷，给他打打气。可是您居然决定要进站……我实在太后悔给您打电话了……”

夏荷依一边带路，一边还在拼命自责着。

吴子桐却云淡风轻地笑着：“好孩子，不怪你。如果你不告诉我这件事，我才会后悔一辈子。”

夏荷依回头看了她一眼，一副欲言又止的样子。

吴子桐当然知道她想说什么，可是既然走到这一步，她也没有避讳的意思：“你也想问我以什么身份留下来对吧？”

夏荷依点点头，眼角不禁染上了殷红：“毕竟您有家有室，自己还是大名人，留在这里就不怕落下话柄？”

吴子桐望着前方：“你所说的这些我也都曾顾虑过，可是和白望的生命比起来，我的声名又算得了什么呢？像我们这些真正接受过亲者逝、生者痛的人，都会觉得再没有什么比生命更重要，再没有什么比遗憾更痛苦。

“白望不仅是我的恩人，也是我的知己，从医院这个小世界来说，他是我的亲人，是最关心我的人，也是我最关心的人。

“所以，我也会把在这里的每一天都看作在另一个平行世界发生的事情，我会一心一意地对他，不留遗憾，只争朝夕。”

“不留遗憾，只争朝夕……”夏荷依细细咀嚼着这几个字，神思已不知飞到哪儿去了，竟是三分恍惚，七分惆怅。

吴子桐的目光轻轻扫过她的面颊，语气平静得依然像叙述一样：“所以，就算是儿子身上发生了多么不可思议的事情，我都会平静地接受，因为对我而言，任何事情都不会比他快乐地活着更重要。”

夏荷依心中怦怦乱跳着，总觉得她另有所指，似乎还不止一层意思，却又不敢再细细问下去，只能一路无言。

“吴阿姨，虽然您是大专家，可是来了这里，还是要按我们的规矩来。”

“我明白。”

在夏荷依的示意下，吴子桐脱下自己的衣服和鞋，穿上一套分身衣服和鞋，再套上一件隔离袍，最后再穿上一件连体的防护服，戴上两个 16 层纱布口罩和护目镜。炎热包裹着她。

“觉得怎样？”夏荷依关切地问。

“没问题，就是觉得你们每天穿成这样好辛苦。”吴子桐由衷地慨叹着。

“习惯了就好了。”

夏荷依带着她走出更衣室，在走廊上套了两层鞋套，又戴上两层手套。她们走到一扇门前，上面赫然写着“您即将进入半污染区”。

“好像美国大片。”吴子桐看着门上鲜红的大字。

“真的很抱歉，这样的环境还让您过来。”

“我的决定并不接受任何抱歉。”吴子桐依然笑容和煦。

“进病房之前，还要再穿一层隔离衣，再加一层口罩、手套和鞋套……”

吴子桐任由她摆弄着，苦笑着说：“穿成这样，他该认不出我了。”

夏荷依的手顿了顿，仔细帮她把帽檐压好。

“不会的。认出一个人并不需要真的看见或者听见，仅仅只凭感觉就已经足够。”

吴子桐静静地看着她，虽然夏荷依的脸已经被各种防护遮得干干净净，但这并不妨碍她是一个美人，一个从内心散发着温柔和强大的美丽女子。

“那天，站在阳台上向下看的人是你吧？”

夏荷依手中的动作顿时停了下来。

“安奇认出你来了。”

夏荷依连呼吸都停止了。

“他很笃定地跟我说，就是你，他知道。”

夏荷依连手都放下了。

“后来他还把口罩摘了，说是要让你看到……你后来看到了吗？”

夏荷依的心中顿时竖起丛丛的荆棘：“吴阿姨，我不是已经躲安奇躲得远远的了吗？您到底还要我怎么做？”

吴子桐平静地看着她：“荷依，你觉得我是在责怪你吗？我在经历了那么多人力所无法改变的悲剧以后，还会强行用人力改变什么吗？不，没有，我完全没有这个意思。我既没有要你走，也没有干涉安奇想法的意思，无论他想成为什么样的人，我都不会阻拦。”

夏荷依低下头，她的护目镜上出现了一片白雾。

“可是，我的心中是有一条界的。”

“是啊，我们的心中都有一条界，应该做什么，不应该做什么，似乎从小接受的教育就已经把它刻在了心里。”

吴子桐自己开始穿戴最后一层防护。

“所以，我就是来亲手打破它的。”

夏荷依吃惊地抬起头来，看见吴子桐正对着镜子，仔细地检查自己的仪容。

她总是那么从容不迫，每次都把别人的情理不容毫无顾忌地踩在脚下，骄傲的态度仿佛宣告只要她做了，就是正确的事。

无论是在村妇面前下跪，还是给放弃治疗知情同意书签字。

无论是高龄怀孕生二胎，还是此时此刻出现在这里。

夏荷依真的很钦慕她，如此睿智、美丽、强大、自信……如果自己能达到她的十分之一就好了，如果自己能变成她，那么她就不再怀疑……

“荷依，出站以后到我家小住一段时间吧。”

“……阿姨……”

“你走了以后，安奇总是说，‘为什么明天不是世界末日？如果是世界末日的话，我的夏姐姐就会回来了’。”

夏荷依的心震动得就好像世界末日一样，她无言地看着镜中的吴子桐。

“小孩子的情绪真是一点都藏不住。高兴的时候好像拥有全世界，不高兴的时候可以毁灭全世界。

“我实在不想我的孩子把每一天都当成世界末日。我想告诉他，这个世界上有很多很多的爱和很多很多的包容，是我想给他的快乐。”

吴子桐说完这番话后，轻描淡写地跟了一句“我进去了”，就一脚迈进了“污染区”，只留夏荷依一个人苦涩地烦恼着……不过，这也与她无关，她已经进入了另一个平行世界——

另一番风景。

空荡荡的走廊里，一个人也没有，既没有医护人员转来转去，也没有病人出来遛弯休憩。只有仪器设备还在繁忙地工作着，既有心电监护的嘀嘀声，也有呼吸机的呼哧呼哧声，更有不知从哪儿飘来的一连串无力却又止不住的咳嗽声，像无影幽灵一样飘浮在死气沉沉的病房上空。

吴子桐定了定神，走到那扇房门前，再次确认无误后，她深吸了一口气，推开门径直走了进去。

此刻，白望半卧位躺在病床上，仿佛有预感一般正直直地盯着这边。吴子桐没有说话，只是忽然有种错觉，自己迈出的这几步，似乎正在穿越两个世界。

他终于笑了起来，蜡黄的脸庞上竟然也有一丝红润。

“是你吗？”他这样问着，似乎这个“你”已经成了专有名词。

“你说呢？”吴子桐微笑着回答。她不清楚对方能不能看清她护目镜下的眼睛，以及她眼中饱含的热泪。

白望开心地笑了起来，那笑容有几丝伤感，却有无限光芒。

“穿成这个样子，我都快认不出你的身形体貌了，连性别都快看不出了。”

“这很重要吗？”吴子桐反问道。

白望又笑了起来。

“不，这一点也不重要。”

重要的是，你来了。

吴子桐坐在了床边，白望忍不住往另一侧移了移身子。

“我有这么可怕吗？难道在你眼中，我是洪水猛兽？”吴子桐打趣道。

白望失声笑了起来：“你穿成这样，是应该像防洪水猛兽一样防着我。”

吴子桐做了一个扇风的动作：“是啊，超级热的。反正他们也不在，要不然你帮我把把风，我偷偷脱两件？”

“千万不要！”白望激动地喊了一声后，看见对方那意味深长的眼神后，一张老脸也忍不住彻底红了。

无论自己在别人眼中是怎样的大神、超神，只要回到她面前，就依然还是像当年的菜鸟医生面对心目中的女神一样，青涩得令人发指。

吴子桐忍不住笑道：“看来你精神不错。”

“我本来就很好，所以看过以后就回去吧，这里不是你该来的地方。”白望尽量让自己的每一次呼吸都平稳滑行，尽管这相当吃力。

“白望，考虑到你回头一定会知道，所以我提前解释一下。我是特地走了后门，托了关系，实施了贿赂，威胁了管办，好不容易才得到许可，进来陪护你的。”吴子桐把自己威逼利诱的行为说得十分坦然。

白望的脸色果然一变。

“这怎么可以，龙天那小子太没原则了，我要呼叫他……”

白望伸手去找呼叫器，却被吴子桐用两只手摁住了。

“我记得你刚到百伽图的时候，也要叫我一声‘老大’。现在，‘老大’下医嘱了，下级大夫就算有什么个人意见，也只能留中不发。在‘老大’面前，你根本没资格指手画脚。”吴子桐把“老大”两个字咬得很重，还连说了三遍。

白望溃败千里，但犹在挣扎。

吴子桐的目光一时间亮灿如星，以不容置喙的语气继续说：“现在你只有两个选择——一，你带我出去；二，我带你出去。好了，你选择一还是二？”

白望看着她的眼睛。

“这两个选择有区别吗？”

“有。”吴子桐笑了起来，“主从关系。”

两个人都笑了起来。

在这样一个暗无天日的地方，这样的笑声真是弥足珍贵。

“那么，决定留下来的你，可以再帮我一个小忙吗？”白望认真地看着对方。

“必当效劳。”

“你可是‘老大’啊！”白望拿刚才的话揶揄道。

“刚才是刚才，现在是现在。你是国家医疗队队长，医疗上的事，我听你的。”

“你已经知道我要说什么了？”白望定定地望着她。

“我们都是医生，也认识十多年了，当然知道彼此的脑皮层上跑的都是单线程。”

白望目光灿然，好半天才慨叹出声。

“如果不是你的特殊身份，我真想说：‘得妻如此，夫复何求’……”

吴子桐低着头，默默看着自己摁在对方手背上的双手，并没有刻意躲闪，心中亦十分坦荡。

在这个平行世界里，我就是你的妻。

监视器里，他们握在一起的双手自然也落在龙天、夏荷依、杨振羽等人的眼中。

龙天啪的一声关掉这一间病房的监视器，伸了一个懒腰，摆摆手道："好了好了，都散了吧。这个房间以后再也不用监视了，我们有一个比监视器更强大的人工智能可以好好工作。"

杨振羽毕竟心眼实诚，忍不住追问道："难道说望爷一直不结婚，等着的人，爱着的人，就是……"

"望爷想不想嫁人关你什么事？轮得到你指手画脚吗？你只要知道闭上眼，管好嘴就行了。"

龙天拉着振羽吵吵嚷嚷地走了。而夏荷依一直看着那块黑掉的显示屏，露出既欣慰又担忧、既喜悦又哀伤的表情来。

47

钟的指针在继续走着，珍视每一瞬间，把今天当成最珍贵的礼物。

自从白望的病房里有了吴子桐做帮手，重症肺炎专属病房里就有了两个大脑中枢。

就算自己也成了病人，白望的思索并没有停止。他反而把自己的患病感受写成日记，由果推因地制定重症肺炎的治疗方案，并由吴子桐整理打印出来，放在了龙天的办公桌上，也传到了由四大医院的专家们组成的诊治指导中心。

由白望心血书就的临床笔记得到了四大医院专家们的高度重视，经过几轮争论和修改，整理成诊治指南，飞快地又传真到全国其他疫区，为更多的医生们所了解、学习、掌握、采纳……

小剂量激素、早期的机械通气等后来被验证确实有效的治疗方法，都是白望在与死神的殊死搏斗中得到的宝贵经验。他对医学的真知灼见依然惠及着无数患者，但这并不能阻挡濒临崩溃的身体一步步滑向深渊……

越来越无法控制的体温像一头凶猛的野兽，把他带到了一片虚无焦灼之地。虚弱无力的身体让每一次翻身都像万里长征，急促困难的呼吸把吸着氧的他无情地推向万仞高峰……

白望又一次睡着了，虽然睡得并不十分安稳，但好歹睡了，在与病魔的战斗中也需要喘喘气。

吴子桐悄悄离开病房，从污染区出去，卸掉一层防护，再从半污染区出去，隔离衣也脱了，这才用力吸了几口气，拢了拢头发，走进龙天所在的医生办公室。

“找我什么事？”

吴子桐刚一进门，就发现今天的气氛格外凝重，她心下了然，表面上却依然淡定从容，一路走来的姿态就好像云中漫步一样。

铺着白布的会议桌上依次排开一叠黑色的CT片，吴子桐扫了一眼，桌子上有十张片子。

今天，是第十天了吗？

“吴教授，这是望爷今天的胸片。”龙天并没有拿起桌上的任何一张片子，反而从身边的塑料袋里抽出一张新的递给她。

第十一天。

吴子桐不动声色地接过片子，对着日光灯看了一眼，心就沉入了深渊。尽管她不是呼吸科的专家，但简单的肺片还是会看的，更何况白望的肺片并不需要多么高深的技术就能看出——片子上的两肺都白了，这表明这里已完全被炎症占据，呼吸衰竭只是时间问题。

这一天终究是要来了……

可是……

为什么这么快？

为什么这么快！

“您一直陪在望爷身边，我想请教您，您觉得他的情况怎么样？”

吴子桐定了定神，字斟句酌地回答道：“他醒着的时候，憋气的情况尚可，只是咳嗽加重，咳痰无力，需要连续拍背才能咳出，可是一旦睡着以后……”

吴子桐怔了怔，忽然脸色煞白。

“恐怕就是这样。”龙天双手摁在办公桌上，手底下压着白望最新的肺片，直直盯着吴子桐的双眼，“望爷因为怕你担心，所以一直憋着气。他的血氧结果也证实了我们的判断……已经出现很严重的呼吸衰竭了。”

吴子桐怔怔地坐在那里，一贯胆识过人的她，竟然从脑海中寻不到对策。

而龙天替她想到了。

“这种情况下我们没有别的选择。第一，您必须立刻从病室里撤出来，您留在那里，对他没有好处，只有坏处。第二，如果呼吸衰竭的情况还得不到缓解，我们就要选择气管切开了。”

这么快就要面临又一个生死关了吗？

吴子桐深吸了一口气，终于平复了自己的心：“我完全同意你的判断，就这么做吧。”

说完后，她立刻站起身来，一边戴口罩一边向外走，大家面面相觑，龙天喊出声来：“吴老师，您……不是已经同意了吗？”

吴子桐站住了。

“可是，他现在还在睡不是吗？

“如果可以，我只想多陪他一会儿，哪怕一秒钟也行。”

说完这句话后，吴子桐头也不回地径直向着半污染区走去，留下一屋子的医务人员怔在当场，甚至忘记了要去阻拦……

只是，吴子桐也没想到，她一进一出这近一个小时的时间，白望竟自行醒了。

她无意识地抬头看了看监视器，心道：总是要告别的，不可能一声不吭地说走就走。于是她心安理得地坐回床前，低头看着他的眼睛。

“你醒啦？”

吴子桐微笑着，自然而然地把他的手握在自己手中。

白望看着她，脸上也露出浅浅的笑来。

“是啊，这一觉睡了好久，梦里面一直都在找什么，很焦急的样子，醒来后，才发现你不见了。”

这是真的梦吗？还是你在暗示什么？

吴子桐看着他的眼睛，总觉得即将到来的离别是如此难以启齿，就像被面罩憋住了似的整个胸口都闷痛起来。

白望闭上眼睛养了养神，缓缓开口道：“子桐，我忽然想和你说说我小时候的事。”

吴子桐心中顿时有了不好的预感，连忙握紧他的手指。

“那些事情，你可以留到好了以后慢慢告诉我。”

“我想让你更加喜欢我，别阻止，好吗？”白望还不忘说了句俏皮话。

吴子桐的脑海中浮现出惨白光芒中那云山雾树般的肺片，终究没有再说什么。

白望望着天花板，慢慢地回忆起他的前半生。

上学的时候他就十分要强，几个学霸凑一堆，哪个难考考哪个，于是他选了医学院。上了贼船才知道，这是一条活到老学到老的路，也是一条时刻挑战极限的路。

毕业后，他幸运地被百伽图留用，成为一名真正的医生。本以为孙猴子学会七十二变就可以当齐天大圣，却不想还要在太上老君的炼丹炉里待七七四十九天才能练就火眼金睛。

之后便是所有医生的修炼之路——主治医师、副主任医师、主任医师级级晋升，管临床，做科研，搞教学，样样必修，偶尔出现像安格这样的病人，换位思考走火入魔的结果就是恨不得连自己这条苦逼的烂命也换出去。

再然后，他又选了一条充满挑战但异常艰辛的路，出国当无国界医生，组建国家急救医疗队，参加南极科考队……别迷信哥，哥在传说之外，依然苦逼得连张能够平躺的床都找不到……

而今，他终于可以慢下来。

看着窗外的树一天一天变绿。

看着阳台上的花一天一天更红。

看着日落星起、云卷云舒、烟升雾绕、雨过天晴。

看着她坐在自己的床边，读一本好书，说两句闲话。

“你知道的，我进来后一直坚持记日记。在这本日记里，我记身体状况，也记人生感悟。写给别人看，也写给自己看。刚才我在日记上写了一段话，虽然是摘抄的，但这段话是写给你看的。”

白望每说一句话都要歇好几起，但他还是坚持说完了，并指了指枕头下压着的一个笔记本。

吴子桐心中一动——专门写给我的话，应该不会放在这样一本日记里，那么他希望我看到的是……

吴子桐抽出本子，一页一页往后翻，翻到最后的时候她忽然惊呆了，又反复读了好几遍，日记本落下，她的双手一起握住他的手，紧紧地握住。

要理解一年的价值，就听听落榜的大学生怎么说。

要理解一个月的价值，就听听操劳家务的妈妈怎么说。

要理解一个星期的价值，就听听周刊报纸的编辑怎么说。

要理解一个小时的价值，就听听等待的情侣们怎么说。

要理解一分钟的价值，就听听正好电车乘过站的人怎么说。

要理解一秒钟的价值，就听听刚才避开了事故的人怎么说。

要理解十分之一秒钟的价值，就听听在奥林匹克拿到金牌的人怎么说。

钟的指针在继续走着，
珍视每一瞬间，
把今天当成最珍贵的礼物。

此时此刻，已无须任何语言。

他知她知他。

白望又歇了好一会儿，终于积攒了全身的力量，反握住她的手一气说道：“重病的这几天，是我一生中最幸福的日子。我一直以为，这辈子就这样了，只能远远地看着你，把对你的思念撒向世界的终极……我曾经那么骄傲，认为自己当医生当到这分上，太牛了。可是我现在才发现，我一生的荣誉竟然抵不过你一双手握住我的这双手。”

吴子桐忽然紧紧握住他的手，擅自打断了他的话：“你别再说了，太耗心力。我答应你，我不会走的，我会一直陪着你。”

白望咧嘴一笑，忽然间猛咳起来，吴子桐连忙坐在床上，扶起他的身子——她心下一惊，这么轻——然后让他那虚弱无力的身子靠着自己，连续拍了上百下，他才终于缓过劲来，喘着气示意要躺下。

吴子桐忽然冲动地说：“就这么靠着吧，你能舒服点。”

“传染……”

他撇开头，身子朝着病床扑去。吴子桐呆呆地坐在那里，忽然间用力地握紧了自己的手指。

白望躺在床上又喘了好一会儿，才终于凝聚起一丝力量。

“子桐，我知道，我的病好不了了。

“我心里很清楚的。从那天你从那扇门走进来，告诉我你会一直陪着我……到死。”

吴子桐的眼圈一下子就红了。

你为什么是个医生？

又为什么那么睿智？

白望定了定神，虽然艰难，却依然平静地诉说着。

“既然活不长了，我有几句话要赶紧嘱咐。

“第一，不要呼吸机。”

吴子桐忍不住喊了一声：“白望！”

他摇摇头，态度坚决：“我非常清楚，有创呼吸治疗对我没用，对这个病没用，不过是残喘几天，反而让同伴们承担巨大的风险，我不要。”

吴子桐知道他自己也是因为切开气管被传染，很怕再传染给别人。

可是不插管就意味着呼吸衰竭的情况会一下变得很糟，那么，那么……

“第二，帮我找一个叫贾力的主治医生，替我跟他说声对不起。

“那时候，也是遇到呼吸衰竭，他通过步话机问我怎么办，我说气管切开。他很害怕，不敢做，我就骂他，如果躺在床上的是你的父母，你切不切？

“我到底是没做过父亲的人啊，如果真是他的父亲，一定不会让他这么做……”

说到这里，白望的身子忽然不自觉地颤抖起来，眼中也仿佛聚变般凝聚起强烈的光芒——

不能成为父亲的遗憾和对那名下属的愧疚，像漩涡一样绞杀着他的良知，带来了强烈的羞耻和残念。

吴子桐强压下心中的悲痛，摸索着，重新把他的手握在手中。

“我明白了。我……尊重你的意见，也会去找那个医生。”

白望的身子继续轻颤着，刚才是因为羞愧，现在却是因为激动。

他明白，吴子桐事实上已经答应了他的遗愿，并愿意为此忍受“不作为”的终生折磨——

我深爱的妻啊！我怎么忍心让你背负生无可救、死亦何哀的痛苦！

白望深深吸了一口气，缓缓吐出第三条。

“第三，我已经立了一份生前预嘱，你帮我交给龙天。”

“你把不希望接受呼吸机的愿望，以生前预嘱的方式写下来了？”

吴子桐几乎立刻就明白了他这么做的真正用意，而白望终于转过头来，用那双无比清明的眼睛，用灵魂深处的声音与之对话。

“我一直觉得，生前预嘱就是神的佑护，它最大的意义就在于让深爱着我的人不至于因为放弃治疗而倍受良心的谴责。”

你非要这样吗？把所有的事都猜到了，想到了，安排好了，再觍着脸接受人们的崇拜？

吴子桐深吸一口气，握住他的双手力道大得几乎将他的骨头捏碎——

白望，你是一个真正伟大的人。

只要你走过的地方，都有无字丰碑。

48

我只想变得更强，比现在更强！

第十二天。

龙天团队对白望的病情束手无策。高烧持续不退，肺部感染进行性发展，激素翻倍也没什么效果。龙天每天把病历传真到四大医院联合专家组请求会诊，得到的答复也是不容乐观。

振羽还在玩命搜着浩如烟海的英文文献，尽管她双目赤红，不停流泪，尽管她已经三十六个小时不曾合眼了。

手中的纸张被抽走，龙天坐了下来。

“事到如今，疾病的转归只能靠望爷本身的意志了。治疗手段对他而言只是聊胜于无。对于现在这种局面，连我也没有办法，你不必太自责。”

振羽凝视着他，片刻后，轻轻把头靠在他的肩膀上。

“还记得在你们家的时候，你曾经说过，医生的成长就要看他的同事、他的亲人、他的朋友是否愿意把命交给他。我曾经觉得这是一种至高无上的荣耀，真到担子压下来的时候，才发现这是一份令人窒息的压力。”

振羽的眼中晶莹闪动：“那天，我去给望爷扎血气，望爷也说了同样的话。他说他把命交到我手里，希望我能好好努力。我真的好想说望爷您放心吧，剩下的事情就交给小子们了……可是我真的说不出……”

因为我还达不到标准。

因为我根本做不到。

振羽深吸一口气，继续说道："所以我坚持要留下来，哪怕队长换人，队员更替。所以我还在寻找办法，哪怕时间有限，办法更有限。我只想用行动告诉望爷，他没有放弃我，我就绝不会放弃自己……

"哪怕耗尽心力，我也想要为了他变得更强，比现在更强！"

龙天心中的震撼无法复加，就好像有一个小宇宙正在诞生。

他凝视着对方的眼睛——那双美丽的眼睛晶莹璀璨，耀眼夺目，不仅仅是含着泪光的缘故，而是一种更加强大的力量正在旋转、汇集、爆发……

他知道，在她身上，有什么东西不一样了。

龙天情不自禁地揽过她的肩膀，像兄弟之间的那种揽法。

"放心吧，我相信望爷的信任一定不会托错人。"

这一句话却不知触动了振羽的哪条神经，她哇的一声哭了出来。

"所以在我变强之前，我好希望望爷不要死……"

"我会替他看到的。"

"……狗屁，和你又没有一点关系……"

谁说和我没有关系？

龙天静静地凝视着前方，掌心的力量正在凝聚："我会一直站在你的身边，和你一起变成更强的人。"

两天后。

白望已经非常虚弱了，可是依然没有采用气管插管。他在时昏时醒间，忽然听到旁边的病房里传来嘈杂的声音。

他彻底醒了。

一个人影立刻出现在视野里，手指又被握住了。

"吵到你了？"她问。

很温柔的声音，又难掩一丝惊喜。

他眨了眨眼睛，在她手心慢慢写字。

"？"他画了一个问号。

"是隔壁屋，正抢救呢。患者的手机一直开着，他的孩子正通过电话给他鼓劲。”吴子桐说完这几句话后就沉默了。交织在一起的各种杂音她已经听了一会儿了，无法形容的恐惧正盘旋在头顶上空，而此刻，她唯一能做的也只是紧紧握住身边这个人的手。

两个人谁都不说话，就这么无声地听着，期待从神的试炼中得到一丝启悟。

白望又在她手中慢慢写道：“。”

是的，都结束了。医护人员们正在退出，仪器设备什么的也都摘掉了。这样的事情这里每天都在发生。只有电话里的声音还在持续不断地响起，一边呼喊着亲人的名字，一边传来隐约的啜泣声。没有人出面关掉手机，他们最终把它放在了逝者的耳边，如果去了天堂，他也一定能够听见。

吴子桐想象着电话另一头被屏幕照得发亮的面孔，神情有些恍惚。

他又在写字。

“幸福。”

“你是想说，你比那个男人更幸福吗？”

“是。”他写道。

吴子桐忽然觉得很泄气，然而又有一种冲动，想要把这些天来的憋屈愤懑全都发泄出来。

“别人都说，先走的那个是福气。如果你真的在乎我，就不应该让我坐在这里，什么事都做不了，还要看着你慢慢死去！”

“别哭。”他写道。

“这可不是你能决定的事情！”

“爱你。”他写道。

吴子桐惊呆了。

这是他第一次明确表达出他的爱意，在此之前，哪怕一个眼神也飘忽躲闪，哪怕说一句话也字斟句酌。他是如此患得患失，小心翼翼，在过去的日子里，成为她笔直向前的道路上的模糊背景。

他怎么忽然想起说这些？

难道说……

他的心中已经有了觉悟？

吴子桐抬起眼睛注视着监视器上的时间，液晶屏上简单的数字和窗外彻底安静下来的世界显示现在是凌晨两点。在这样一个死寂的时刻，吴子桐忽然发现自己的喘息声越来越大，越来越重，仿佛天地间只剩下自己粗重的呼吸声。

“鼻咽。”

吴子桐呆呆地看着他在自己的手上写字。

“病原。”

少少的几个字，落在同是医生的吴子桐眼中，已经是再明白不过的事理。

吴子桐的眼中忽然涌出大滴大滴的泪珠，狂风骤雨一般落在护目镜上。

哪怕他已经陷入昏迷，哪怕他已经在弥留之际，也还在想着自己的使命，想要攻破疾病难关吗？

白望！

这时候，报警器发出空袭警报般尖锐的叫声，心电监护仪上的几条线全都乱得不成样子。

神啊！

你现在就要带他走吗？！

这时候，楼道里的广播喇叭啪的一声打开了，龙天焦虑的声音响彻整个病房：“25床，请报告25床情况，是不是出现了什么问题？”

吴子桐的身子不停地颤抖着，她的脑海里像是忽然挤进整个宇宙，星空正在爆炸，宇宙正在膨胀，炽热的白光强烈地刺激着她的眼睛。

在一片白色世界里，她看到了他，白衣胜雪，目光坚定。

第一，不要上呼吸机。因为气管切开风险很大，而对疾病转归没有作用。

第二，帮我向贾力医生道个歉。如果我真把他当亲人看待，就不会让他冒这样大的风险。

第三，我把第一条写成了生前预嘱，因为我不想我爱的人因为放弃治疗而备受良心谴责。

我所爱的人啊！

我不希望你受到良心的谴责！

吴子桐瞬间睁大了眼睛，她清楚地看见对面的那条绿线变得笔直，而耳朵里所有的警报声都拉成了一条长长的线……

白望！

49

天空中没有翅膀的痕迹，而我已经飞过。

当吴子桐拖着疲惫的身躯出现在医生办公室时，所有人立刻站了起来。

那块黑掉的监视屏已经打开，白望是什么情况，他们也都知道了。

不然人也不会这么全。

吴子桐近乎自嘲地想：

原来到了这个时候，我还能做出这么周全的分析。

原来到了这个时候，我还能如此平静地面对这一张张悲痛欲绝的面孔。

“患者白望，第25床，死亡时间，4月26日2点48分。”

“死者生前遗愿，做鼻咽拭子，查找病原体。”

杨振羽喉头不受控制地发出咯的一声，眼泪滚滚而下。夏荷依那大大的眼睛盛满了不相信的泪水，晶莹璀璨得像露珠里的彩虹。而龙天双目赤红，目光阴沉，一直沉默着……忽然举起右手，用力地行了一个军礼——

“谢谢。”

谢谢谁？

谢谢我，还是谢谢白望至死都不忘他的事业？

吴子桐的眼泪忽然夺眶而出，她忽然一把抓住龙天的胳膊，嘶着声颤抖道："我知道的……因这个病死亡的人都不能收尸，最后都是黄袋子一套，青烟一燎，就地深埋……我能不能拜托你，就算不能替他收个全尸，也务必问到他究竟埋在哪里了，千山万水，无论埋骨何处，我也一定每年去祭拜……"

"白望他没有亲人，没有子女，我不想他死了以后连活过的证据都没有！哪怕只是一抔黄土、一捧忠骨，也要让我们这些活着的人有个念想啊！"

龙天紧紧地抿住双唇，过了好一会儿才重重地点了点头。

"放心好了，我一定会妥善安排望爷的后事，一定给您一个交代，给恩师一个交代，给全世界一个交代！"

吴子桐默默地看着龙天，心湖中慢慢浮起一朵一朵的白莲。那是灵与灵的对话，只有最纯粹的人能够听懂的对话。

"你会做到的，对吗？"

"穷极一生。"

有的人迷惑不解，有的人恍然大悟，有的人泪流满面，有的人目光坚定。

这是最悲痛的时刻。

也是最黑暗的时刻。

然而，从血光中浮起的洁白的信念，已奋力地冲破了黑暗，飞向了遥远东方的第一抹光——

"白望教授临终前留下了如此宝贵的信息，作为他的遗愿，无论多困难，我们也一定要完成。"

龙天的目光缓缓扫过众人，从每个人的脸上看到蕴含着巨大力量的平静。

"我去。"龙天的话音还未落下，一个人就越众而出，是杨振羽。

她的眼睛通红通红的，还未从恩师离世的悲痛中缓过来，可是在这个时候，她毫不犹豫地第一个冲了出来，哪怕前途未卜，哪怕艰难坎坷。

虽然早已有了预计，龙天的心还是狠狠地抽动了一下。

“取鼻咽拭子是一件很危险的事，不亚于为患者做气管插管。”他觉得自己有必要“警告”一下这位任何时候都不会停止前进的女子。

振羽并没有直接表态，而是话题一转，又回到了白望的身上：“当我看到望爷在病房里书写的三条遗嘱时，我就知道，针对这一个个体，哪怕他是我最重视的病人，我也无法再为他做什么了。但是我还可以为更多的病人，甚至整个医学界做哪怕一点小事，因为我想变强，变得更强！”

龙天深深地看着对方。他非常清楚，这就是她的宣言。在这种信念的驱使下，她已经不可能再回头了。

这时候，忽然有无数个声音仿佛回声一样次第响起。

“我也想要变强！”

“我也要更强！”

“算上我吧！”

“还有我！”

……

被黑夜笼罩的病房上空像是绽放开火树银花，灵与灵碰撞所释放的巨大声音和能量在每个人的头顶上回荡盘旋。龙天看着这一张张坚毅的面孔，心中的激荡亦如诗如歌。他久久地沉默着，然后忽然一通大吼：“你们都争着去做科学实验了，难道想把我一个人变成万能机器猫吗？”

“机器猫”出现在这么严肃的场景中，违和感太强，大家都不禁破涕为笑。

“你们的愤怒和悲伤我都感受到了，发泄的方式有很多种，往死里干活也是一种！”龙天的“小皮鞭”抽得啪啪的，大家那紧锁的眉头又松掉了几分，“至于取鼻咽拭子这么危险的事，有两个人就够了。

杨振羽算一个，我算另外一个。”龙天无比平静地宣布道。

房间里又像炸了窝似的喧闹起来。而在喧哗嘈杂中，只有振羽一个人的表情如此清晰，龙天能细微地捕捉到她的表情由惊讶，变为恍然，再到接受。她看上去是那么坦荡，那么平静，就好像站在前方等待他一样。

“是的，她在前方等着我呢。”龙天在心中对自己说。

这一次，是我要与她比肩而立。

既然有了这份决心，那就事不宜迟，就从白望开始吧。

刚刚故去的病人取鼻咽拭子相对容易，擦拭咽部的时候不会引起咳嗽和喷嚏，大大减少了被传染的可能性。龙天和振羽从检验科取来几十支带有长长棉棒的试管和一瓶粉红色的药水，迈进了白望的病房。

尽管这间病房她来过无数次，还是觉得这一刻寂静得可怕。她多么希望那些记录他生命体征的仪器还在工作，用嘀嘀声破除此刻胶凝般的死亡静默啊！

“交给我一个人做也行。”龙天看出了她心中的畏惧，站在门口堵住了路。

“不，我可以的。这不过是我人生道路上无数试炼中的一个。”振羽侧过身，从龙天的身旁走过，径直走到了白望的病床前。

看着白望脸上盖着的白布，振羽心中的畏惧发出了尖锐的叫声。她控制住自己的身躯不至于逃走，却控制不住自己的声音。

“我没有取过，该怎么做？”

“你协助我打开口腔，我教你如何取样本。”

这一次振羽没有再争执，她走过去，努力控制自己不要去看白布下的面孔，尽职尽责地做好自己分内的事。

龙天一边工作，一边把取鼻咽拭子的方法和技巧毫无保留地传授给振羽。他始终不忘自己的使命，要把杨振羽这根苗子带上正路……

示范几次后，两个人交换位置，变成龙天辅助，振羽取样本。两人配合默契，很快就取了十几管。

从单个个体上取到这个数量足够了，但不同的患者身上也要取，活体身上也要取，明天才是真正的高危战。

两人做完收尾工作准备离开，振羽忽然转过身，对着白望的遗体深深地鞠了一躬。

她说，谢谢。

龙天没有听错。她没有说对不起，没有说抱歉，而是说谢谢。

那轻轻的两个字像一只雏鹰飞上天空，在凌云之地留下响亮清越的声音。

龙天没有打扰她的仪式，他很小心地把试管架放进密封箱里，关闭，锁好，脸上露出了一丝清浅的笑容。

医生对病人的同情不是眼泪，而是心血。

杨振羽正如同一只雏鹰，挥舞着稚嫩的翅膀，却昂然眺望着蓝天。

她的未来，无可限量。

两人很快就收集了100多支试管，之后的几天，振羽往检验科跑得很勤。

“我想亲自参与毒株的培养。”她是这么解释的。

不仅亲自参与培养实验，还提前从网上下载了大量关于电镜检查和测序的文章。病房里本来没有这些高精尖的设备，她就管龙天要，反正龙天神通广大，什么都能搞定。

而龙天“无限宠溺”的方式就是她要什么给什么，而且动用“私权”调整了她的排班，支持她进行科学实验。

“只要有激情，比什么技术、经验都重要。”龙天这样解释道。

几天后，振羽忽然打来了电话。

“龙天，你能到检验科来一趟吗？现在。”

仿佛有预感似的，龙天的心跳得很快。他几乎是飞奔到了检验科，看见振羽坐在显微镜前，她的眼睛满是血丝，却又从黑色的瞳孔里飞出了燃烧的火鸟。

“你来看看这个，我觉得我找到了。”

振羽站了起来，很平静地站了起来，转身，退后，垂着手站在那里。她太年轻了，还不知道这个发现对于医学意味着什么，对于历史意味着什么。

龙天平息了一下一路跑来的激动和喘息，终于坐在了振羽刚才的位置上。他双目清明，朝着镜下的世界望去。在高倍电子显微镜下，一个紫色的圆球静静地漂浮在那里，身周插满了图钉一样的触角。

“知道吗？这是我迄今为止找到的形态最完整、染色最清楚的病毒株，就是从望爷的样本中培养出来的。”

龙天愕然回转头去，在她那如星如辰的眼中看到了泪光。

“冥冥之中，就好像他在指引一样。”

50

这就是人，可以伟大，可以卑鄙，可以勇敢，可以怯弱。

由龙天小分队分离出的这五支毒株在全国引起了轰动，很快就被送到更高级的研究机构用于制作疫苗。全国医界大佬们的集体智慧终于开始起效，严格到不近人情的公卫管控措施，新的疫苗和特效药的出现，让这场“闻者色变”的重大疫情终于得到了控制。新发确诊病例和疑似病例越来越少，死亡人数和比例也直线下降。在龙天等人的直观印象中，就是进的人越来越少，出的人越来越多，空床也越来越多。

到最后只剩两个病人，也在缓慢而稳定的恢复之中。

医生们的劳动强度也呈直线下降，以前上班都要带“尿不湿”，沉甸甸地挂在腿间怎么走怎么滑稽，现在大家都主动要求加时工作，上十二个小时，休四十八个小时，可以充分利用这难得的闲暇学习、上网、聊天、谈恋爱……

杨振羽从来没想过自己还能像一个普通女孩子一样谈恋爱。自从龙天把自己的值班时间向她“看齐”后，两人每天至少有十二个小时腻在一起。要是以前，振羽会觉得这纯属浪费时间，医生和医生谈恋爱就应该互相监督、共同进步、研究课题、操练技艺……可是自从看到白望和吴子桐最后的时光，振羽才发现，并不是所有的路都应该快快走，有时候慢一点，享受一下，这才是人生。

所以，她特别珍惜和龙天在一起的这几个月。

直到上级通知撤站，她才忽然发现，原来自己并没有生活在世外桃源，她还是一名医生，全国还有 3 亿人生活在病痛中，盼星星盼月亮盼着她去解救他们。

振羽站在病房楼的天台上，指点江山，慷慨激昂："弹指一挥间，两个月居然就这么过去了。现在的我就像蓄满了能量的心脏除颤器一样，誓要把我在诺华医院的江湖地位一举夺回！"

龙天轻轻拍打着她的脑袋："又跟谁结怨了？这么大的仇恨？"

振羽立刻飞过幽怨的一眼："还不是你的错。自从你带着全体精英进站以后，咱家就落入天南的魔掌了。他带着妇产科、口腔科和眼科的支援医生干得热火朝天，俨然ICU的大拿。第一批成员回去的时候，他居然还说出'这里已经不需要你们了'这种屁话，简直……太欠收拾了……"

龙天哈哈大笑："这件事我也听说了，不过我觉得天南做得挺好的。能带着一群编外人员高效率、高质量地完成病房运转，这可不是一件容易的事情，我很看好他的未来。"

振羽愤愤不平："那也是'山中无老虎，猴子称大王'。但凡有你和顾沅任何一人在，都比他做得好一百倍甚至一千倍！"

龙天不置可否地笑着，笑容在阳光下闪着光："本以为这是场持久战，没想到这么快就结束了，还真有点舍不得……我们也的确该考虑一下未来的事情了。"

振羽双手抵拳，深表赞同："的确应该好好计划了，不能让天南再这么嚣张下去。"

龙天低下头，从胸腔里发出低沉悦耳的笑声，笑得振羽莫名其妙。

“我说得哪里不对吗？”

龙天没有回答。

他只是一边笑着，一边从上衣口袋里摸出一个小物件，单膝跪在了地上。

这这这……这是要求婚吗？还紫色绒盒？还单膝跪地？

振羽何时见过这个，顿时激动得语无伦次：“你你你，你这是什么意思？这么老土的招数你也会？”

龙天满脸发黑：“丫头，我好歹也是一科之主，给你行跪礼你不觉得‘折煞’吗？居然还嫌我土，算了我起来了……”

说罢就要起身，却被一股大力从上至下压回了原地。

振羽一脸痴笑，力气却大得出奇：“好吧好吧，你别起来，就这么跪着说吧，机会难得，我一定会听完。”

龙天一张“老脸”也终于绷不住了——到底怎么想的，居然以主任之名、教授之身，智慧与美貌并存，风度共长袖善舞……来向这个情商、智商都为负数的小丫头跪地求婚……

不过做都做了，还被“大力水手”摁这儿了，总不能半途而废吧。龙天只好硬着头皮举起手中的东西，面露微笑，深情款款地说：“杨振羽医生，你愿意嫁给龙天医生，作为他的伴侣共度余生吗？”

振羽此刻也很不好过，不仅血流一股一股冲上头脸，弄得耳朵像充血一样红，大脑也像溺在糖水里没有了真切感。她根本看不清他手中的东西，甚至看不清对面那个人，可是她知道，他手里的东西是她梦寐以求的……

于是她慢慢伸出手去，慢慢拿过来，闭上眼睛，深深吸气，猛地一睁眼——

“啊？搞得声势浩大的，原来就送我血管自膨支架啊，这也太随便了吧……”振羽把手中的圆环照来照去，丝毫不掩饰心中的失望。

龙天的“老脸”不自禁更红了。他咳嗽了几声，讪讪道：“你也知道，我们被关在这里快两个月了，也没办法买戒指，所以只好就地取材……”

振羽悻悻开口：“那可以出去以后再买啊，干吗弄个山寨的给我，就好像我是山寨货一样。”

“我以为，拿着外科医生都熟悉的医疗器械会比较有情调……”

“可是女外科医生也是女人啊，比起血管自膨支架来说，我还是更喜欢大钻石。”

“钻石会有的……”龙天已经哭了。

“好吧，反正也快出去了，我就勉为其难收下这个便宜货吧……”

“喂，这可不是便宜货，这个材料可比钻戒贵多了……”龙天眼睛都快瞪出来了。

“知道了知道了，你知道我一向不关注价值的。”

“那你就别一直强调只收钻戒啊……”龙天又哭了。

可是振羽哪里还听得见他的嘟囔声，只顾着把玩手中新得的指环。嘿，血管自膨材料。嘿，我的求婚戒指。

这大概是世界上最特别的一枚求婚戒指。

天上地下，独一无二。

不管两人如何低调，龙天和振羽即将大婚的消息还是像龙卷风一样刮了起来。

诺华医院里。

天南真是一百个想不通：“你说杨振羽来咱医院，明明是奔着我来的，怎么半路上就被龙天劫胡了？主任人邪性，做事也那么邪性，连我们这两小无猜、青梅竹马都拆了，简直没人性，有兽性。哼！当初阻止我进站的时候我就应该看出他的狼子野心，不然也不至于连自家墙脚都被挖了，呜呜呜，我要去大醉一场……”

疗养山庄里。

顾沅坐在餐厅一角，双指捏住红色信封的一角，磕一下，转一圈，磕一下，再转一圈……却完全没有要打开看一眼的意思。

他很意外自己在收到这份请柬时竟能如此平静，就好像一项临床试验行程过半，虽然最终数据尚未取得，但结果足以预测——似乎，从那天他背起行囊离开百伽图开始，就已经预知了这个结果……

汪菲言背着一个形态夸张的黑色柳丁包，扛着她的长焦大炮，径直走来。

“收到请柬了吗？龙天和杨振羽居然要结婚了！”

顾沅磕着信封的手指终于停住了：“你怎么也会收到请柬？”

汪菲言不由得得意道：“我和振羽可是一起下过海，上过天，强敌前谈笑风生的小伙伴。只是没想到这二货居然就要结婚了，而且新郎还是一起留站的同事。你说，那个男人会不会就是为了和她在一起，才千方百计混进去的？”

顾沅以一种十分深刻的目光看着面前的人：“那个人可不是混进去的，他是以绝对实力毫无争议地继任队长的。”

“哦哦哦，原本以为是个弱受，没想到还是个强攻。天涯追随，战地情缘……实在太有料了！”汪菲言立刻掏出一个小本本唰唰写了起来，“你说，我追访一下这对战地鸳鸯怎么样？”

顾沅的目光变得越发奇怪：“如果我没记错的话，当初你被指派到一线采访的时候，可是很不情愿的。”

“有这回事？”汪菲言抬起眼睛，作势想了想，又点点头，“好像是这样。三个月以前，我可是很讨厌医生，也很讨厌这个任务的。”

汪菲言的目光渐渐变得凝重起来：“在妈妈病死后，我以为自己这辈子都不会再踏进医院了。可是疫情一开始，我却被派到那里，所以心里充满了怨恨。我原本……是想继续挖料，好好爆一下里面的黑幕，可是我在那里所看到的，所听到的，彻底颠覆了过往对医生的印象。

“我一直在想，我所看到的你们，平时也是这个样子吗？明明平日里一个个都是一副冷漠傲慢的样子，在生死攸关的时候却又那么奋不顾身，为什么会这样？

“后来我想明白了。在平日里冷言冷语强横霸道自以为救世主的是医生，在关键时刻冲锋陷阵不顾自身安危真正成为救世主的也是医生。

“这就是人，可以伟大，可以卑鄙，可以勇敢，可以怯弱。

“医生不是神，而是人。只要不用过高的道德标准绑架他们，大多数医生都还是很可爱的。”

顾沅久久地看着她，过了好一会儿，他的脸上终于出现了一丝温柔的笑容。

“不要用过高的道德标准绑架医生……真高兴能听到这么理性的声音。这次的病原体特异性高、变异性高，虽然研制出了疫苗，但病毒几次传播变异后就不管用了。真正起到关键作用的是公共卫生。严格控制传染源、切断传播途径、控制易感人群才是制胜的关键。再加上这次的病毒对温度敏感，35℃以上活性降低，也算是天时、地利、人和。

“不可否认医生在整个疫情中做出了巨大的牺牲和贡献，可是也正因为此，现在被捧得太高，将来说不定摔得更惨。希望你的报道能尽量客观一些，不要煽情，不要造神，或许这才是对我们最大的支持。”

顾沅虽然事事淡漠，但无疑他眼光精准，见识超群。果不其然此后不久，医患之间就爆发了强烈的信任危机。在许多有志之士的见解中，信任危机的出现俱与这场造神运动相关。顾沅预见了它的出现，却没有预见它会来得这么快。

此为后话。

顾沅被汪菲言一番剖白感染，难得心慈手软地说了一些体己话，忽然发现对方眼神整个都不对了，正想着要不要再挽救一下她的智商，忽然她兴奋地凑过来盯着自己的脸猛瞧：“顾沅，你刚才笑了哟！是真的笑了哟！好好看！”

顾沅顿时整个脸都黑了。

“喂！你坐在那里不要动，我这就给你拍一张！你都不知道自己笑起来有多温柔……喂，你怎么走了，让我拍一张嘛，就一张，对树立医生的良好形象很有帮助的，你别走啊，等等我啊！”

尾声

半个月后，最后一批医疗队员也要结束隔离了。

“夏姐姐，你怎么还不出来啊，安奇都快变成泡沫消失了……”

疗养山庄的门口传来凄厉的号叫声，不了解情况的人一定以为哪家孩子遭到家暴了。

而事实上，这也不过是安奇的手段之一，在过去的半个小时里，他已经上演了卖萌、撒娇、装可怜、耍脾气、狐假虎威、撒泼耍混……引得杨振羽频频侧目。

“变成泡沫的是小美人鱼，和你没有一丁点关系。”

“胡说。”安奇“娇羞”地捂住面颊，“小美人鱼哪有我好看？”

“……”振羽对于这个看脸的世界已经绝望了。

“夏姐姐”还是没有出现，安奇的一腔怨气只好全撒在振羽身上。

“欧巴桑，夏姐姐为什么还不出来啊？你给我进去瞧瞧她到底怎么了。”

等等，“欧巴桑”是谁啊？“给我进去”又是什么语气啊？

杨振羽弯下腰，指指自己的鼻子：“我叫杨振羽，你可以叫我小羽姐姐。欧巴桑脾气坏，不会助人为乐，小羽姐姐脾气最好，你请她帮忙，她就一定会帮忙。”

安奇却不吃这套，他露出一副泫然欲泣的样子：“我那可怜的白叔叔啊，安奇还没来得及给你做干儿子，你就被人害死了……”

振羽顿时直冒冷汗。

“真是败给你了，好了好了，我进去帮你找……真是奇怪，这么久都不出来，手机也不接……”

龙天也觉得有些不正常，给杨振羽使了一个眼色，两个人一起回到了山庄内。

“怎么回事，早上还看见她来着，怎么一转眼就不见了？是不是先走了？”

“荷依不是没纪律的人。我觉得是有什么事绊住了她。这样吧，我去疗养中心，你回宾馆，咱们分头找。”

振羽点点头，奔着宾馆就去了。龙天转身进了中心，找了食堂，没人；阅读室，没人；康体室，没人；治疗室，门反锁着。

“荷依，荷依，是你在里面吗？”龙天用力拍门。

“是我。”里面果然传来荷依的声音，语气却出奇的冷静，“你怎么回来了？”

“看见你一直不下来，有些担心就回来找。你为什么不出来？安奇来了你知道吗？”

“……就是因为安奇来了，我才不想出去。”她顿了顿，声音不自禁又低了几分，“龙天，我发烧了。”

门外一时间无声响。

“什么时候？”

“今天早上。”

门外又是一阵静默。

“等等，你隔离的时间已经超过十天了，冠状病毒的潜伏期只有二～七天，你不可能被传染上。也许这只是一个简单的感冒。”

“昨天下午的时候，我和小羽在湖边逗了很久的野雁。”

这时候，隔壁屋的康体室里传来很大的电视声：“从市疾病控制中心传来的最新消息，新一轮由变异冠状病毒引发的疫情正在威胁着本市。已证实昨日在医院去世的一名男子体内检出变异病毒，死者生前有活禽接触史……”

龙天脸色一变。

“糟糕！振羽正和安奇在一起！”

夏荷依那本就烧得昏昏沉沉的大脑猛地一震，她飞快地打开反锁的治疗室，却只看到龙天消失在大门外的衣角。

夏荷依的手慢慢从门锁上放下来，她听见自己粗重的喘息声像幽灵一样扩散到整个房间，像海潮一样漫过整个天地。

明明天气已经很热了，她却觉得很冷，很冷。

安奇！

她听见自己身体里的重明鸟发出一声绝望的尖叫……

第二部完